中国现代文学与传播

◎ 黄清玲 著

湘潭大学出版社

前　言

中国现代文学不仅是现代科学和民主思想在现代语言中的表现，而且在艺术形式和表现手法上对传统文学进行了改革，确立了现代戏剧、诗歌、现代小说、散文等新的文学体裁，在叙事角度、抒情方式、描写方法和结构方面，具有创新性和现代化特征，符合世界文学的发展趋势，成为真正现代意义上的文学。

在中国现代文学史上，文学作品、文学理论及其相关的价值取向、审美形式等方面发展的主要动力大都不是来自文学自身演变的内部规律，而是来自现代社会制度、现代文化形态等外部力量的需求或变革。于是，无论是文学作品的创作，还是文学思想理论的建构都与社会现实、政治权利、经济制度、文学秩序等历史变革进程中的话语形态紧密联系在一起。

中国现代文学是由各种社会力量创造的。媒体和出版社团作为媒介和手段所形成的现代文学传播机制，参与了现代文学的审美价值取向和艺术形式的创造，从而促进了文学的社会化和大众化。

随着现代传媒技术的不断发展，传播手段的不断更新以及传播形态的日益丰富，现代媒介影响着人们生活的方方面面。与媒介发展相适应的当代文学，其角色定位也完成了从精英化的意识形态向大众化的表达方式的转变。

编者在编撰过程中，参考和应用了相关专著、期刊、网络文献等。在此，我们向所有作者表示最诚挚的感谢。由于编者能力有限，本书如有不足之处，敬请各位同行、专家和其他读者批评指正。

目 录

第一章　中国现代文学概述

第一节　中国现代文学的意识形态性质及特点

一、中国现代文学的意识形态性质

中国现代文学中的“现代”指的不仅是时间方面，还是性质方面，它出现在二十世纪初到二十世纪四十年代末。从时间的角度来看，“现代”是于二十世纪之前中国“古代”与“近代”的文学而言；从性质的角度来看，“现代”是于中国“传统”的文学而言。“现代”是时间的象征，表明了现代中国文学和传统中国文学之间的联系，并直观地表明了现代中国文学是一种发展到二十世纪才出现的中国现代文学形式；“现代”是性质标志，它表明了现代中国文学是一种与传统中国文学截然不同的新型文学。

现代中国文学的历史基点是“人的发现”，其逻辑基点是“人的意识”。鲁迅在《人的文学》一文中曾提出：“人的问题，从来未经解决。”周扬在《新文学运动史讲义提纲》中认为，新文学的“新精神、新内容”就是“人的自觉的思想，在文学上就是‘人的文学’，这是民主革命精神在文学中的爆发”。人的发现和意识是现代中国文学和传统中国文学各奔前程的标志，也是现代中国文学性质的主要内容。但是，人的发现与意识在现代中国文学发展的不同阶段具有不同的含义。在五四运动阶段所发现的“人”主要指的是“个人”，人的意识也主要指的是个性意识。郁达夫在总结五四文学革命的成就时曾说：“五四运动的最大的成功，第一要算‘个人’的发现。”[①] 茅盾在描述新文学运动时也如是说：“人的发现，即发展个性，即个人主义，成为五四时期新文学运动的主要目标，当时的文艺批评和创作都是有意识或下意识地向着这个目标。”随着时代的进步，现代中国文学中人们的意识也会随之变化。它的发展方向主要是从“个人”到“群体”的意识，从“人性”到“阶级”的意识。鲁迅曾经指出：“最初，文学革命者的要求是人性的解放，他们以为只要扫荡了旧的成法，剩下来的便是原来的人，好的社会了……大约十年之后，阶级意识觉醒了起来，前进的作家，就成了革命文学家。”[②] 虽然这种人的意识根据时代具有不同的含义和形式，但它们全部都是现代中国文学实现现代化的根基，都满足了二十世纪上半叶中国社会的历史诉求。正如周扬在《对旧形式利用在文学上的一个看法》一文中所说，五四新文学“‘人的自觉’是正符合于当时中国的‘人民的自觉’与民族自觉的要求的”。[③] 同样，二十世纪三十年代出现的阶级意识与二十世纪四十年代兴起的民族解放意识与当时的阶级解放、民族解放的历史要求相吻合。

正是基于人的意识，中国现代文学产生了属于自己的现代化社会价值追求，这也是人、阶级、民族的解放。这种追求，在现代中国文学思想上就是启蒙和彻底的反帝国主义、反封建主义。启蒙指的是人、是阶级、是民族解放的首要任务，同样也是现代中国文学早期最重要的文学目标。鲁迅的小说与杂感就是涵盖了这一目标的代表性作品。到了二十世纪三十年代，在叶紫、吴组湘、张天翼等人的作品中这一目标得到了弘扬。而到了二十世纪四十年代，萧红、丁玲、赵树理等人在作品中也表达了不同程度的启蒙思想。反帝国主义和反封建主义是现代中国文学中最常见的主题，包括小说、戏剧、散文和诗歌在内的所有载体都表达过这些主题，所有有先进思想的作家也都提到过这类主题。这些主题通常与人的解放、阶级解放和民族解放直接相关。

现代中国文学能够从思想倾向上产生新的价值追求，这与新的指导思想密不可分。现代中国文学的指导思想因时代的要求而存在一定差异，但它们也都

---

① 郁达夫：《中国新文学大系·散文二集》，上海：上海良友图书印刷公司1935年版，第5页。

② 鲁迅：《鲁迅全集（第6卷）》，北京：人民文学出版社，1981年版，第20页。

③ 北京大学，北京师范大学，北京师范学院中文系中国现代文学教研室主编：《文学运动史料选（第4册）》，上海：上海教育出版社，1979年版，第418页。

是中国文学史上前所未有的新思想。如五四运动时期的民主与科学思想，二十世纪三十年代的阶级论思想，二十世纪四十年代解放区的毛泽东思想等。其中有些思想是从西方直接引入的，有些是中国化的，但是不管其形式与来源，它们都是现代性质的新观念，都不同于传统的圣贤之道。

二、现代文学的根本特点

（一）现代文学与传统文学的冲突与承传

中国现代文学是在五四时期新的历史条件下产生的，它体现出全新的现代社会、现代人生的精神风貌和崭新的文学表述方式，但它也是几千年中国传统文学发展演进的必然结果。中国现代文学的出现即体现了现代新文学、新文化与传统旧文学、旧文化的根本冲突和根本转折。同时，中国现代文学与它几千年的文学母体也有着难以分割的联系。对传统的反叛往往是创造与更新的重要手段，而对传统精神的批判继承则是继往开来的重要规律。

（二）中外文学的相互交融

五四时期外国文学在中国的译介、传播和影响，对中国现代文学的诞生和发展起到了积极作用，有一些新文学的作家作品甚至是在外国文学的直接影响下出现的。中国现代文学充分吸收了外来各国文学与文化的发展因素。整个中国新文学的形成与世界文学大潮的冲击有着密切联系。

（三）伴随始终的使命感和责任感

时代历史所赋予中国现代文学的特殊使命，使之出现了一大批世纪性的大家与名作，并在整体上形成了自己特有的风格。中国现代文学虽然仅有短短三十年的创作历程，但大家纷涌，名作四起，还出现了一批个性鲜明、风格独特的创作流派。中国现代文学在整体上形成了自己的根本特质：具有责任感、使命感以及对艺术境界的不懈追寻。这种特质使中国现代文学在思想和艺术上都达到了很高的水准。

第二节　鲁迅——中国现代文学的开山者

一、鲁迅生平及思想发展历程

鲁迅（1881—1936），出生于浙江绍兴一个没落的士大夫家庭，原名周樟寿，字豫山，后改名周树人，字豫才。1918 年他在《新青年》上发表第一篇白话小说《狂人日记》时，开始用“鲁迅”这一笔名。鲁迅 7 岁入读本宅私塾，12 岁入读“三味书屋”，比较系统地接受了传统文化的教育。13 岁之前，家里还拥有四五十亩的水田，可算是小康之家。鲁迅祖父周致福，进士出身，曾为翰林院庶吉士、江西金溪知县、内阁中书等。鲁迅 13 岁到 17 岁这段时间，经常出入当铺和药店，就像他在《呐喊·自序》中说的：“有谁从小康人家而坠入困顿的么，我以为在这途路中，大概可以看见世人的真面目。”家道的中落使他深切地体验到了人情冷暖与世态炎凉，对社会、人生也有了深刻的认识，这为日后鲁迅成为一个清醒的现实主义作家打下了坚实的生活基础。

鲁迅的外婆家位于绍兴市绍兴县孙端镇西部的水乡小镇安桥头，后又移居皇甫庄。鲁迅小时候常随母亲到外婆家小住，祖父案发后他被送往舅父家避难，这使鲁迅从小就对农村生活有直接的观察和体验，对农民有深入的体察和认识，为其日后创作出《故乡》《社戏》《祝福》等一系列农村题材的小说奠定了坚实的基础。

1912 年，中华民国临时政府成立，蔡元培就任教育部部长。经许寿裳推荐，1912 年 2 月底，蔡元培聘请鲁迅到南京民国临时政府教育部任教育部社会教育司第一科科长。3 月 10 日，袁世凯在北京就任临时大总统。4 月底，鲁迅随教育部北迁到北京，住进绍兴会馆的藤花馆，后又改住补树书屋。8 月，他被任命为教育部佥事，主管图书馆、博物馆和美术教育等工作。鲁迅在绍兴会馆居住了 7 年半之久，直到 1919 年 11 月才全家入住新街口八道湾新居。1923 年因“兄弟失和”，鲁迅搬出八道湾，先暂在砖塔胡同租住，后买下西三条胡同的房子（现在北京鲁迅博物馆的鲁迅故居），便在此居住直至离开北京。自住进绍兴会馆至五四文学革命爆发，此间鲁迅是沉寂的。

五四文学革命爆发后，经由钱玄同的“劝驾”，鲁迅以小说和杂文的形式投入批判旧文化、旧文学，提倡新文化、创建新文学的文化启蒙和文学革命中来。1918 年 5 月，他发表《狂人日记》，率先揭出封建礼教“吃人”的本质，以崭新的艺术形式和深刻的思想启示而轰动文坛，从此一发不可收。后来，他又接连发表《孔乙己》《药》《阿 Q 正传》等脍炙人口、发人深思的佳作。此外，他还发表了《我之节烈观》《我们现在怎样做父亲》及大量的“随感录”，对旧的纲常礼教及守旧迷信思想进行毫不留情的揭露和批判。

1927 年 9 月 27 日，鲁迅从广平离开广州，10 月 3 日抵达上海，入住北四川路景云里 23 号，后来与弟弟周建人一家住进景云里 17—18 号。1930 年 5 月，他又搬入北四川路 2093 号拉摩斯公寓，1933 年 4 月迁到施高塔路（今山阴路）大陆新村 9 号（现上海鲁迅故居）。鲁迅到上海后，应邀到劳动大学、立达学园、复旦大学、暨南大学、大夏大学、中华大学、光华大学等处演讲。

1936 年 10 月 19 日，鲁迅与世长辞。鲁迅不是一个沉浸于书海中自得其乐的书斋型知识分子，也不是一个依附于任何政治权力、经济权力和文化权力的工具型知识分子，更不是一个把知识作为晋身阶梯的官僚化知识分子，他具有自己独立的意志、独立的人格和独立的个性，超越了政治派别、传统藩篱和世俗伦理，始终以一个真正知识分子的强烈的社会责任感和承担意识对传统文化和现存体制保持批判和不妥协的态度。这种独立性、超越性和批判性是鲁迅这一启蒙思想先驱和新文学巨匠留给现代知识分子的最宝贵的精神财富。

二、《呐喊》《彷徨》《故事新编》

（一）鲁迅小说创作概况

鲁迅自 1918 年 4 月写作《狂人日记》到 1935 年 12 月完成《起死》，在 17 年多的时间里共创作中短篇小说 33 篇，集成《呐喊》《彷徨》《故事新编》三部小说集。

《呐喊》，1923 年 8 月由北京新潮社初版，列为该社《文艺丛书》之一。1926 年 10 月第三次印刷时，改由北京北新书局出版，列为鲁迅所编的《乌合丛书》之一。《呐喊》收鲁迅 1918 年 4 月至 1922 年 10 月间创作的小说 15 篇。其中现实题材的有 14 篇，历史题材的只有一篇《不周山》。鲁迅一方面考虑到此篇与其他现实题材的作品在风格上不一致；另一方面，创造社批评家成仿吾在 1924 年《创造季刊》第 2 卷 2 期发表《〈呐喊〉的评论》，文章站在寄托小说的立场，认为：“《阿 Q 正传》为浅薄的纪实的传记”，“描写虽佳，而结构极坏”,《狂人日记》《孔乙己》《药》等则均是“浅薄”“庸俗”的“自然主义”作品,他只有所保留地称赞《不周山》,认为:“虽然也还有令人不能满足的地方”,却是表示作者“要进而入纯文艺的宫廷”的“杰作”。这种偏激的评论自然不能使鲁迅心服。所以在《故事新编·序言》中鲁迅说成仿吾是“在创造社门口的‘灵魂的冒险’的旗子下抡板斧。他以‘庸俗’的罪名,几斧砍杀了《呐喊》,只推《不周山》为佳作——自然也仍有不好的地方。……《不周山》的后半是很草率的,决不能称为佳作。倘使读者相信了这冒险家的话,一定自误,而我也成了误人,于是当《呐喊》印行第二版时,即将这一篇删除。”所以,1930 年《呐喊》第 13 次印刷时,鲁迅抽去《不周山》,后改名《补天》收入《故事新编》中。所剩 14 篇作品分别是《狂人日记》《孔乙己》《药》《明天》《一件小事》《风波》《头发的故事》《故乡》《阿 Q 正传》《端午节》《白光》《兔和猫》《鸭的喜剧》《社戏》。这些作品多写于五四文学革命的高潮期,鲁迅认为是“听将令”而为提倡新文化和文学革命的先驱“呐喊”助阵的,“是聊以慰藉那在寂寞里奔驰的猛士,使他不惮于前驱”,所以他将这本小说集命名为《呐喊》。

《彷徨》,1926 年 8 月由北京北新书局初版,列为鲁迅所编的《乌合丛书》之一,收 1924 年至 1925 年鲁迅所作小说 11 篇,即《祝福》《在酒楼上》《幸福的家庭》《肥皂》《长明灯》《示众》《高老夫子》《孤独者》《伤逝》《弟兄》《离婚》。这些作品写于五四的落潮期,当时,五四新文化阵营开始分化,倡导新文化运动的中坚们“有的高升,有的退隐,有的前进”,鲁迅亲身目睹和经历了《新青年》团体的解体。就像他后来在《题〈彷徨〉》诗中所描绘的当时的情形和自己的心境一样:“寂寞新文苑,平安旧战场,两间余一卒,荷戟独彷徨”。《彷徨》正是鲁迅这一启蒙主义思想先驱苦闷彷徨,但仍然坚守启蒙的新文化阵地、对旧文化和旧习惯势力进行批判和攻击的产物,也是作者坚持在启蒙的道路上“上下而求索”的精神记录。

《故事新编》,1936 年 11 月由上海文化生活出版社初版,列为巴金所编的《文学丛刊》之一,收作者 1922 年至 1935 年所作的小说 8 篇,依次是《补天》《奔月》《理水》《采薇》《铸剑》《出关》《非攻》《起死》。这些历史题材的小说,不是“博考文献,言必有据”的纪实式历史小说,而是“只取一点因由,随意点染,铺成一篇”的历史故事和神话传说的演义:“叙事有时也有一点旧书上的根据,有时却不过信口开河。而且因为自己的对于古人,不及对于今人的诚敬，所以仍不免时有油滑之处。”（《故事新编·序言》）这些小说以现代普通人的生活和思维逻辑来触摸历史，借助历史故事和神话传说中的人物来抒发和表达作者的思想情感及对社会人生等问题的认识和思考。这些新颖的小说形式非常独特而具有“先锋性”，它在创作上已经突破了传统的现实主义或浪漫主义固有的框架，就形式上来看，甚至可以说这些小说是新时期后备受关注的新历史主义小说的滥觞。

（二）鲁迅小说的思想内涵

1. 揭露和批判封建礼教文化的虚伪与罪恶，表现启蒙民众的重要性和紧迫性

维护封建宗法制度的一整套旧的虐杀人性的伦理道德桎梏了整个民族的生机和活力，致使国家孱弱、民族危亡。所以当时新文化运动的先驱们怀着救国救民的强烈的历史使命感和社会责任感，把批判封建礼教作为当务之急。鲁迅就是率先用小说的形象化方式，“暴露家族制度和礼教的弊害”，批判封建旧文化对人们精神的戕害和虐杀，表现启蒙民众的重要性和紧迫性。

1918 年 5 月，《新青年》4 卷 5 号上刊登了鲁迅第一篇白话小说《狂人日记》。这是一篇有着明确的启蒙意图且具有很高的思想和艺术成就的作品。虽然在这之前，李制人曾发表白话小说《儿时影》《盗志》《做人难》，陈衡哲也发表过白话小说《一日》，但《狂人日记》的面世，才真正揭开了现代启蒙文学的新篇章，在中国文学史上具有划时代的意义。小说借鉴俄国作家果戈理同名小说的艺术形式，把自己的医学知识和对历史的思考融于一体，借助一个患“迫害狂”病人表面上疑神疑鬼的不正常心理，揭露封建礼教“吃人”的本质。作品表面上写一个精神错乱的“狂人”怪异荒诞的精神活动。他由狗看了他两眼，人们看他的眼色和交头接耳议论他的病情，听说狼子村吃人的事，再联想到历史上记载的“易子而食”等，于是就疑心人们要吃他，包括给他看病的医生和他的大哥。这些不合常情的荒唐想法是对一个精神病患者精神幻觉的真实描绘。与此同时，作者又用象征、暗示、双关等艺术手法，让人们从理性层面认识到，所谓“狂人”，实际上是一个觉醒了的反封建的精神界的战士。他觉醒了，所以觉得以前信奉封建礼教“全是发昏”，认清了“每页上都写着‘仁义道德’的历史”，其实“满本都写着两个字是‘吃人’”，并且认识到“吃人的是我哥哥！我是吃人的人的兄弟”，“妹子是被大哥吃了

……我未必无意之中，不吃了我妹子的几片肉”。这是对家族制度的批判，也是觉醒的启蒙者自身的内省和反思。他对延续了几千年的“吃人”文化发出强烈的质疑，追问“从来如此，便对么?”他还警告那些“吃人”者“将来容不得吃人的人，活在世上”，发出“救救孩子”的呼声。鲁迅在致好友许寿裳的信中谈《狂人日记》的创作意图时说：“偶阅《通鉴》，乃悟中国人尚是食人民族，因成此篇。此种发现，关系亦甚大，而知者尚寥寥也。”他后来在杂文中把“所谓中国文明”概括为“其实不过是安排给阔人享用的人肉的筵宴。所谓中国者，其实不过是安排给这人肉筵宴的厨房”。(《坟·灯下漫笔》)这与《狂人日记》所表达的旧礼教文化“吃人”的思想是一脉相承的。

《长明灯》是与《狂人日记》题材相近的一篇小说，也是以一个所谓精神病人“疯子”为主人公。不同的是，《狂人日记》着重描写“狂人”逐步觉醒的过程，着眼于对旧礼教文化“吃人”本质的揭露，而《长明灯》中的“疯子”则是已经了解了封建传统文化的本质而要付诸行动了，即吹熄吉光庙里据说是从梁武帝时就开始点起来的那盏象征着封建传统的长明灯。

《孔乙己》塑造了孔乙己这样一个“穿长衫而站着喝酒”的旧式知识分子。他一心想读书做官却屡试不第，身心受了严重的压抑和打击，养成好喝懒做的习性。他毫无生活技能，却以知道茴香豆的“茴”字有四种写法为傲，至死不肯脱下象征读书人身份的破烂的长衫，为生活所迫做了梁上君子还要辩解说：“读书人窃书不能算偷”。最后被人打折双腿悲惨地死去。《白光》中的陈士成则是参加了16次科举考试没有考中，他“学而优则仕”的升官梦落空后，精神错乱出现幻觉，做起了发财梦。他眼前闪过一道白光，认为那是祖上藏匿的金银宝藏。在家中乱挖，挖不到又仿佛听到“到山里去”的提醒，于是奔出家门到野外去挖，最后扑入湖中被淹死。这两篇小说都形象地揭露了科举制度和传统的“学而优则仕”观念对旧式读书人精神和心灵的摧残与毒害。

《祝福》写一个普通农村妇女祥林嫂，因一心恪守传统的从一而终的妇道，逃避婆婆把她卖给另一个男人而偷跑到鲁四老爷家做佣工。但不久即被婆家发现，把她抢走卖给贺老六做媳妇。对这一违背个人意愿的婚姻，祥林嫂曾以死相抗，但最终还是顺从了。好在贺老六纯朴忠厚，又有了儿子阿毛。但贺老六因伤寒病复发死去，阿毛又被狼吃掉了。生活无着、精神落寞的祥林嫂再次来到鲁四老爷家做佣工。人们认为她成了一个不守妇道的女人。她用了自己所有的积蓄来捐门槛“赎罪”，仍然摆脱不了人们对她的歧视。最终在人们过年“祝福”的鞭炮声中惨死街头。祥林嫂一心遵从封建礼教，却不知自己是封建礼教的受害者和牺牲品。祥林嫂维护的是从一而终的夫权，而婆婆卖她行使的是父权，因为父权和夫权发生了矛盾，把祥林嫂逼上了“想做奴隶而不得”的绝境。一些人用社会分析和阶级分析的方法简单地把鲁四老爷看成杀害祥林嫂的刽子手，从小说描写的内容情节来看，鲁四老爷一家从没有打骂或虐待祥林嫂，对她其实颇为宽容和照顾，而祥林嫂自己在鲁家也是感到了安稳和满足。至于祭祀时鲁四老爷让四婶委婉地劝祥林嫂不要动供品，则完全是出于对祖先虔敬的一种约定俗成的“情”，而这种“情”又是封建礼教文化长期浸润的结果。所以杀害祥林嫂的真正的刽子手是“吃人”的封建礼教。

2. 对落后的国民性的揭露与批判

《阿Q正传》，是鲁迅唯一一篇中篇小说，也是鲁迅的代表作。1921年12月4日起在北京《晨报》副刊连载，署名巴人。作品以辛亥革命前后一个闭塞落后的农村小镇——未庄为背景，塑造了一个农村流浪雇农阿Q的形象。阿Q寄居在村里的土谷祠里靠给人打短工为生。因为身份卑微，连名字也不为人知。他原本姓赵，但村里的地主赵太爷认为像他这样没出息的穷光蛋不配姓赵，所以连姓氏也被剥夺了。他颇“能做”，每日“割麦便割麦，舂米便舂米，撑船便撑船”，但靠这种劳作无法维持温饱。阿Q虽然处于社会的最底层，是封建等级制度和封建主流文化最直接的受害者，但他却信守“男女之大防”“不孝有三，无后为大”等各种封建观念，对离经叛道的造反“一向是‘深恶而痛绝’的”。而当他在现实生活中受到屈辱时，又从内心迸发出一种自发的反抗性。要投靠革命党，“革这伙妈妈的命”。他的革命不但要杀赵太爷、钱太爷，而且连和他一样处于被压迫地位的王胡和小D一同杀掉。所以他的革命根本没有什么真理、正义的观念，只为逞一时之快和满足私欲。阿Q最突出的性格特征就是把“瞒和骗”及“要面子”等国民性弱点发展到极致的“精神胜利法”。每当在现实生活中感到屈辱和痛苦，阿Q就用“精神胜利法”来自我欺骗和麻醉，以求得心理的平衡和慰藉。阿Q一贫如洗，但他却对人吹嘘：“我们先前——比你阔的多啦！你算是什么东西！”他卑微到连名字都不为人知晓，但自己却妄自尊大：“所有未庄的居民，全不在他眼神里。”他连老婆都没有，却想：“我的儿子会阔得多啦！”他忌讳别人说他头上的癞疮疤，并推而广之，“光”也讳，“亮”也讳，甚至连“灯”“烛”都讳了。而当闲人们故意触犯他的忌讳，借此欺辱他时，他就转而说：“你还不配”。

被人打了他就想这是儿子打老子："我总算被儿子打了！"当这种"自尊"被人识破，人们打他还要叫他自己说是"人打畜生"时，他只好讨饶说："我是虫豸——还不放么？"于是自尊变成了自贱，并且他认为自己是第一个能够自轻自贱的人，除了"自轻自贱"不算外，余下的就是"第一个"。状元不也是"第一个"么？他在赌摊上赢了钱不但钱没有拿到，反而稀里糊涂被人打了。但他自己连抽自己两个嘴巴，便心平气和起来，似乎打人的是自己，被打的是另一个自己，于是立刻转败为胜了。被赵太爷打了嘴巴，按他的逻辑说这是儿子打老子："想到赵太爷的威风，而现在是他的儿子了"，此后他倒得意了许多年。因捉虱子不能胜过王胡就想对其施以武力，没想到反被他一向非常藐视的王胡打了，这使他生平第一次感到屈辱。他嘲讽"假洋鬼子"泄愤又挨了"假洋鬼子"的"哭丧棒"，转而以调戏小尼姑来发泄，并进而向赵太爷家里唯一的女仆吴妈求爱，但他不仅挨了赵秀才的大竹杠，而且连自己的毡帽、布衫、棉被都被地保和赵家敲诈勒索去了，只剩下一条必不可少用来遮羞的裤子。此后没有人再雇他打短工了。他误以为是和他处于同样贫贱地位的小 D 抢走了他的饭碗，于是主动寻衅，和小 D 上演了一场"龙虎斗"。他想"革命"而被"假洋鬼子"用"哭丧棒"赶跑了，为生活所迫进城为盗贼当帮手却被当成大盗抓起来枪毙了。在死刑判决书上画花押时他想的还是要面子，立志要把圆圈画圆，赴刑场还觉得"人生天地间，大约本来有时也未免要杀头的"。

阿 Q 一生浑浑噩噩，他有落后农民的质朴愚昧，又有流氓无产者的狡黠无赖，他用事实上的自轻自贱来维持内心的自尊自负。所以他越要面子，就越没有面子，终生用"精神胜利法"来对自己进行"瞒和骗"，用虚幻的胜利来麻醉自己的精神和心灵。鲁迅是怀着"哀其不幸，怒其不争"的悲愤之情塑造了阿 Q 这个几乎集国民性弱点于一身的艺术典型，写出了"一个现代的我们国人的魂灵"，淋漓尽致地揭示和暴露国人的国民性弱点，从而达到"揭出病苦，引起疗救的注意"的目的。小说在集中描写阿 Q 为了"面子"而时时对自己使用"瞒和骗"的"精神胜利法"之外，也揭示了其他人的保守、愚昧、麻木与冷漠的"看客"心理等国民性弱点。

作品在着力塑造阿 Q 这一艺术形象以揭示启蒙民众的重要性的同时，也描绘了阿 Q 生活的具体环境，真实地展现了辛亥革命前后中国江南农村各阶级阶层的生活面貌和精神状态，具有很高的历史和社会认识价值。

揭示麻木的看客心理是鲁迅国民性批判的一个重要的切入点。鲁迅在《呐喊·自序》中谈他之所以“弃医从文”，最初的诱因就是在一部幻灯片中看到一个中国人被日本人绑来杀头，说是替俄国人当了侦探，而周围看热闹的是一群中国人。面对惨剧，神情麻木。这使鲁迅深受刺激，于是立志以医治国民的精神为己任。《示众》就是着意描绘“看客”群像和揭示“看客”心理的一篇小说。作品没有曲折离奇的故事情节，也没有中心人物或主人公，而只写了一个各色人等在盛夏火炎炎的太阳照射下挤在马路上争相围观巡警牵着的一个被“示众”的犯人的生活片段。作品中的人物连名字都没有，作者只用职业、穿着或男女老少、高矮胖瘦等来指代小说中的各色人等。如巡警、车夫、“穿蓝布大衫上罩白背心”的囚犯、卖包子的胖孩子、秃头的老头子、赤膊的红鼻子胖大汉、抱着孩子的老妈子、小学生、挟洋伞的长子、猫脸的人、椭圆脸等。这些人在争相围观看热闹的同时，自己又成了别人看的对象。例如，秃老头挤着看囚犯的“白背心”上的字，而“那白背心正研究着这发亮的秃头”；赤膊的红鼻子胖大汉在围观别人，而小学生却在欣赏着他的红鼻子；老妈子抱着孩子在看巡警和囚犯，而“胖大汉和巡警都斜了眼研究着老妈子的钩刀般的鞋尖”。所谓“示众”其实是展示众生的那种没有思想、胸无定见、迷迷糊糊地随大流的“看客”心理，就是鲁迅对国民性弱点的批判，可以说，对“围观”或“示众”的描写是鲁迅文学创作中不断重复的主题或意象。如《狂人日记》中的“狂人”受到路人们的围观和交头接耳的议论，《孔乙己》中的孔乙己，也是人们围观和取笑的对象。

《采薇》是一篇历史题材的小说。作品写古代伯夷、叔齐认为周王伐纣是以下犯上、不忠不仁，于是为了讲气节而不食周粟，饿死首阳山。按封建道德规范，伯夷、叔齐是忠孝仁义的样板。鲁迅用现代的价值标准对伯夷、叔齐的所谓气节忠义进行了解构，剥落了笼罩在他们头上的神圣的光环。把他们写成不问正义的迂腐可笑的人物。他们为气节而不食周粟，躲到首阳山采薇菜吃，实际是转化矛盾、以求自保的国民性弱点的又一种表现。

3. 对现实社会问题的揭示与思考

五四运动时期出现的“问题小说”和“问题剧”，其实是价值观和道德观转换的产物。新文化运动的开展使民主科学深入人心，成了人们新的价值评判标准。人们以此标准来反观历史和审视现实，就发现了诸多的不合理的问题。比如，原来，由“夫为妻纲”衍生出来的“父母之命，媒妁之言”的包办婚姻被视为天经地义；“在家从父，出嫁从夫，夫死从子”的剥夺妇女人身自由的教条被认为是妇女的行为准则；做“节妇”“烈妇”等对妇女的野蛮虐杀被赞为是妇女的美德。而用民主的标准来衡量，这是从法律上剥夺妇女的人身权利；从伦理上否定妇女的独立人格。于是，妇女解放问题、家族制度问题、婚姻恋爱问题、历史人物和历史事件的重新评价问题等都被发现并被写成小说和剧本来反映和呼吁了。如胡适的《一个问题》，汪敬熙的《谁使为之?》，罗家伦的《是爱情还是苦痛?》，叶绍钧的《这也是一个人?》，冰心的《两个家庭》等，而鲁迅可以说是这种问题小说的开创者。从某种意义上说，鲁迅的小说都是“问题小说”，如我们上面谈到的揭露批判礼教文化和国民性弱点的小说，也都可以归在“问题小说”之内。这里我们要讲的是他对农民的出路、知识分子的软弱、妇女的解放及社会发展中面临的一些具体的社会问题的揭示与思考。

《故乡》写于 1921 年，是一篇自传体小说。也是鲁迅正面写农村生活、塑造农民形象的小说，为后来乡土文学作家的小说创作树立了样板。小说成功地塑造了中国传统农民闰土的形象。他依附于土地，勤劳、诚恳、朴实，听天由命，逆来顺受。在兵匪官绅的剥削压迫下，他的现实生活与内心都是非常痛苦的。于是他就靠烧香拜佛、祈求老天保佑、寄希望于来世以解脱内心的痛苦。鲁迅给予代表中国大多数农民的闰土深深的同情并对“闰土们”的出路做了深入的思考。在小说的结尾鲁迅写道：“我竟与闰土隔绝到这地步了，但我们的后辈还是一气，宏儿不是正在想念水生么。我希望他们不再像我，又大家隔膜起来……然而我又不愿意他们因为要一气，都如我的辛苦辗转而生活，也不愿意他们都如闰土的辛苦麻木而生活，也不愿意都如别人的辛苦恣睢而生活。他们应该有新的生活，为我们所未经生活过的。……希望本是无所谓有，无所谓无的。这正如地上的路；其实地上本没有路，走的人多了，也便成了路。”这里提出了农民的出路问题，虽然没有对此开出药方，但提出了自己的希望。

《伤逝》是鲁迅唯一一篇以恋爱婚姻为题材的小说，这也是一篇思考知识分子自身软弱性及青年人个性解放与妇女解放的“问题小说”。作品写的是一个爱情悲剧。男主人公涓生与温婉纯真的少女子君相识，于是和她“谈家庭专制，谈打破旧习惯，谈男女平等，谈伊孛生，谈泰戈尔，谈雪莱……”，他用新思想启蒙了子君，使子君认识到了“我是我自己的，他们谁也没有干涉我的权利!”，她坚定地走出旧家庭和涓生同居了。面对路人的讥笑、猥亵和轻蔑的眼光，“她却是大无畏的，对于这些全不关心，只是镇静地缓缓前行，坦然如入无人之境”。

《伤逝》是鲁迅把别人思考的终点作为自己思考的起点的一篇“问题小说”。个性解放、恋爱自由是五四运动时期作家们所普遍表现的主题。但一般作家都是重点描写青年怎样在为恋爱自由而与旧家庭和旧习惯势力抗争，其奋斗的终点就是实现婚姻自主，而《伤逝》一开始涓生与子君经过抗争就已经成功的同居了，作者重点写同居后由于社会的压力、经济的窘迫及男女主人公自身的思想弱点，最后导致自主婚姻的破灭，深刻地表明恋爱婚姻问题不是孤立的个性解放问题，而是与社会的解放和妇女的解放结合在一起的。鲁迅在《娜拉走后怎样》这篇与《伤逝》写于同一时期的杂文中也表达了同样的思考。当人们都在为娜拉的出走而鼓掌喝彩的时候，鲁迅却冷静地认为娜拉走后“免不掉堕落或回来”，因为她没有独立的经济权。

4. 对人性美的发掘与礼赞

作为一个启蒙主义作家，鲁迅的小说主要是对封建旧文化的批判，对国民性病根的剖析和对社会问题的思考，此外，鲁迅也有一些作品是对儿时生活的温馨美好的回忆，对亲情人性的发掘与礼赞。《社戏》回忆自己小时候随母亲到外婆家住的温馨快乐的生活，村中的大人都淳朴善良。六一公公家的罗汉豆被孩子们偷来煮着吃了，他知道后一点都不恼火，还问孩子们他家的罗汉豆好不好吃。当听到孩子们说好吃时他很骄傲，也很高兴，又主动送来一大碗给母亲和“我”吃。村里的孩子们更是天真无邪，助人为乐。

5. 用现代人的情思去触摸历史，表现自己独特的人生体验与思考

《故事新编》中的小说多是以现代人的情思去触摸历史，借以表现作者自己独特的人生体验及对社会、人生等问题的认识和思考。

《奔月》是以“后羿射日”和“嫦娥奔月”的神话传说来构思的一篇小说。这里，鲁迅一反传统的英雄美人式的写法，把传说中的英雄平民化和世俗化。小说不正面写后羿射日，射杀封豕长蛇、狼虫虎豹等英雄壮举，而是写猎物几乎被他射杀殆尽后，连生活都成了问题，天天只能射到乌鸦麻雀。妻子抱怨一年到头吃乌鸦炸酱面的单调和乏味，人们已经不知道他是射日的英雄了，自己的弟子逢蒙也背叛了他。最终，妻子嫦娥难耐凄苦和寂寞，偷吃了道士送给她的仙丹，独自飞到月亮上去了。而后羿只能望月兴叹，独自体味那份愤

怒、感伤与无奈了。后羿的英雄落寞情状，与五四落潮后鲁迅的心态十分接近。五四文学革命高潮时蜚声文坛的鲁迅，是反封建文化战场上叱咤风云的英雄。然而不久后，新青年的团体就解散了。原来的新文化战场变得寂寞荒凉，犹如沙漠，再也听不到声音，鲁迅感觉只有自己还在这个战场上，"荷戟独彷徨"。在《奔月》中他借英雄无用武之地的后羿来表现自己的生活体验和落寞的心态。此外，小说取名"奔月"，也是因为韦素园当时写信告诉鲁迅，高长虹在《给——》一诗中把许广平比作月亮，所以"奔月"又可以解释为"追月"。并且，小说中多处用高长虹攻击他的话进行反讽，如后羿教训用暗箭伤害他的徒弟逢蒙说："你真是白来了一百多回"，嫦娥对后羿说："若以老人自居，是思想的堕落"等。而后，嫦娥耐不住婚后生活的单调、凄苦和寂寞而离去了，后羿感叹道："她竟忍心撇了我独自飞升？莫非看我老起来了？"所以，小说暗含着作者对自己婚姻问题的思考。

三、鲁迅的杂文

（一）鲁迅杂文创作概况

鲁迅可以说是现代作家中写杂文最多、成就也最高的作家。人们习惯上以1927年为界，把鲁迅的杂文分为前期杂文和后期杂文。前期杂文主要收在《坟》《热风》《华盖集》《华盖集续编》《而已集》五部杂文集中。

《坟》收录1907—1925年所写文章23篇及题记、后记各1篇，1927年由北京未名社出版。《坟》中收的文章体式上不大一致，有早年用文言文写的表现社会改革主张的文章，如《文化偏至论》《摩罗诗力说》等；也有学术研究性的论文，如《宋民间之所谓小说及其后来》；当然，更多的还是反思历史与批判现实的白话杂文，如《春末闲谈》《灯下漫笔》《娜拉走后怎样》等。对于早期的文章鲁迅是不满意的，可是这些文章能让有些人不舒服和憎恶，所以鲁迅偏要收集起来，"造成一座小小的新坟，一面是埋藏，一面是留恋"。

《热风》收录1918—1924年所作杂文41篇及题记1篇，1925年由北京北新书局出版。《热风》所收杂文多是五四文学革命初期写的《随感录》和一些短评，多是对所谓"保存国粹"的封建守旧派的批判和对扶乩、静坐、打拳等愚昧迷信行为的嘲讽。

《而已集》收录1927年所作杂文29篇和1926年的1篇，1928年由上海北新书局出版。所收杂文多是对时政的讽喻和批判。上海“四一二反革命政变”之后，鲁迅又目睹了广州的“四一五反革命政变”，大批共产党人和进步学生惨遭逮捕和杀害，这使鲁迅极为愤慨但又无能为力。

1927年以后，鲁迅的创作以杂文为主。他在《且介亭杂文二集》的后记中说：“我从在《新青年》上写《随感录》起，到写这集子里的最末一篇止，共历十八年，单是杂感约有八十万字。后九年中的所写，比前九年多两倍；而这后九年中，近三年所写的字数，等于前六年。”鲁迅后期杂文集有12部之多，下面我们按成书先后依次介绍。

《三闲集》收录1927—1929年所作杂文34篇，1932年由上海北新书局出版，所收杂文多用曲折的笔法揭露和讽喻时政，也有和创造社、太阳社及新月派论争的文章。成仿吾在《洪水》三卷25期发表《完成我们的文学革命》，他写道：“鲁迅先生坐在华盖之下正在抄他的小说旧闻”，并说鲁迅的创作是一种“以趣味为中心的文艺”，“后面必有一种以趣味为中心的生活基调”，“这种以趣味为中心的生活基调，它所暗示着的是一种在小天地中自己骗自己的自足，它所矜持着的是闲暇，闲暇，第三个闲暇”。

《南腔北调集》收录1932—1933年所写的杂文51篇，1934年由上海同文书店出版，所收杂文包括和“自由人”、“第三种人”、林语堂、杨邨人、施蛰存等论争的文章。当时上海有一署名“美子”的文人在《作家素描》一文中说：“鲁迅很喜欢演说，只是有些口吃，而且是‘南腔北调’。”鲁迅把文集取名《南腔北调集》，是以一种自嘲的方式对“美子”进行嘲讽。

《花边文学》收录1934年1—11月鲁迅所写杂文61篇，1936年由上海联华书局出版。取名“花边文学”是因廖沫沙于1934年7月3日的《大晚报·火炬》上发表《论“花边文学”》，该文针对鲁迅在当年6月28日的《申报·自由谈》上发表的杂文《倒提》，嘲讽鲁迅在为西洋人辩护。因当时刊物刊登鲁迅的文章往往围绕一圈花边以引人注意，于是有人把鲁迅的文章称为“花边文学”，认为其内容不痛不痒，“往往渗有毒汁，散布了妖言”。此外，“花边”是银元的俗称，所以“花边文学”也影射鲁迅写文章就是为了钱。鲁迅把文集取名《花边文学》也是让人们看他的文章是不是不痛不痒就为钱。

（二）鲁迅杂文的思想内容

鲁迅的杂文数量非常多，涉及社会人生的方方面面，表现的思想内容也是非常丰富的。这里仅就其表现突出的思想内容做简要论述。

1. 对以纲常礼教为核心的旧封建文化的揭露与批判

众所周知，鲁迅的小说《狂人日记》是揭露封建礼教“吃人”实质的。其实，鲁迅杂文的一个重要方面也是揭露和批判维护封建专制等级制度的纲常礼教及由此衍生出来的贞节观念、奴隶道德等。在《灯下漫笔》中，鲁迅对封建专制等级制度有十分形象的描绘：“但我们自己是早已布置妥帖了，有贵贱，有大小，有上下。自己被人凌虐，但也可以凌虐别人；自己被人吃，但也可以吃别人。一级一级的制驭着，不能动弹，也不想动弹了。因为一动弹，虽或有利，然而也有弊。”鲁迅进而把封建等级专制的全部历史概括为：想做奴隶而不得的时代和暂时做稳了奴隶的两种时代，并指出以维护封建专制等级制度的封建礼教为核心的“所谓中国文明者，其实不过是安排给阔人享用的人肉的筵宴。所谓中国者，其实不过是安排给这人肉筵宴的厨房”。在《在现代中国的孔夫子》《老调子已经唱完》《十四年的“读经”》等文中，鲁迅揭露那些提倡尊孔读经的统治者实际并不是真心的尊孔读经，而只不过要利用儒家的礼教来束缚人们的思想，为其统治服务。他说：“尊孔，崇儒，专经，复古，由来已经很久了。……这一类的主张读经者，是明知道读经不足以救国的，也不希望人们都读成他自己那样的；但是，耍些把戏，将人们作笨牛看则有之，‘读经’不过是这一回耍把戏偶尔用到的工具。”①

“孝”是封建道德的一个重要规范，是要求幼者对长者绝对服从的一种与“忠”紧密联系的畸形道德。在《我们现在怎样做父亲》中，鲁迅批判父权思想的错误就在于“长者本位与利己思想，权利思想很重，义务思想和责任心却很轻。以为父子关系只须‘父兮生我’一件事，幼者的全部，便应为长者所有。尤其堕落的，是因此责望报偿，以为幼者的全部，理该做长者的牺牲”。鲁迅认为，维系父子关系的应该是责任、义务和爱。鲁迅认为，“便是‘孝’‘烈’这类道德，也都是旁人毫不负责，一味收拾幼者弱者的方法”。“父母对于子女，应该是健全的产生，尽力的教育，完全的解放。”②

封建礼教中最腐朽、最残酷的就是歧视妇女的那些野蛮的道德规范，如要求妇女“在家从父，出嫁从夫，夫死从子”，甚至要求妇女做“节妇”“烈

① 鲁迅：《鲁迅全集（第3卷）》，北京：人民文学出版社，1981年版，第78页。

② 鲁迅：《鲁迅全集（第1卷）》，北京：人民文学出版社，1981年版，第110页。

妇”。这剥夺了妇女的独立地位和人格，是对妇女的灭绝人性的虐待和残杀。五四时着重批判了这种野蛮的伦理观念。周作人翻译了日本女作家与谢野晶子的《贞操论》，用资产阶级的道德来反对这种灭绝人性的“节烈”观。胡适写了《贞操问题》，指斥宣扬“节烈”，其罪等于故意杀人。鲁迅的《我之节烈观》，则系统地论述了“节烈”的发生发展、提倡“节烈”的社会原因以及在男权社会提倡“节烈”表现的是男性的怯懦、自私的心理。他指出“节烈”是一种毫无意义的昏迷和强暴：“道德这事，必须普遍，人人应做，人人能行，又于自他两利，才有存在的价值。现在所谓节烈……决不能认为道德，当作法式。”鲁迅认为“节烈”是“夫为妻纲”的衍生物，这是由妇女只是男人的活财产，处于极端无权的地位所导致的。他指出“节烈”是“极难，极苦，不愿身受，然而不利自他，无益社会国家，于人生将来又毫无意义的行为，现在已经失了存在的生命和价值”。①

2. 对传统的因循守旧思想的批判

坚持进化发展，反对保守倒退是鲁迅一贯的态度。鲁迅明确宣布：“我们目下的当务之急是：一要生存，二要温饱，三要发展。苟有阻碍这前途者，无论是古是今，是人是鬼，是《三坟》《五典》，百宋千元，天球河图，金人玉佛，祖传丸散，秘制膏丹，全都踏倒他。”鲁迅主张改革和发展，反对那些搞折中、调和的洋装保守派，批评他们是“学了外国本领，保存中国旧习”。本领要新，思想要旧。

3. 批判各种丑恶的社会现象和落后的国民性

鲁迅在《热风》中的大部分“随感录”及《坟》中的《说胡须》《看镜有感》《论“他妈的”》《论照相之类》等杂文里，对旧建社会遗留下来的各种丑恶现象如算卦、相面、静坐、打拳等进行了批判。收在《准风月谈》和《花边文学》中的杂文，大部分也是对于各种社会现象的批评。并且，他的杂文，在对社会进行侦破的同时，往往伴随着对国民精神弱点的剖析和批判。在《呐喊·自序》中，鲁迅所谈的幻灯片事件即一个中国人被日本人绑来杀头，说是替俄国人当了侦探，而周围一群中国人看热闹。这种中国人的麻木的看客心理给鲁迅以很大的刺激。他在小说《示众》、散文诗《复仇》中对此进行揭

---

① 鲁迅：《鲁迅全集（第 1 卷）》，北京：人民文学出版社，1981 年版，第 117—125 页。

露和嘲讽。

四、《野草》与《朝花夕拾》

（一）散文诗集《野草》

散文诗集《野草》，收录鲁迅1924—1926年所作并陆续发表在《语丝》周刊上的散文诗23首和成书前作者写的一篇题词，1927年由北京北新书局出版。《野草》与《彷徨》的写作时间大致相同，当时正是五四的退潮期，新文化统一战线的分化使鲁迅感到了深深的寂寞与彷徨。正如他在《〈自选集〉自序》中所说："后来《新青年》的团体散掉了，有的高升，有的退隐，有的前进，我又经验了一回同一战阵中的伙伴还是会这么变化，并且落得一个'作家'的头衔，依然在沙漠中走来走去，不过已经逃不出在散漫的刊物上做文字，叫作随便谈谈。有了小感触，就写些短文，夸大点说，就是散文诗，以后印成一本，谓之《野草》。"《野草》中所收录的诗作，隐晦曲折地表现了鲁迅这一启蒙思想先驱在五四落潮期孤傲执着而又彷徨无奈的心路历程。具体来说，《野草》大致表现出以下几个方面的思想内涵和情感心态。

1. 对封建传统文化和旧的习惯势力的批判

大家知道鲁迅的《狂人日记》《灯下漫笔》等小说和杂文是批判封建礼教和奴隶道德的，其实批判封建传统文化和旧的习惯势力也是《野草》的主旋律。比如，《影的告别》是鲁迅把自己的思想人格投放到"影"这一特殊的自然物象上，用拟人化的手法，通过"影"的言行和思想，批判奴隶道德及以奴隶道德为思想理论基础的世俗社会，表现"人"的独立意识和独立个性以及鲁迅这一启蒙先驱与旧封建道德文化决绝的孤傲心态。所谓"影的告别"，就是告别奴性的依附性和奴隶道德文化所孕育出的"奴隶时代"。《墓碣文》则以一种"复调"式的写法，用三种不同的形象或声音来表现和批判封建文化的主题。首先是已经进入坟墓还故作姿态、死而不僵的僵尸，这是封建旧文化的象征；其次是窥探或凭吊古墓中的僵尸的"我"，通过"我"所见的古墓的阴森破败和死尸的恐怖丑陋营造出恐惧和神秘的氛围，表达出对古墓与死尸（封建旧文化）的恐怖和厌恶的情感；最后是电影画外音似的墓碣刻辞，以客观的盖棺论定的姿态对墓主人（封建旧文化）进行解剖和评判。诗人力图客观审慎地探究和追问传统文化的缺失与优长、病根与价值。《这样的战士》中的“战士”是启蒙文化战场上的“精神界之战士”，在这个“战士”身上，饱含着鲁迅自己的现实体验与精神人格。“无物之物”和“无物之阵”是笼罩在诗人心头无法摆脱和驱散的旧传统文化和旧习惯势力的阴影。在这一“阴影”的重压下，诗人感到四面受敌，时刻处于短兵相接的战斗状态。这是鲁迅改造国民性的强烈的社会责任感和承担意识使然。《希望》表现的是诗人在与旧传统文化和旧习惯势力战斗中从“因希望而战”到“反抗绝望”的希望与绝望交织转换的情感体验或心路历程。《我的失恋》则蕴含着深浅不同的三层意蕴：第一个层面是对当时流行的令人生腻的爱情失恋诗的讽刺；第二个层面是诗人对自己想爱而不得的痛苦的婚恋生活的自嘲；第三个层面是对旧的诗歌传统的解构。诗人选择《四愁诗》这一典型的以“美人香草”的比兴手法来表达忠君爱国思想的古体诗来戏仿和反讽，用以俗抗雅的方式来消解传统诗歌形式的“华贵典雅”，用“由她去罢”的游戏姿态来对传统的以“美人香草”喻忠君爱国的文学观念进行解构。《失掉的好地狱》蕴含批判现实和反思历史的两层含义。从现实批判的角度来看，作品中的“地狱”象征北洋军阀统治下的北京或当时整个黑暗的中国。而“天神”“魔鬼”“人类”对“地狱”统治权的争夺则喻指北洋军阀统治时期各派军阀为争夺权力和地盘而连年混战。从历史反思的层面来看，鲁迅把整个中国的历史都看成是“奴隶的时代”，认为历史上的改朝换代都是换汤不换药，因为奴役人民的专制体制和文化根基都没有变，变的只不过是“天神”“魔鬼”“人类”等不同的“名号”或“旗帜”。《秋夜》《过客》《求乞者》《死后》《聪明人和傻子和奴才》等，均包含着文化批判的主题或意蕴。

2. 精神文化的荒原意识

荒原意识是鲁迅在思想启蒙中对现实社会文化生态及人生意义的深刻体验和认识。

作为一个启蒙主义思想先驱，鲁迅确立了以尊重独立人格、肯定个体价值、张扬主体个性为主要内涵的“立人”思想并以此作为基本的评判标准对一切价值进行重估。而传统文化中以封建纲常礼教为核心的一整套背离人性的奴隶道德成了鲁迅批判的核心内容。历史学家笔下纷繁复杂的历史在鲁迅的审视下只是赤裸裸的“想作奴隶而不得的时代”和“暂时作稳了奴隶的时代”，而被一些人啧啧称赞的中国文明在鲁迅看来“其实不过是安排给阔人享用的人肉的筵宴”，“所谓中国者，其实不过是安排这人肉宴席的厨房。”（《灯下漫笔》）在满本都写着“仁义道德”的史书中，鲁迅却发现了“吃人”的实质。尽管鲁迅对封建传统文化的认识和批判是那样一针见血地命中本质和要害，然而，由于几千年来形成的以封建礼教为基础的封建专制文化已经渗透到每个人的潜意识和骨髓中，其根深蒂固的惰性力量是难以撼动的。鲁迅在《呐喊·自序》中说：“凡有一人的主张，得了赞和，是促其前进的，得了反对，是促其奋斗的，独有叫喊于生人中，而生人并无反应，既非赞同，也无反对，如置身毫无边际的荒原，无可措手的了，这是怎样的悲哀呵，我于是以我感到者为寂寞。这寂寞又一天一天地长大起来，如大毒蛇，缠住了我的灵魂了。”虽然鲁迅豪气满胸真理在手，然而他义正词严的批判犹如是独自在无边无际的荒原上的呐喊，根本得不到关注和回应，那是一种怎样的悲壮、悲哀、孤傲和无奈呀！这就是鲁迅在二十世纪二十年代现实文化生态体验的基础上形成的精神文化的荒原意识。

3. *对启蒙的反思与质疑*

在《呐喊·自序》中，鲁迅曾借用“铁屋子”的意象与老朋友钱玄同讨论启蒙的成败与得失。鲁迅是一面抱着冲破铁屋子的希望为唤醒沉睡的人们而大声疾呼，勇猛地揭露和批判封建文化及封建吃人者的虚伪和罪恶，一面又由于封建文化和旧习惯势力的强大，感到这“铁屋子”万难破毁，因而对启蒙进行反思与质疑。散文诗《死后》，描写作者死了，但这只是运动神经的废灭，而知觉还在，因此遭到世人冷漠而粗暴的对待及苍蝇蚂蚁的舔舐骚扰，让他难以忍受，但却无法反抗。这一意象其实是鲁迅“铁屋子”意象的延展与深化。如果说“铁屋子”意象偏重表现在“昏睡”中被唤醒的被启蒙者的话，那么《死后》的意象就是偏重表现启蒙者自身在启蒙中的尴尬、痛苦与无奈。《聪明人和傻子和奴才》中描写“傻子”执着地要为奴隶们所住的黑洞般的房子开个窗，最后却被奴隶们打跑了。文章深刻地表现了启蒙者与被启蒙者之间的隔阂与对立。《立论》写一户人家生了个大胖小子，请亲朋友邻高高兴兴地过满月。大家来祝贺，说一番这孩子有出息，将来要发财、要做官之类祝福的话，于是主人高高兴兴地对客人表示感谢，这是人之常情的“情”；另有人说“这孩子将来是要死的”，这虽然是必然的“理”，但却因不合情理而惹得人们不高兴并遭到痛打。所以诗作表面上是嘲讽社会上的“今天天气，哈哈哈……”的社会现象和“持中论”者的人生哲学，深层次上却包含着鲁迅这一启蒙思想先驱在思想启蒙中体验到的“情”与“理”的两难选择与内心的困惑。这就是鲁迅对启蒙的深切体验与理性思考。

（二）散文集《朝花夕拾》

《朝花夕拾》是鲁迅唯一一部回忆性散文集，收录1926年以《旧事重提》为总题目、陆续发表于《莽原》半月刊的回忆性散文10篇。1927年7月，鲁迅在广州编订成书时又写了《小引》和《后记》，1928年9月，文集由北京未名社出版，列为作者所编的《未名新集》之一。这些散文，以娓娓道来的絮语闲谈笔调，回忆并记述作者童年、少年和青年时期的生活往事并联系社会现实对一些人或事进行评判或讥讽。该书是了解清末民初的社会生活，认识和研究鲁迅早期生活和思想发展的珍贵文献。

《狗·猫·鼠》虽然是一篇回忆性的散文，但却有很强的现实针对性。作品表面在记述作者自己"仇猫"的原因。一是因为猫对自己捉到的猎物，总是尽情玩弄够了，才吃下去，"颇与人们的幸灾乐祸，慢慢地折磨弱者的坏脾气相同"；二是因为它与狮虎同族，却有一副媚态；三是它们交配时的嗥叫，令人心烦；四是它吃了作者童年时养的一只心爱的小隐鼠（后来证实小隐鼠是被长妈妈踩死的）。这里作者讽刺的笔锋显然是指向社会上那些恃强凌弱还要空发议论的所谓"名人""名教授"。《阿长与〈山海经〉》记述了鲁迅儿时与自己的保姆阿长相处的情景。文章用先抑后扬的手法，先写长妈妈的迷信、唠叨和许多烦人的"礼节"，尤其是她踩死了自己心爱的隐鼠，使作者对她不满甚至憎恶。但当她知道作者渴求一本绘图《山海经》时，想尽办法寻购了一本送给了作者。作品以朴实的记述表达了对这位善良淳朴的劳动妇女的怀念。《二十四孝图》记述了作者儿时阅读插图本《二十四孝图》的感受，重点由"老莱娱亲"和"郭巨埋儿"来揭露封建孝道的虚伪和残酷。《五猖会》则是记述作者儿时盼望观看迎神赛会而被父亲强迫背诵《鉴略》的心理感受，由此反思旧式家庭教育对儿童天性的压制和摧残。《无常》记述了民间迎神赛会或木莲戏中的勾魂鬼"无常"。鲁迅笔下的无常鬼不但具有人情味，而且装扮特殊，表演诙谐，所以带给孩子们的不是恐惧而是乐趣。《从百草园到三味书屋》，描述了作者儿时在家中百草园无拘无束的生活趣味，与入"三味书屋"读书后的封建书塾教育形成对比，表达了应让儿童健康活泼成长的诉求。《父亲的病》则记述了儿时为父亲延医治病的情景。文章详细描述了几个江湖庸医故弄玄虚、勒索钱财，名为医病、实则害人的情形。《琐记》后半部分记述作者到南京求学的经过，描述了当时的江南水师学堂和矿路学堂的情况和作者最初接触进化论时的兴奋心情。《藤野先生》记述了作者在仙台医学专门学校学习时的生活和学习经历及弃医从文的经过，赞扬了日本老师藤野先生的严谨、正直、热情、不带民族偏见的高尚品格。《范爱农》追忆范爱农的为人，他刚直的个性使他在社会上无法立足，只能像吕纬甫一样借酒浇愁，最后溺水而死，文章表现了作者对旧民主革命的失望和对范爱农的深深的同情和悼念。

《朝花夕拾》在艺术上的显著特点表现在两个方面：一是闲谈絮语式的行文风格；二是夹叙夹议、幽默嘲讽的杂文笔调。

第二章　新诗的产生与发展

新诗的产生是新文学运动影响下的产物。新诗吸收了歌谣在语言、节奏方面的优点，从而使其走向现代化、中国化、本土化。新诗是在五四新文学运动影响下产生的一种以白话为基本语言手段的诗歌体裁，带有浓厚的文学和文艺的特征。新诗的出现彻底地颠覆了人们对诗歌的认识，在中国诗歌发展史上具有划时代的意义。它有别于中国古典诗歌，“在体裁方面——反‘绝句’‘律诗’‘排韵’等旧诗体裁，所谓新的体裁者，亦不是‘古诗’‘乐府’，而是‘十四行体’‘排句体’‘颂赞体’‘巢塞体’‘斯宾塞体’‘三行连锁体’，大多数采用的‘自由诗体’”。新诗的产生加快了文学现代化的步伐，推动了中国现代文学的发展。

第一节　郭沫若的诗歌创作

郭沫若（1892—1978），原名郭开贞，四川乐山人，为中国二十世纪著名的诗人、剧作家、历史学家、古文字学家。因家乡有沫水（即大渡河）、若水（即雅河），1919 年取此笔名。1914 年至 1923 年他留学日本，先学医，后从文。在此期间，他接触了泰戈尔、歌德、惠特曼等外国作家的作品，早期诗歌创作深受这些作家的影响。1919 年，郭沫若开始在《时事新报·学灯》发表新诗。1921 年 8 月，他以《创造社丛书》名义出版诗集《女神》，其强烈的反叛精神，鲜明的时代色彩，浪漫主义的艺术风格，奔放的自由体式，开创了一代诗风，也由此奠定了其文学史地位。其后，他陆续出版诗集《星空》《瓶》《前茅》《恢复》等。

一、“诗的本质专在抒情”：新抒情机制的确立

二十世纪二十年代，《女神》产生了广泛的社会影响和重要的诗学效应，一个主要的缘由在于《女神》为发生期的新诗提供了一种新的抒情机制。以胡适为代表的新诗构想以及《尝试集》对新诗的呈现、建构主要在新/旧、文言/白话的对峙之中展开，而且在新/旧区分逻辑的作用下，新诗突破了古典诗歌格局，以“自由体白话诗”的历史形象呈现出来。然而，新诗作为新文学的一个类别，其文学地位的合法性不能仅仅由“新”或“白话”来保证。新诗不仅仅是“新”的、“白话”的，它还首先必须是“诗”的。“白话入诗”的形式突破并不必然提供一种文学性的表达，不少早期新诗的诗性缺失即与此相关。在这种时代语境中，《女神》以“异军突起”的姿态为新诗提供了新的抒情表达机制。

“抒情”是郭沫若诗歌观念的核心，而“自然流露”的浪漫诗学则构成其观念上的支撑，这标示着一种新的诗学认知：“抒情”是诗的本质所在。这种浪漫的诗学认知迎合了二十世纪二十年代发生期的新诗对某种普遍的“诗本质”的知识诉求，并由此带来对新诗的另一种体认：“诗的创造贵在自然流露。诗的生成，如像自然物的生存一般，不当掺以丝毫的矫揉造作。我想新体诗的生命便在这里。古人用他们的言辞表示他们的情怀，已成为古诗，今人用我们的言辞表示我们的生趣，便是新诗”，这是对新诗认知的一种深化。更重要的是，在这种诗学认知中，《女神》的创作以新的抒情表达机制确立了抒情的本体地位，使新诗的表达从形式层面突入至诗的情感内核。恰如郭沫若诗中所述：“我想我们的诗只要是我们心中的诗意诗境的纯真的表现，命泉中流出来的 Strain，心琴上弹出来的 Melody，生的颤动，灵的喊叫；那便是真诗，好诗”。①

由此，《女神》创造了一个强势的自我抒情的主人公形象。这是以“自我”为内核的新抒情机制的确立，也是对传统的诗歌表达机制的深层次突破。传统诗歌中往往“没有人称代词如‘你’如何‘我’如何。人称代词的使用往往将发言人或主角点明，而把诗中的经验或情境限指为一个人的经验和情

---

① 郭沫若：《郭沫若全集·文学卷（第 15 卷）》，北京：北京人民文学出版社，1990 年版，第 13 页。

境；在中国诗里，语言本身就超脱了这种限指性（同理我们没有冠词，英文里的冠词也是限指的）。因此，尽管诗里所描绘的是个人的经验，它却能具有一个‘无我’的发言人，使个人的经验成为共有的经验、共有的情境”。这种“物我两忘”的表达特征即使传统诗歌具有一种含蓄的意境之美，也使其形成一个日趋封闭的抒情机制。而新诗一个根本性的改变，就是“由于‘物我’不再具有交融性和移情特征，新诗放弃了古典诗歌‘以物观物’‘目击道存’的构思方式，而以‘全景式’手法展开了对世界和自我情绪的描绘”，这是对传统诗歌表达机制的突破与改变，也是新诗包容个体的现代经验的现代性冲动的重要体现。自此，现代新诗人首先需要考虑的是在现代“自我”的体认中，确立一种新的诗歌言说机制，以达到对现代经验的广泛占有、包容。正是在这种诗学的意义上，《女神》通过自我抒情主体的塑造，为新诗提供了一种新的抒情表达机制。

“我是个偶像崇拜者哟！/我崇拜太阳，崇拜山岳，崇拜海洋；……/我崇拜偶像破坏者，崇拜我！/我又是个偶像破坏者哟！”（《我是个偶像崇拜者》）。

这里，诗歌的表达脱离了传统的语境与言说机制，在对“物我两忘”的审美传统的突破之中，通过现代“自我”的体认与言说，以“自我”为内核建立起新的诗歌表达机制。这是对古老中国的中庸、柔弱的民族精神与静穆的审美积习的一种超越。更重要的是，在现代诗学的意义上，这在突破传统的言说与表达机制方面迈出了重要的一步。

《女神》中充满生命的活力与躁动的抒情主体的出现，一方面是对传统的“天人合一”、超然物外的静态的宇宙观念、审美范式的疏离与突破，一方面也是诗人接受的泛神论思想在创作中的体现与表达。泛神论是十六世纪至十八世纪兴起于欧洲的一种哲学思想，其代表人物之一为荷兰的斯宾诺莎。泛神论不承认超越于自然之上的主宰（上帝）或精神力量，认为神即是自然，神存在于世界一切事物之中。泛神论否认了神是自然的创造主，成为无神论及唯物论的先导，在人类精神发展史上意义重大。郭沫若在日本期间，“因为喜欢泰戈尔，又因为喜欢歌德，便和哲学上的泛神论（Pantheism）的思想接近了”。对泛神论思想的接受积极促进了郭沫若早期的诗歌创作，他后来自述道：“对于泛神论的思想感受着莫大的牵引。因此我便和欧洲的大哲学家斯宾诺莎的著作，德国大诗人歌德的诗，接近了。（宗）白华在那时也是倾向于泛神论的，这层便更加促进了我们两人的接近。他时常写信来要我做些表示泛神论的思想的诗。”当然，郭沫若对泛神论的接受是一种诗人式的接受，或者说，他接受的是一种诗化的泛神论，而与严格的思想史意义上的泛神论有别。当诗人把自我也奉为“神”，认为“一切的自然只是神的表现，我也只是神的表现”。这种诗化的泛神论带来了自我主体性的高扬。当诗人将自我提升至与神、万物平等的地位，他无疑在诗歌中强调并突出了自我主体的意志和信念，彻底打破了传统的“以物观物”、反对主观干预的诗歌表达机制。

《天狗》中的“天狗”即是现代“自我”的一个化身，不但吞食日月，吞食宇宙，整个宇宙似乎都容不下那个无限扩张的“自我”，主体意志的高扬甚至使“自我”都无法在世界和宇宙中定位，“自我”最终只能走向毁灭：“我剥我的皮，/我食我的肉，/我吸我的血，/我啮我的心肝……/我便是我呀！/我的我要爆了！”这种“天狗”式“自我”充满暴躁凌厉之气，或许缺乏对现代“自我”的多向度存在的深度审视，但这种激情狂放的主体扩张意识无疑为郭沫若的诗歌打开了一个广袤无垠的“自我”世界。

二、《女神》的时代意蕴与形式特征

闻一多曾经指出，《女神》“最要紧的是他的精神完全是时代的精神——二十世纪的时代的精神”。在某种意义上，《女神》诸多诗篇对“自我”的体认与言说轻而易举地完成了与时代精神的换喻，“诗歌是抒发（或表现）感情的，情感的核心就是‘自我’，而区别于‘旧文学’的新‘自我’，就是解放、自由的化身，时代精神的化身”。[①] 这种言说与转换方式或许有些简单、直白，却完成了一种新的时代精神的想象性塑造，《女神》的时代影响与诗学效应很大程度上源于此。

《女神》丰富的时代意蕴主要体现为激昂凌厉的诗风承载、传达着五四时期“动的”“反抗的精神”。《凤凰涅槃》以凤凰和涅槃两种神话和宗教意象化合而成，通过“拟诗剧”的形式，既表现了凤凰在死亡过程中的悲壮意味，又渲染了复生后的欢乐场景，具体而生动地再现了古典神话中死而复生的原型意象。而且，这意象又有其鲜明的现实象征意义，它不仅是凤凰的死亡与再生，也寓意着诗人自我的再生，并且象征着中国的新生。诚如诗人所述，这是

---

① 王光明：《现代汉诗的百年演变》，石家庄：河北人民出版社，2003年版，第136页。

“在象征着中国的再生，同时也是我自己的再生”。① 诗歌最核心的篇章为“凤歌”“凰歌”，“凤歌”是对宇宙、世界的本体追问，“凰歌”是对生命本真的思索，这追问和思索都充斥着一种大胆的怀疑和强烈的叛逆。

《女神》重要的文学史地位一方面来自其丰厚的时代意蕴，另一方面来自其自由诗的形式创造。在新诗的形式方面，郭沫若主张“绝端的自由，绝端的自主”，在其看来：诗之精神在其内在的韵律，内在的韵律并不是什么平上去入、高下抑扬、强弱长短；也不是什么双声叠韵，什么押在句中的韵文。这些都是外在的韵律或有形律。内在的韵律便是“情绪的自然消涨”。

在这里，押韵、平仄、对仗等外在诗形被视为内在情绪的束缚而予以抛弃，这是对传统诗形的一种整体性突破。这种诗学认知体现于《女神》创作中，即是自由奔放的诗形创造。《女神》中受惠特曼浪漫主义诗风影响的诗作，在雄浑、粗暴的激情呼吁中，一种自由奔放的诗形得以生成，突破了传统诗形的拘囿。更重要的是，《女神》的诸多诗篇在自由奔放的书写中，依然有着内在结构的严谨与考究，而与当时流行的“散文化”诗风区别开来，并将新诗的诗形创造推至一个新的艺术层面。《凤凰涅槃》是时代精神的诗化表达，激情狂放的时代颂歌以“拟诗剧”的形式展开，“序曲”“凤歌”“凰歌”“凤凰更生歌”等篇章首尾呼应，以逻辑的连贯与结构的严谨构筑起诗篇，并在戏剧化的角色吟唱中带来了诗情的内敛，诗篇从内容至形式都不失为时代的力作。《炉中煤》抒写的是“眷念祖国的情绪”，将火热的激情化为燃烧的“炉中煤”意象，贴切而自然，同时诗篇也有着内在的严谨与整饬，以层层递进的咏叹结构诗篇。

《春之胎动》一诗也是清新自然、冲淡朴素、空灵迷离的：“独坐北窗下举目向楼外四望：/春在大自然的怀中胎动着在了！/远远一带海水呈着雌虹般的彩色，/俄而带紫，俄而深蓝，俄而嫩绿/……/空漠处时而有小鸟的歌声。/几朵白云不知飞向何处了。/海面上突然飞来一片白帆……”《霁月》诗风冲淡，飘渺清幽，自然、平和的形式中蕴含着精美的意象、幽远的意境。诗作的前两节描画出一种含蓄悠远的诗境：“淡淡地，幽光/浸洗着海上的森林。/森林中寥寂深深，/还滴着黄昏时分的新雨。//云母面就了般的白杨行道/坦坦地

---

① 郭沫若：《我的作诗的经过//郭沫若论创作》，上海：上海文艺出版社，1983 年版，第 205 页。

在我面前导引，/引我向沉默的海边徐行。/一阵阵的暗香和我亲吻。”这种诗美的创造，被同时代诗人冯至认为：“无论在意境上，或是语言上都是别开生面的，既不同于古代的自然诗，也不同于一般的新诗。……在当时，的确给人以一种新鲜的感觉”。不同于那些“惠特曼”式的狂放抒写，《女神》中这些冲淡、平和的小诗更可以见出诗人在新诗形式上的创新。

三、《星空》《瓶》等诗歌创作

《女神》之后，郭沫若陆续创作并出版了《星空》《瓶》《前茅》《恢复》等诗集。对于这些诗歌创作，诗人认为：“要从技巧一方面来说吧，或许《女神》以后的东西要高明一些，但像产生《女神》时代的那种火山爆发式的内发情感是没有了”。郭沫若属于激情型的诗人，《女神》的成功很大程度上正源于自我激情的喷发与时代精神的契合，而《女神》重要的时代影响与文学地位也由此奠定。在这个意义上，可以说《女神》的创作于诗人、于时代都是不可复制的，而《星空》《瓶》等诗集的时代影响与文学地位较之《女神》显然逊色一筹。不过，如诗人所述，这些诗集在技巧方面也有独到之处，显示着诗人对诗艺的进一步探求。

《静夜》在严谨的形式对应中吟咏出一种典雅情韵：“月光淡淡/笼罩着村外的松林。/白云团团，/漏出了几点疏星。//天河何处？/远远的海雾模糊。/怕会有鲛人在岸，/对月流珠？”当然，诗人也没有对诗歌形式的雕琢与考究，相反，《星空》以及后来的《前茅》《恢复》中的诸多诗作折射着时代风云的变幻与诗人的社会心理、个人情绪的嬗变。在《苦味之杯》中，诗人倾诉道：“啊啊，苦味之杯哟，/人生是自见此地之光/不得不尽量倾饮。/呱呱坠地的新生儿的悲声！/为甚要离开你温暖的慈母之怀，/来在这空漠的、冷酷的世界？”五四时期激越的自我主体的张扬、突进被人生苦闷的宣泄所取代，这背后则是诗人社会心理的转变，诗人由对个体自由的讴歌转向了对社会不平等现象的关注与诅咒：“青青的田畴之中/围住了一座荒坟——/诗人哟，别再右眼观赏风光，/左手蒙住你左边的眼睛”（《怆恼的葡萄》）；“歌笑在富儿们的园里，/那小鸟儿们的歌笑。/啊，我愿意有一把刀，/我要割断你们的头脑……/你厚颜无耻的自然哟，/你只是在谄媚富豪！/我从前对于你的赞美，/我如今要一笔勾销”（《歌笑在富儿们的园里》）。由此，诗人的诗歌风格也开始转变，在《力的追求者》中，诗人明确宣示：“别了，低回的情趣！/别要再来缠绕我白热的心曦！……/别了，虚无的幻美！/别要再来私扣我铁石的心扉！”诗人告别了以往的“情趣”与“幻美”，转而追求一种激昂凌厉的“力的美”。

这种转变与郭沫若参加北伐战争等革命经历密切相关，面对风起云涌的时代革命风潮，诗人的社会心理、个人情绪发生了很大的转变。正如诗人自述：“我从前是尊重个性、景仰自由的人，但在最近一两年间与水平线下的悲惨社会略略有所接触，觉得在大多数人完全不自主地失掉了自由，失掉了个性的时代，有少数的人要来主张个性，主张自由，未免出于僭妄。”①在这种社会认知下，诗人很自然地抛弃了五四时期个人主义的吟唱。这也表明，郭沫若是一个紧随时代风云的诗人。这种时代的抒唱（《女神》是五四时代精神的抒唱）自然有艺术的高低成败，但是对这些承载着丰富时代内涵的诗作仅仅作艺术的评价，显然不足以认知郭沫若在新诗史上的重要地位。尽管包括《女神》在内的诗歌创作可以被后来的诗人所超越，其浪漫主义诗学也可以被后来者所批判，但是，《女神》开创了自由诗的形式，并使新的抒情机制得以确立，《前茅》《恢复》等对“革命诗歌”创作进行了探索，这足以使郭沫若在新诗发展历程中占据举足轻重的文学史地位。

第二节　以闻一多、徐志摩为代表的新月诗人群

一、新格律的倡导

新诗发生之初，以胡适为代表的新诗构想方案“作诗如作文”“诗体大解放”等为新诗的诞生、发展开辟了道路。不过，突破了传统的诗歌形式之后，新诗面临着探求新的诗歌形式的诗学课题，这不是一朝一夕所能完成的。而在激进的“诗体大解放”诗学主张之下，新诗也在很大程度上掉进了一个语言、形式层面上的“自由”陷阱，以为只要将鲜活的白话纳入诗歌，就能创造一种新的完美诗形。诸多针对早期新诗“散漫化”“非诗化”的指责也由此而发。梁实秋曾经指责道：“自白话入诗以来，诗人大半走错了路，只顾白话之为白话，遂忘了诗之所以为诗，收入了白话，放走了诗魂”，显然，新诗迫切

---

① 郭沫若：《郭沫若全集·文学卷（第15卷）》，北京：人民文学出版社，1990年版，第146页。

需要确立新的艺术形式与美学原则，以期在读者与作者之间架起一座可理解的共同桥梁。

新月诗人群也称为“新月诗派”，大体指以1926年《晨报·诗镌》、1928年《新月》杂志为中心形成的一个诗人群体，代表诗人有闻一多、徐志摩、朱湘、刘梦苇、饶孟侃等。面对早期新诗“散漫化”“非诗化”的倾向、局限，新月诗人进行了新诗形式秩序的可贵探求。

在《晨报·诗镌》创刊号上，徐志摩指出“要把创格的新诗当作一件认真事情做”，所谓“创格的新诗”即讲求格律和音节的新诗。这是针对早期新诗忽视形式提炼、过于散漫自由而言的。新诗发生之初，即面临一个问题，就是韵与形式有无存在价值。早期自由诗的倡导者大多认为新诗可以抛弃这些外在的诗形。这自然带来了新诗对古典诗歌的历史性突破，然而，在早期普遍的新诗创作中，对“自由”“解放”的偏执追求，往往成为忽视艺术经营、放任粗制滥造的一个借口。对于新月诗人而言，自由诗的倡导并不意味着新诗的创作变得容易了，相反，“在取消了传统形式与技巧限制之后，只要写的仍然是诗，诗人的困难反而有增无减”。① 究其实际，当传统的诗歌形式被突破以后，不意味着诗歌从此不再需要形式，寻找新形式的责任重新落到了新诗人身上。正是在这个意义上，徐志摩明确标榜：

我们信诗是表现人类创造力的一个工具，与音乐与美术是等同性质的；……我们的责任是替它们构造适当的躯壳，这就是诗文与各种美术的新格式与新音节的发现，我们相信完美的形体是完美的精神唯一的表现；我们相信文艺的生命是无形的灵感加上有意识的耐心与勤力的成绩。

在此，“适当的躯壳”“完美的形体”“有意识的耐心与勤力”等用语表明，新月诗人意识到新诗不能在自由诗的名义下放弃对诗歌形式的寻找，自由诗并没有为诗人争得绝对的自由，诗人依然需要寻找新的语言形式与表达策略，以使新诗的创作规则在真正的诗学意义上稳定下来。也是在这个诗学层面上，针对早期新诗创作在“自由”“解放”等掩盖下的情感过分泛滥以及艺术上的粗制滥造，闻一多批判其为“伪浪漫派”。

他们压根儿就没有注意到文艺的本身，他们的目的只在披露他们自己的原

---

① 王光明：《现代汉诗的百年演变》，石家庄：河北人民出版社，2003年版，第143页。

形。顾影自怜的青年们一个个都以为自身的人格是再美没有的，只要把这个赤裸裸的和盘托出，便是艺术的大成功了。……他们所谓浪漫主义，正浪漫在这点上，和文艺的派别绝不发生关系。……这一种伪浪漫派的作品，……万不能当它作诗看。

闻一多的《诗的格律》一文是新格律诗的理论纲领，这既是对徐志摩“创格的新诗”的具体回应，也对新月诗人诗歌形式美学方面的追求产生了深远的影响。新月诗人后来被称为“格律诗派”即源于此。在闻一多看来，“格律就是 form。试问取消了 form，还有没有艺术?”格律在此是一种宽泛意义上的艺术规范、诗化规则，而与严格意义上的传统格律有别。闻一多认为，新诗的格律不是像旧诗那样以固定的格式裁剪内容，而是“相体裁衣”，追求“精神与形体调和的美”，以反驳“杂乱无章、参差不齐、信手拈来的自由诗”带来的失序、混乱。闻一多进而指出，真正的诗人不会被格律束缚住，“他们乐意戴着脚镣跳舞”。这与胡适“打破那些束缚精神的枷锁镣铐”的诗学主张形成鲜明对照，显示着格律化诗学主张是对激进的自由诗方案的一种矫正。

在具体的诗化规则方面，闻一多从视觉与听觉两方面切入对新诗格律化的思考，认为“属于视觉方面的格律有节的匀称，有句的均齐”。以闻一多为代表的新诗格律化主张是对新诗形式秩序的一种可贵探求，也体现了一种诗学意识的觉醒，即诗歌有其自身形式的限制，在文字上以及形式上，必须承认几个基本的诗化规则。这是对早期自由诗语言放任、形式散漫的纠偏，为新诗带来了诗情的内敛以及新的艺术形式与美学原则。新格律诗创作也在二十世纪二十年代后期影响深远，形成了“自由诗派”“格律诗派”“象征诗派”共存的诗歌格局。

二、闻一多等新月诗人的创作

新月诗人不仅在理念上倡导新格律诗，而且在创作中实践其诗歌理念，进行了诗歌形式的多方面探求与实验，通过新诗形式秩序的规范化以及新的美学原则的建立，积极促进了新诗的健康发展。闻一多、徐志摩、朱湘等人的创作，在这方面代表着新格律诗创作的实绩。

闻一多（1899—1946），湖北浠水人。五四时期开始创作新诗，早期诗歌创作受当时自由诗理念影响、制约的痕迹明显。1923 年，他出版了第一部诗集《红烛》。1928 年，他出版的第二部诗集《死水》是其新格律诗理念的实践与体现。通过对诗歌形式秩序的寻求、实验，闻一多把诗歌的表达导向艺术的方向，使之转化为美的形式和韵律，这是诗集《死水》的艺术价值与历史地位所在，也是对自由放任、情感泛滥的早期自由诗的一种艺术克服，并将新诗推向一个相对规范化的艺术轨道。譬如《也许》一诗是诗人对夭折女儿的追念，但巨大的悲痛却用催眠曲的形式表现出来："也许你真是哭得太累，/也许，也许你要睡，/那么叫夜鹰不要咳嗽，/蛙不要号，蝙蝠不要飞"，"那么你先把眼皮闭紧，/我就让你睡，我让你睡，/我把黄土轻轻盖着你，/我叫纸钱儿缓缓的飞"。诗篇以诗的形式与技巧平衡、疏导乃至超越了题材自身的强烈情感，表达非常节制，避免了流行的以"浪漫主义"感情淹没美学的倾向。同时，诗篇的音韵谐和、自然，文字和组织上达到了"节的匀称""句的均齐"，韵律与形式在此成为一种艺术的结构手段，控制着情感的运行和变化，使诗的主题单纯而又意境幽深，在淡定的形式和节奏中传达出深厚的追思情怀。

闻一多的诗歌创作很注重炼字。如："鸦背驮着夕阳，/黄昏里织满了蝙蝠的翅膀"（《口供》），"黄昏拥着恐怖，直向她进逼，/一团剧痛沉淀在她的心里"（《什么梦》），"梧桐叶上敲着永夜的悲歌"（《泪雨》），"撑一伞松荫庇护你睡"（《也许》）等。这里，字词的提炼，既是"绘画美"（辞藻）追求的体现，也提升了现代汉语的诗性表现力。

当然，作为一个现代知识分子，闻一多并没有耽误纯艺术的创作，相反，社会责任的承担感以及理想与现实的差距，使其诗歌创作充满了一种内在的情感张力。《口供》抒发了内心的矛盾，既充满了爱国激情，又苦闷、彷徨。诗作结尾以对比的形式，让人在正视崇高和美的同时，也正视卑鄙和丑陋："可是还有一个我，你怕不怕？——/苍蝇似的思想，垃圾桶里爬"。闻一多的多数诗歌有着个人理想与现实环境的毫不含糊的结实碰撞。《发现》一诗即是这种碰撞的表达，将情绪以诗的形式蓄积起来，读来令人感到窒闷，这是一个自我的意志和愿望得不到周围环境所理解的人的情感表现。其"诗人""学者""战士"等身份转换与人生经历也与此相关。

徐志摩（1897—1931），浙江海宁人。1921 年左右开始新诗创作，早期诗歌创作多受浪漫主义影响。1926 年主编《晨报·诗镌》，与闻一多、朱湘等人开展新诗格律化运动，成为新月诗派的代表诗人。自由潇洒的个性及不受羁绊的才情，共同成就了徐志摩诗歌才气横溢、飞动飘逸的艺术品格。其早期诗歌尤其如此，且不免有些情感泛滥。对新诗格律化的追求，把诗人的才情导向严谨的艺术轨道，在诗情的内敛中提升了诗歌形式的艺术表现力。

诗的音节婉转、流畅，而跟随音节的自然起伏与转换，诗人通过对跨行的运用，诗歌的形式也显得相对匀称、均齐。可见，徐志摩对格律化的诗美追求“并不在外形上制定某式不是诗，某式才是诗”，而是注重“行数的长短，字句的整齐或不整齐的决定，全得凭你体会到的音节的波动性”。这也体现了诗人“认真的翻译研究中国文字解放后表现致密的思想与有法度的声调与音节之可能”的创作态度与艺术抱负。诗人的代表作《再别康桥》即是这种创作追求和艺术抱负的表达与实现。同一主题的早期诗作《康桥再会罢》平铺直叙，散漫无形，只是记忆的钩沉，感情的直接倾吐。而《再别康桥》在“音节化”的艺术构筑中，通过舒展的节奏和整饬的形式提炼诗歌内容，铿锵、婉转的韵律在层层推进诗意的同时，也有力地帮助诗人控制情感抒发的旋律与意义表露的节奏，极致地传达出一种微波似的、轻烟似的伤感情怀，收到了回肠荡气的艺术效应。诗篇的第一节：“轻轻的我走了，/正如我轻轻的来；/我轻轻的招手，/作别西天的云彩”，韵律幽美，节奏从容，形式整饬，并与最末一节形成对应，以清淡而幽雅的哼唱共同奠定了诗篇哀伤的基调。

诗篇的五、六节是情感的爆发：寻梦？撑一支长篙，/向青草更青处漫溯，/满载一船星辉，/在星辉斑斓里放歌。/但我不能放歌，/悄悄是别离的笙箫；/夏虫也为我沉默，/沉默是今晚的康桥！

音调的抑扬起伏、节奏的流转切换以及意象的生成转化，内在情感的爆发在此转化为一种淡定自如而又声情茂美的诗性表达。淡定的形式和悠远的旋律渲染出一种难以把摸而又挥之不去的伤离别趣，那样淡漠、空灵，又那样浓烈、深沉。情感的一放一收跟形式和韵律的起承切换契合一体，显示出诗人熟稔的艺术形式创造力。

徐志摩后期的多数诗作具有幽雅的韵律、整饬的形式，在“音节化”的诗美追求中创造了一种空灵、飘逸的诗歌品质。譬如诗篇《我不知道风是在哪一个方向吹》共六节，每节只有最后一句略有不同，全诗即以此种回环反复的音节形式结构而传达出余韵无穷的缠绵诗意。

作为一位情感丰富的诗人，徐志摩在诗的创造中真诚地表现自我心灵深处的真情实感，并在格律化的艺术追求中提升了诗歌的形式表现力。徐志摩对新诗的贡献与价值也在于此。

朱湘（1904—1933），祖籍安徽，出身书香门第。1922 年，他开始发表新诗，1925 出版第一部诗集《夏天》。1925 年以后，他开始自觉追求新诗音韵格律的整饬，努力实践诗歌音乐美的主张。第二部诗集《草莽集》（1927 年）形式工整，音调柔婉，风格清丽，是其代表作。朱湘的诗作大多以柔和的调子入诗，有形式韵律的自觉追求，韵律优美，形式也较整饬。如《摇篮歌》的前两节：

春天的花香真正醉人，/一阵阵温风拂上人身，/你瞧日光它移的多慢，/你听蜜蜂在窗子外哼：/睡呀，宝宝，/蜜蜂飞的真轻。

天上瞧不见一颗星星，/地上瞧不见一盏红灯；/什么声音也都听不到，/只有蚯蚓在天井里吟：/睡呀，宝宝，/蚯蚓都停了声。

在这同一艺术风格下，《采莲曲》更倾向于以刻意的分行及用韵使节奏舒缓，音韵清丽悦耳，几近可以朗诵成声。这是诗的第一节：

小船呀轻轻飘，
杨柳呀风里颠摇；
荷叶呀翠盖，
荷花呀人样娇娆。
日落，
微波，
金丝闪动过小河。
左行，
右撑，
莲舟上扬起歌声。

诗篇以欢愉、轻扬的调子，长短交错的诗行，将自然中的音乐和图画意味转化为充满乐感的诗性文字，诗情、画意、乐感契合一体，“用东方的声音，唱东方的歌曲，使诗歌从歌曲意义中显出完美”。这种诗歌音乐美的探索与追求，在不求音韵、形式散漫的自由诗泛滥的时代，自有其积极的意义。

朱湘个人生活穷困潦倒，最后在愤懑失望中投江自杀。然而，“生活使作者性情乖僻，却并不使诗人在作品上显示纷乱”。这在很大程度上应归因于诗人重视艺术形式的净化作用。作为新月诗人群的一位重要诗人，朱湘对诗体韵律的严谨追求无疑阻止了诗人情感的泛滥与艺术上的粗制滥造。诗人以贴近音韵节奏所暗示的诗思进行创作，诗篇在产生音乐美的同时，也带来了诗形的约束与整饬。使人们认识到形式和韵律等外在诗形于新诗依然有价值，也以实际的艺术探索和实践促进了新诗形式秩序的建构。

第三节　《现代》诗人群

二十世纪三十年代，新诗领域形成了一个颇具影响的诗人群体——《现代》诗人群。这是以《现代》杂志为中心，波及《水星》《新诗》《诗志》《小雅》等刊物而在二十世纪三十年代产生重大影响的一个诗人群体，其代表诗人有戴望舒、卞之琳、何其芳、施蛰存、废名、林庚等，人们也称其为“现代派”。若考察其具体的创作活动，则可发现他们在诗的内涵与传达方式方面有着各自的特征及差异，譬如戴望舒与卞之琳在各方面的差异都很大。究其实际，这是一个宽泛意义上的有着时代影响的诗人群系，他们的创作将新诗推至一个新的发展阶段。

一、戴望舒的诗歌创作

戴望舒（1905—1950），浙江杭州人，原名戴朝安。1922 年他开始新诗创作，1928 年发表《雨巷》，获“雨巷诗人”称号。1932 年，施蛰存、杜衡创办《现代》杂志，戴望舒为诗歌方面的主要撰稿人，他以熟稔的创作影响一代诗风，成为《现代》诗人群中最杰出的诗人。

戴望舒早期的创作笼罩着一种挥之不去的寂寞、忧愁情绪，且有对传统诗词意象的借用，显示出诗人深厚的传统诗词的素养。《雨巷》为其早期代表作。诗篇借用、转化了古典诗词中集美丽、高洁、愁绪为一体的“丁香”意象，使诗中的“丁香姑娘”成为一个象征的意象，诗的意境笼罩在这饱含愁绪、哀怨的意象之中，抒唱出一曲寂寥、惆怅、彷徨的心绪哀唱。并且，不断分行形成的缓慢、凄婉的节奏，一连串联绵词和双声叠韵的运用，以及对应着内心情绪的节拍，使诗篇在音律方面也臻于极致。诗中那种低沉的、缥缈的节奏和旋律的循环反复，成就了诗篇罕见的音乐美。譬如诗的第四节：

她静默地走近
走近，又投出
太息一般的眼光，
她飘过

像梦一般地
像梦一般地凄婉迷茫。

这里，有意的分行，节奏的舒缓，反复的吟咏，韵律的回旋等不断地渲染并强化着诗的内涵及旋律美。在此，可以见出新月诗人群“音乐美”的艺术追求对戴望舒早期创作的影响。

《我的记忆》的出现，标志着戴望舒创作的转变，“在那里，字句的节奏已经完全被情绪的节奏所替代”。诗篇不再刻意于字句的节奏及韵律的音乐美，而是追求一种自由体式的散文化诗美。这是诗的前两节：

我的记忆是忠实于我的，
忠实甚于我最好的友人。
它生存在燃着的烟卷上，
它生存在绘着百合花的笔杆上，
它生存在破旧的粉盒上，
它生存在颓垣的木莓上，
它生存在喝了一半的酒瓶上，
在撕碎的往日的诗稿上，在压干的花片上，
在凄暗的灯上，在平静的水上，
在一切有灵魂没有灵魂的东西上，
它在到处生存着，像我在这世界一样。

诗篇以朴素的语言和格调，最恰当地表达了诗人的内在情绪，作品将记忆这种抽象的感情，化为最普通、最平常的生活中的具体意象，通过形象的选择和运用，隐含了许多无法言说的复杂情感，而具有隽永的诗意。并且，在几近口语化、散文化的自由诗体中，诗篇整体诗意丝毫没有减弱，散文化的形式中包蕴着诗意的层层聚集、递进。如果说《雨巷》是诗化和格律化同构，《我的记忆》则是诗化与散文化同行。

二、何其芳、卞之琳等人的诗歌创作

《现代》诗人群其他重要的诗人有何其芳、卞之琳等。何其芳（1912—1977），四川万县人。1930 年开始写诗，1936 年与卞之琳、李广田合出诗集《汉园集》，后出版个人诗集《预言》《夜歌》等。何其芳早期的诗作弥漫着深沉的忧郁和哀愁，传达出一种梦幻失落后的悲哀的人生况味，正如诗人自述："我乃寻着失掉了的金钥匙，可以开启梦幻的门，让我带着岁月的烦忧和尘土回到那充满了绿荫的园子里去。我乃找到了一片荒凉"。《预言》即是对心中梦幻的寻求，美的梦幻在此化身为"年轻的神"，诗人吟唱道：

你一定来自那温郁的南方！/告诉我那里的月色，那里的日光！/告诉我春风是怎样吹开百花，/燕子是怎样痴恋着绿杨！/我将合眼睡在你如梦的歌声里，/那温暖我似乎记得，又似乎遗忘。

诗篇中这美的梦幻转瞬即逝，难以把摸，这种梦幻的追求及失落是诗人早期诗作的基本母题，并且往往与对于爱情的怀想纠结在一起。譬如：

"我饮着不幸的爱情给我的苦泪，/日夜等待熟悉的梦来覆着我睡，/不管外面的呼唤草一样青青蔓延，/手指一样敲到我紧闭的门前。//如今我悼惜我丧失了的年华，/悼惜它如死在青条上的未开的花。/爱情虽在痛苦里结了红色的果实，/我知道最易落掉，最难捡拾。"（《慨叹》）

"呵，我曾用泪染湿过你的手的人，/爱情原如树叶一样，/在人忽视里绿了，在忍耐里露出蓓蕾，/在被忘记里红色的花瓣开放。//红色的花瓣上颤抖着过，成熟的香气，/这是我日与夜的相思，/而且飘散在这多雨水的夏季里，/过分地缠绵，更加一点润湿。"（《雨天》）

并且，何其芳对此种悲凉人生况味的表达没有走向表层的伤感与浅薄的呼吁，而是以意象的化用、现代诗形的构筑等获致了哀而不伤、浓而不艳的诗美效果。譬如《欢乐》一诗：

告诉我，欢乐是什么颜色？/像白鸽的羽翅？鹦鹉的红嘴？/欢乐是什么声音？像一声芦笛？/还是从稷稷的松声到潺潺的流水？

是不是可握住的，如温情的手？/可看见的，如亮着爱怜的眼光？/会不会使心灵微微地颤抖，/而且静静地流泪，如同悲伤？

诗篇表达的是忧郁的人生体悟，而通过意象的呈现、通感的运用及自然舒展的诗形等，诗篇收到了哀怨而不伤感的唯美的艺术效应。这既是何其芳早期诗作的主要特质，也是其诗歌创作于新诗的重要价值和意义所在。抗战爆发后，诗人的创作从内容到形式都有了很大的改变，到达延安以后的创作可以归入革命诗歌的范畴。这种转变是非常之大的，以至于被人们称为新诗史上的"何其芳现象"，这也是值得深思的一个现象。

第四节　艾青的诗歌创作

艾青（1910—1996），原名蒋海澄，出生于浙江金华一个富有家庭，早年学习绘画，1929 年留学巴黎。在巴黎学习绘画期间，艾青受到近代诗人凡尔哈仑、波德莱尔等人影响，开始了零星的诗歌写作。1932 年回国后，他参加中国左翼美术家联盟，投身左翼革命运动，后被捕入狱。1933 年他在监狱中写下成名作《大堰河——我的保姆》，自此走上诗歌创作道路。

一、时代的歌者

作为二十世纪四十年代颇具影响的诗人，艾青关注并抒写着现实生活的苦难和生命的痛楚，成为一名时代的歌者。诚如诗人自述："我们，是悲苦的种族之最悲苦的一代，多少年月积压下来的耻辱与愤恨，将都在我们这一代来清算。诗与自由，是我们生命的两种最可贵的东西，只有今日的中国诗人最能了解它们的价值"。在这自述的背后，是一种诚挚的直面时代苦难的现实情怀。艾青二十世纪四十年代前后的诗歌创作，直面、领受现实的苦难，忠实地传达出了时代的悲欢、爱憎。

创作于 1937 年末的《雪落在中国的土地上》，以"雪的降落"喻示着灾难的降临，由"北方的农夫""南方的少妇""年老的母亲"等苦难意象的呈示，抒写出一曲战争阴影下的"大地哀歌"。

二、独特的意象构筑

作为二十世纪四十年代具有时代影响的诗人，艾青的诸多诗作可以见出情绪与意象的健美糅合，不过，艾青诗作的意象显然不是古典意象范畴所能概括的。在现代，随着"天人合一"的静态的"文化情境"的失去，传统意象于现代新诗表达的价值与意义，显然发生了很大的变化。某种程度上，新诗要面对繁复的现代世界"发言"，恰恰需要突破传统意象、意境的诗美空间，另辟一个新的表意空间。似乎为了跟传统意象相区分，艾青更多地使用"形象"这个词，而不是"意象"。在《我怎样写诗的?》一文中，艾青写道："诗人是以形象思考着世界，理解着世界，并且说明着世界的。形象产生于我们的对于事物的概括力的强旺和联想力与想象力的丰富"，"每天洗涤自己的感觉，从感觉里摄取制造形象的素材”。这显明地表达出诗人的一种诗学自觉，即新诗应该突破传统的风花雪月的意象，创造出具有现代内涵的意象。在诗歌创作中，艾青创造、构筑了两个具有现代内涵的独特的核心意象。

“土地”和“太阳”。这两个意象凝聚着诗人独特的生活认知和切己的生命体验，贯穿于其诗歌创作历程，构成艾青诗作的一个重要层面。

在二十世纪四十年代前后的诗歌创作中，“土地”无疑是艾青诗作中最突出的一个核心意象。“土地”意象极具现代内涵，凝聚着诗人对现代中国苦难现实的体认，通过“土地”意象的构筑，艾青以诚挚的笔触描绘了苦难的土地以及土地之上的生命痛楚。《死地——为川灾而作》触目惊心地将土地上的灾难与生命的不幸刻画出来：“——千万的‘地之子’/伸出无数的手/像冬天的林木的枯枝般的手/向死亡的大地的心脏/挖掘食粮”，“可怜的‘地之子’们啊/终于从泥土的滋味/尝到大地母亲蕴藏着的/千载的痛苦”。土地在此超越了土地自身而成为苦难的一个象征，蕴含着丰富的现实内涵，也在深层次上喻指着诗人对现实的关注以及对苦难的担当。《北方》一方面渲染着土地上的苦难：“载负了土地的/痛苦的重压，/它们厌倦的脚步/徐缓地踏过/北国的/修长而又寂寞的道路”；一方面抒唱着诗人对这片苦难土地的挚爱：“我爱这悲哀的国土，/古老的国土/——这国土/养育了为我所爱的/世界上最艰苦/与最古老的种族。”可以说，在艾青的笔下，“土地”承载着一份厚重的“土地情怀”。

作为一个土地的爱好者，诗人艾青所着意的，全是出生于我们本土上的一切呻吟、痛苦、斗争和希望。他的笔触范围很大，然而在他任何一种生活的刻画里，我们都可以嗅到同一“土地的气息”。这一种气息正散发着芳香和温暖在他的诗里。从这种气息当中我们可以毫不错误地辨认出来，这些诗行正是我们本土上的，而没有一个诗人是比艾青更“中国的”了。这里，我们可以窥见那是怎样的一种博大深厚的感情，怎样一颗火热的心在消融着牺牲和痛苦的经验，而维系着诗人向上的力量。

“太阳”是艾青笔下的另一个核心意象。艾青的不少诗作标题中就有“太阳”一词，如《太阳》（共两首）、《向太阳》、《给太阳》、《太阳的话》等，“太阳”在此喻示着苦难中的抗争以及不息的希望、追求，是一个饱含现代内涵的诗歌意象。一些诗作则潜在地蕴含着“太阳”意象所表征的丰富内涵，如《火把》《黎明的通知》《野火》《河边诗草》等。这些诗作共同构成艾青诗歌创作的另一层面，即在现实的抗争中对光明、理想世界的向往与美好生活的追求。

创作于 1937 年的诗篇《太阳》首节以恢宏的气势刻绘出太阳初升的壮观："从远古的墓茔/从黑暗的年代/从人类死亡之流的那边/震惊沉睡的山脉/若火轮飞旋于沙丘之上/太阳向我滚来"。《给太阳》是一首献给太阳的赞歌："假如没有你，太阳，/一切生命将匍匐在阴暗里，/即使有翅膀，也只能像蝙蝠/在永恒的黑夜里飞翔"，而诗人意愿在太阳的光辉里获得新生："经历了寂寞漫长的冬季，/今天，我想到山巅上去，/解散我的衣服，赤裸着，/在你的光辉里沐浴我的灵魂"。《河边诗草》则表现了苦难的土地在抗争中追求着新生，"太阳"在诗中喻示着希望的曙光：

那些焚烧树林的都离开此地了/他们遗留下荒凉让我们开垦/我们耕耘，我们碎土，我们播种，/用自己的汗水灌溉大豆与小麦//太阳依然照着我们的土地/雨露依然给我们滋润/如今我们的种子已从温暖里醒来/含着绿色的微笑露出在地面。

长诗《向太阳》以诗人内在灵魂的转变为线索，描绘出民族坚韧的抗争与时代不息的追求，这一切又包蕴在"太阳"意象之中，从而呈示出一个理想、希望的世界。诗篇艺术地传达出战争给民族带来新生的希望，不失为时代心声的一个缩影，也成为那个战争年代里被广泛朗诵的诗篇之一。同样，《火把》中"火把"象征着光明、希望和理想，诗篇中两个知识分子参加"火把"游行，由此身心受到撼动，于一己的哀伤、徘徊中挣脱出来，投入时代的洪流，并抒唱出对光明的礼赞。

对时代苦难的述说，对现实的抗争与希望的刻绘，是艾青二十世纪四十年代诗歌创作的重要主旨之一。与这主旨相对应，艾青创造、构筑了"土地""太阳"等独特的核心意象，以意象的丰富内涵承载了对时代的抒唱，提升了诗歌的表现力，也从一个侧面突显出艾青不凡的艺术创造力。

三、"散文美"的诗美追求

艾青重要的文学史地位的奠定，还与其对现代诗形建构的贡献相关。现代诗形的建构是一个关于诗歌的表达或者说新诗形式探求的问题，即现代诗人如何用现代汉语将自身的现代体验付诸表达，从而使新诗真正成为包容复杂曲折的现代经验的艺术形式。当新诗从传统的格律、平仄等诗歌形式之中解放出来以后，新诗在语言材料及表现形式方面发生了很大的改变。

新诗的“散文化”是新诗无以回避的一个美学命题。而新诗也在这样一个新的美学命题方面走得异常艰难，早期的不少新诗实际上成了“分行的语体散文”，走向了“非诗化”。

新诗的“散文化”首先面对着传统的“韵诗”的诗歌格局，新诗在很大程度上打破了传统诗歌平仄、押韵以及字数、行数的均齐等外在的形式美，新诗的诗美特质并不特别依仗这些外在的诗形。同时，新诗的“散文化”也不等同于散文的“散文化”，相反，它需要在“散文化”的表达中留存诗意。这样，新诗的“散文化”或者说“散文美”的追求并不是一个单向度的美学命题，而是承受着双重的美学压力，对于传统的“韵诗”格局，它需要突破，而对于“分行的语体散文”的简单写作模式，它又需要进行美学的提升。

新诗“散文化”是新诗一个重要的美学命题，关涉着在已呈散文化的现代汉语格局中，如何增强现代汉语的语言质感，以使新诗的表达具有诗性美。艾青的诗歌创作是对这美学命题的一个成功的艺术回应，并产生了广泛的时代影响。同时代诗人穆旦认为艾青“散文美”的艺术追求与诗歌实践具有重要的意义：

我们终于在枯涩呆板的标语口号，和贫血的堆砌的辞藻当中，看到了第三条路尝试的成功，而这是此后新诗唯一可以凭借的路子。让我们像平日说话一样地念出他（艾青）的诗来吧，有谁不感到那里面单纯的、生动的、自然的节奏美？而这就比一切理论更雄辩地说明了诗的语言所应采取的路线。①

可以说，通过对充满生活质感的语言的提炼以及诗歌内部深层结构的营造，艾青的诗歌在奔放与约束之间取得协调，在参差错落里取得和谐、统一，有效地激活了现代汉语的诗性潜力，成为“诗的散文美”的一项重要诗学实践。这也在很大程度上奠定了艾青重要的文学史地位。

---

① 穆旦：《穆旦诗文集（二）》，北京：人民文学出版社，2007 年版，第 52 页。

第五节　冯至、穆旦等西南联大诗人群

一、西南联大诗人群的生成

二十世纪四十年代，一个重要的诗人群体为西南联大诗人群。西南联大大师云集，不仅成为全国的学术、文化中心，而且营造了一种浓厚的学院文化氛围。就诗歌创作而言，闻一多、朱自清、卞之琳、冯至等前辈诗人的课堂讲述、言传身教为穆旦等“学生诗人”提供了丰厚的学院文化资源，以文学素养的培育与艺术视野的开拓等影响着其诗歌创作。

作为一个学院诗人群体，西南联大诗人群立足于学院空间，将生活的沉重和苦难、战争的体验转化为人类本位的、更具形而上色彩的生命体验与思考，显示出一种深邃的精神向度。同时他们通过对现代诗语的探讨与实验，将其转化为审美的艺术形态。西南联大诗人群的诗歌创作超越了当时为抗战而歌、侧重民族情绪与个人情感宣泄的诗歌潮流，也突破了战时功利性的文学格局，无不显示着抗拒时俗的精神自由的学院色彩。

二、冯至：学院中的沉思

冯至（1905—1993），河北涿县人。1921 年，冯至开始诗歌创作，先后参加、组织浅草社、沉钟社等。早期诗集有《昨日之歌》（1927 年）、《北游及其它》（1929 年）等。1930 年，他留学德国，1935 年回国，抗日战争时期任教于西南联大。西南联大时期，冯至创作、出版了诗集《十四行集》，影响深远，也由此成为西南联大诗人群“教师诗人”的代表。

冯至的感情比较深沉含蓄，诗歌表达也节制含蓄，于平淡中见奇巧，加上匀称的结构和流畅的节律，使其在二十世纪二十年代的诗人中显得独树一帜。早期诗作《我是一条小河》《蛇》《饥兽》《南方的夜》等或抒唱爱情与友谊，或表达内心的期待和失望，不无忧郁感伤，但多自然柔和，纯真而质朴，不失为构思精巧之作。如《我是一条小河》将爱的激流暗喻为小河的涌动，在自然、贴切的切换中传达出缠绵的爱的相思：“我是一条小河，/我无心从你的身边流过，/你无心把你彩霞般的影儿/投入了河水的柔波”。《蛇》则将爱的相思、内心的孤寂化为冰冷的“蛇”的形象，构思突兀、奇特，意蕴含蓄深

沉。诗篇最末以蛇的“信子”暗示梦境的绯艳：“它把你的梦境衔了来，/像一只绯红的花朵”。这样一种“悚惧”的审美效应，让人惊叹诗篇构形的大胆、巧妙。冯至早期的另一篇诗作《北游》长达500余行，立体地刻绘了诗人身处异地的孤寂感，并由此引发出诸多生命感触：个体存在的追问，自我的确认，人生的抉择等，一种惶惑、幻灭乃至绝望的生命感受贯穿诗作。《北游》可以视为诗人二十世纪二十年代末期的一曲心灵史诗。冯至还创作了《吹箫人的故事》《帷幔》《蚕马》等叙事诗，诗作中叙事元素的引入对早期新诗流于感伤宣泄的表达结症不失为一种纠偏，自有其独特的价值。

冯至在二十世纪三十年代几乎终止了诗歌创作，转而从事学术研究。抗日战争时期，冯至受聘于西南联大。一边是时代的战争风云，一边是相对清净的学院中的阅读、沉思，时代的生死考验与深广的精神思考相融汇，使步入中年的冯至脱离了《北游》时期的惶惑、幻灭、绝望的生命感受，而对现代个体的生存境遇有了一种新的体认。这种体认去除了尘世的繁杂与喧嚣，达到了纯粹的哲理沉思的境界，并凝结于诗作《十四行集》中。这是一部关于生命沉思的诗集，诗集中的诸多诗篇在人与自然、人与物、人与人的交流、关联和呼应之中，表达出对生命存在的形而上的哲理思考。

《十四行集》二十七首整体上自成一体，第一首与第二十七首相互呼应，标示诗歌表达的意图：“我们准备着深深地领受/那些意想不到的奇迹”，“我们整个的生命在承受/狂风乍起，彗星的出现”，而诗人欲通过这组诗歌赋予变动不居的生命形态以凝定之形，“但愿这些诗像一面风旗，/把住一些把不住的事体”。第二首至第八首，是一组揭示生命存在状态的诗篇，由蜕化的蝉蛾、挺拔的有加利树、静默的鼠曲草、寂寞的威尼斯孤岛等自然景象引发形而上的生命之思，透露出诗人对生命存在的一种洞见。第九首至十四首直接抒写了诗人崇敬的人物（前线的战士、蔡元培、鲁迅、杜甫、歌德等），这些人物标示着一种生命状态与人格品质，是前一组主题的延伸与深化。第十五至二十六首则主要写人与自然、人与人之间的种种关联、呼应等生存关系，诗人的心扉已向广大的自然和人生打开，并由此获得了一种睿智的生命认知，也进一步提升了诗歌的形而上哲学品质。

《十四行集》充满形而上哲理内蕴的诗学品格，既来自中年冯至对自然和生活的观察与体验，也与其时身处学院中的研读、沉思相关，尤其与冯至对歌德、里尔克的研读密切相关。歌德的蜕变论、里尔克的转化论等潜在地构成了

《十四行集》的认知视角，冯至也由此从自然的不断蜕变、万物的生死转化中获得了一种坦然相待的生命认知。在这个意义上，可以说《十四行集》是一部学院中的沉思之作，也是西南联大诗歌创作精神维度的一个重要标识。

《十四行集》诗学成就的另一个重要方面是诗人对“十四行”诗体的熟稔运用。“十四行”诗作为一种西方诗体，在新诗早期已被引入中国，但多数的运用并不很成功。而在冯至的笔下，“十四行”诗体赋予诗人深邃的生命之思以凝定之形，使变动不居的思想凝定为一种有法度的诗美。恰如诗人自述：“‘由于它的层层上升而又下降，渐渐集中而又解开，以及它的错综而又整齐，它的韵法之穿来而又插去’，它正宜于表现我要表现的事物；它不曾限制了我活动的思想，而是把我的思想接过来，给一个适当的安排”。① 诗人对“十四行”诗体的熟稔运用，使《十四行集》达到了内在哲思与外在形式的谐调，这于现代诗形的探索也不失为一种积极的建构。《十四行集》严谨的诗体结构，深邃的哲理意蕴，使其成为二十世纪四十年代乃至新诗史上一部独特而重要的诗集。

三、穆旦：“丰富的痛苦”与诗性的张力

穆旦（1918—1977），原名查良铮，祖籍浙江海宁。1935 年，他入清华大学，1937 年随校南迁，就读于西南联大。1940 年，他毕业留校，1942 年参加中国远征军，出征缅甸抗日战场。西南联大时期，为其诗歌创作风格形成时期，重要的代表作大多创作于这一时期。穆旦由此成为西南联大诗人群“学生诗人”的代表诗人。

对于穆旦等“学生诗人”来说，他们的文学观念及艺术探索都是在西南联大时期成形并付诸实践的，西南联大独立的学院文化为他们提供了丰厚的精神文化资源，也为他们开启了一个宏阔的文化、艺术视野。在学院文化的孕育、滋养之下，他们达到了二十世纪四十年代诗艺探索的最前沿。

作为学院中的“学生诗人”，穆旦以突出的诗艺成就例证了西南联大诗人群非凡的艺术创造力。穆旦诗歌中“丰富的痛苦”的生命体验的表达，语言层面上诗性张力的追求以及诗歌形式上的戏剧化探索，表征着二十世纪四十年代诗艺探索的一个崭新维度，也在某种意义上使新诗真正具有了现代品格。穆旦诗歌的无可替代的诗学价值与意义也由此得以体现。

---

① 冯至：《冯至诗选》，成都：四川人民出版社，1980 年版，第 202 页。

第三章　现代戏剧的产生与发展

中国戏剧的发展经历了坎坷的岁月。可以说，戏剧是在中国的诗歌、小说等文学体裁慢慢成熟之后才开始进行逐步发展和壮大的。当然，中国的戏剧也从诗歌小说当中汲取了非常丰富的养分，在其他文学体裁的帮助之下，中国戏剧有了更加完善的发展。而中国现代戏剧中文学的发展，也为戏剧的发展提供了温润的土壤。

戏剧究竟是什么？是一种文学体裁，还是一种表演形式？在戏剧出现的初期，人们非常关注这个问题。而关于戏剧的定义有很多不同的注解，最引人瞩目的当属狭义的注解和广义的注解。其中，狭义的戏剧被定性为一种与西方戏剧相对应的中国传统戏曲，这种戏曲经过多年的发展，最终形成了中国戏剧。广义的戏剧是指一种演出的形式，或者说，是一种表现艺术的方式，通过剧本所设定的台词，融入合适的音乐旋律和舞蹈动作，加上现代的服装，布置好舞台、道具和灯光，最后让演员进行融入情景式的演出，最终形成一种“戏剧”的表演。

而现代戏剧又有了不同的内容和特点。现代戏剧不仅是一种戏曲，更融合了对时事政治的一些见解和看法。可以将这些看法融入戏剧的台词之中，一些对于时事的点评以及心理感情可以被融入戏剧表演之中的音乐旋律里。所以，现代的戏剧中更多的是对于现今时事政治以及人情世故的了解和感慨，对于好人好事的赞扬、对于不道德行为的批判。从这些方面来引入更深层次的思考。所以，戏剧并不仅仅是戏剧，更是一种提供给观众正确的道德价值追求和走向正确的世界观、人生观和价值观，以及正确的人生道路的一种教导性的课堂，而这些引人深入的话题都可以从戏剧之中得到体现，戏剧正是借鉴了发生在人们身边的小事进行编排和表演，最后引出发人深省的结局，给观众留下思考的空间。这种涉及精神方面的教育形式，不得不被称为是一种艺术表演形式，而不单单只是一种文学体裁。戏剧之中对于一些时事的披露，对于丑闻的揭露都是赤裸裸的，不带任何感情色彩的，而对于值得尊敬的人的赞扬也不是刻意而为之。从这个角度来说，戏剧是真实的，虽说是演员穿着戏服，背唱着已经编好的台词，按照剧本的发展流程进行下去的一种简单表演，但是这些戏剧与现实的融合程度非常之高，也是因为这一点而吸引了大批观众驻足观看。这就是现代戏剧所具备的与众不同的特点和魄力。

第一节　田汉及其创作

田汉（1898—1968），是我国现代话剧的奠基人。他是中国话剧史上的高产剧作家，同时也是一位诗人和社会活动家。在中国现代话剧历史上，田汉以其多方面的艺术才能和活跃的社交能力，为中国话剧的发展做出了贡献。

一、创作概述

田汉，原名田寿昌，1911 年改名田汉。他出生于湖南长沙一个农民家庭，自幼丧父，与母亲相依为命，生活清贫。田汉自小热爱民间戏曲，沉浸在《西厢记》《红楼梦》等经典的艺术世界里，这是他日后走上戏剧道路的艺术之源。青年田汉在长沙第一师范读书时，受辛亥革命的感召，写下《新教子》《汉阳血》等剧本。1916 年，田汉在舅父易象的资助下赴日留学，由此接触到新的社会思潮和文艺思想。也是在这个时期，他观看了大量新剧演出，阅读了许多西方戏剧作品。1918 年，田汉“归国省亲再返东京后就开始新剧之创作了”，从此踏上戏剧创作的道路。1920 年，田汉完成处女作《梵峨嶙与蔷薇》，此后笔耕不辍，仅在二十世纪二十年代，就创作了 20 多部话剧，其中除《梵峨嶙与蔷薇》（四幕）、《灵光》（三幕）、《黄花岗》（二幕）、《名优之死》（三幕）、《火之跳舞》（三幕）五部多幕剧之外，其余均为独幕剧，均是他在“小剧场运动”中的实验之作。田汉不仅对中国“现代话剧文学”的建立贡献突出，他还为新文化运动和话剧运动的发展积极努力。五四运动时期，田汉在日本留学，参加了由李大钊等人组织的青年社团“少年中国学会”，在机关刊物《少年中国》月刊上发表文章，宣传进步思想。1921 年，田汉又与郭沫若、成仿吾、郁达夫在日本东京发起组织“创造社”。他和郭沫若、宗白华探讨艺术与人生的通信集《三叶集》，成为研究三人早年思想和创作的珍贵资料。次年，田汉回国后与妻子易漱渝创办《南国半月刊》。此外，田汉还是中国第一个从事电影事业的剧作家。1926 年，他与唐槐秋合办“南国电影剧社”，随后又将其发展为融电影、戏剧、文学、绘画、音乐为一体的“南国社”。

二十世纪二十年代，是田汉创作的青春期。对戏剧艺术的痴迷和蓬勃的艺术爆发力，使田汉这个时期的艺术创作散发出浪漫气息。他创作的二十多个话剧剧本，紧贴新时代的脉搏，将艺术的美与现实的斗争结合起来，作品呈现出一种“青春期的感伤、小资产阶级青年的彷徨与留恋和这个时代青年所共有的渐趋明确的反抗”。《咖啡店之一夜》中，青年学生林泽奇与到上海寻找恋人的白秋英在咖啡馆相遇，林泽奇因为自己不幸的婚姻而痛苦迷茫，而白秋英则被自己的恋人李乾卿无情抛弃，李乾卿还要用金钱换回写给白秋英的情书。受到侮辱的白秋英一怒之下烧毁情书，与李乾卿决然分手。林泽奇鼓励失恋的白秋英，将“生活意识又燃起来了”，两人重新振奋起来面对人生的挫折。《南归》中春姑娘苦苦等待着流浪者的归来，而流浪者归来后并没有娶她为妻，再次选择悄然离去。春姑娘悲痛至极，追赶流浪者，她要“跟他去，跟他到那遥远的地方去”，完成她的爱情理想。《湖上的悲剧》的女主人公白薇，为他苦恋的诗人杨梦梅投江自杀，被救起后隐居西湖，当恋人归来，与她不期而遇后得知诗人以为自己已经死去，还为她写了一部小说记录这段刻骨铭心的爱情悲剧，而她不忍心自己的复活打破这凄美的故事，遂又投湖自尽，以身殉情，为爱情做祭礼。在这些戏剧里面，田汉对爱情苦闷的书写迎合了五四运动时期个性解放、婚恋自由的时代主题，剧作家也把自己的爱情理想寄寓于创作之中。所以，我们总能在主人公们“诗人”般的抒情中，感受到一股情感的激流喷涌而出。这正是田汉在作品中投入的“新浪漫主义”元素在辐射他的创作思想，他把所谓“新浪漫主义”看作是“由感觉所能接触的世界，去探知超感觉的世界的一种努力”。因此，在艺术表现上，田汉就用“重直觉”“重主观”“重情绪”来浇洒戏剧情感的块垒，塑造出一个艺术唯美的理想之国。

田汉把对爱情与艺术的忠贞、对美的追求与幻灭当作是戏剧创作的灵魂。他特别擅长塑造“艺术家”的形象，并且让这些“精神至上”的男性作为思想启蒙者，引导他们所爱的女性走进神圣的艺术殿堂，在爱与美的涅槃中得到人生与理想的升华。从《梵峨嶙与蔷薇》里的琴师秦信芳、《苏州夜话》里的老画家刘叔康、《名优之死》里的名角老生刘振声，到《湖上的悲剧》里的杨梦梅、《古潭的声音》里的诗人，再到《南归》里的流浪诗人，这些具有献身精神的殉道者们，都是艺术赤子，他们所从事的职业都与艺术相关：琴师、画家、演员、诗人。这些艺术家们在面对理想与现实、精神与物质的选择时都毫无例外地选择了前者。在这些精神殉道者里面，还有一些具有艺术气质的流浪汉，他们宁愿割舍爱情，告别情人，也要流浪远方，保持内心深处的独立。比如秦信芳、刘叔康以及《南归》与《古潭的声音》中的两位诗人，都被剧作家赋予了一种“精神流浪汉”气质。田汉让他笔下的艺术家去流浪，不被现实的无奈所拘束，哪怕炽热的爱情也拴不住流浪者的脚步，这又在表明剧作家对人物精神境界的至高追求在于艺术与灵魂的自由。在田汉这一时期的戏剧作品中，我们总能够感受到强烈的情绪的抒发，总能看到一个个为爱、为艺术而痴狂的主人公。人物可以尽情倾吐情怀，倾泻忧愁，他笔下的每一个艺术家都是一个情绪饱满的诗人。田汉甚至为了突出艺术创作的唯美性，突破人物身份的限制，让《获虎之夜》中的乡村孤儿黄大傻也如诗人般情语绵绵。田汉在创作中采用“直觉、暗示、象征”的手法“探出潜在于现实背后”的真实的做法，是他在借剧作人物口中的诗篇抒发自己对二十世纪二十年代中国社会现实的不满和对完美理想的憧憬。

此外，田汉还在不断地丰富自己戏剧创作的风格，在《获虎之夜》《名优之死》中，他除了继续坚持“新浪漫主义”的思想之外，更是进一步加强了创作中的现实主义因素，将戏剧性与抒情性相互融合，使得戏剧冲突更加明显，也凸显了戏剧的社会功能。

《名优之死》创作于 1927 年冬，首演于上海艺术大学“鱼龙会”戏剧汇演。1929 年底，南国社赴南京公演时增写第二幕，成为现在的三幕剧。这部戏剧的创作构思最初受启发于波德莱尔的散文诗《英勇的死》，又以晚清一代名伶刘鸿声之死为素材，因此，田汉决心创作“一篇以中国名伶之死为题材的脚本”，讲述了一代名老生刘振声坚持正义、对抗恶势力，最终却死在舞台上的悲剧故事。这部话剧可以说是一部英雄抗争的血泪史。相对于《获虎之夜》而言，《名优之死》预示着田汉话剧创作的一种变化。

田汉二十世纪二十年代的话剧主题是感应着五四思想解放、个性解放的节拍，不断加强对社会问题的关注与表现，着力表现了这一时期青年人因为现实黑暗而产生的苦闷、彷徨，以及对理想与光明的执着追求。早期的剧作《梵峨嵘与蔷薇》《灵光》《苏州夜，话》《湖上的悲剧》《古潭的声音》《南归》还带着浓烈的抒情气息，在对人物的塑造上还是语言重于行动，带有明显的“新浪漫主义”的光环。在《咖啡店之一夜》《获虎之夜》的创作中，他已经开始积极地改变，现实主义的因素逐步增加，戏剧性与抒情性也有机地结合起来。《名优之死》则有了明显的反抗意识，虽然刘振声的抗争是用生命的代价换来的，但是他的死已经比黄大傻的死亡更让人感到悲壮。艺术家与恶势力的抗争，闪耀的是英雄主义光彩；对比之下，黄大傻则带有理想主义者对现实无奈的悲哀。戏剧作品在思想性上的提升，反映出田汉对现实关注的力度不断加强，笔致也愈加灵活自由。

1930 年 4 月，田汉在《南国月刊》上发表《我们的自己批判》，对自己前期的创作进行反省，对剧作中流露出的浪漫主义的小资产阶级情调自我否定，他甚至指出：“此前的文学运动、电影运动乃至戏剧运动，在创造者与鉴赏者两方面，意识都是很不明确的”，创作者要“跟着阶级斗争的激烈化与社会意识之进展”，而不是仅从自己的审美理想出发来进行创作。因此，田汉决定“左转”并宣布南国社也要“转变”，要将艺术追求与社会运动合二为一。此后，田汉紧跟时代，努力创作出一批反映时代风云变幻的现实主义剧本，如《梅雨》《顾正红之死》《洪水》《乱钟》《暴风雨中的七个女性》等。这一时期的剧本一改先前的抒情性和传奇色彩，开始对重大现实历史事件做出及时而直接的反应。《梅雨》写于 1931 年春，该剧描写工人不堪资本家的剥削，歌颂他们反抗压迫、追求解放的斗争精神，同样是正面描写工人斗争的剧作还有《一九三二年的月光曲》。《洪水》写于 1931 年，该剧描写了长江水灾中百姓的民不聊生。《乱钟》写于 1931 年“九一八”事变发生后，反映了东北学生的爱国救亡运动。这部戏剧一经演出便鼓舞许多青年走上了抗日的战场。《乱钟》之后的剧本《扫射》，继续描写中国军民抗击日本占领沈阳的斗争，两个剧本在内容上有着继承性。《暴风雨中的七个女性》写于 1932 年，作品的背景仍然是日本占领东北后，表现的是资产阶级女性革命意识的觉醒。战斗的炮火催生了田汉的剧作，二十世纪三十年代田汉剧作以两种题材为主调：一是反映工人生活与斗争的剧本，以《梅雨》《顾正红之死》为代表，戏剧不仅描写了工人生活的苦难，更重要的是歌颂了他们勇敢反抗的斗争精神；二是表现抗日爱国主题的创作，仅从 1931 年“九一八”事变到 1937 年“七七”事变，田汉就有 20 多部剧本诞生，为抗日救国进行积极地宣传。但是，在这些社会问题剧中有不少是“急就章”，虽然紧扣时事，但仓促成篇，剧本的宣传性大于艺术的欣赏性。然而，我们不能忽视这些作品在当时确实为抗日传声，点燃国人抗敌的信心和热情之火。这也是戏剧的社会意义所在。整个二十世纪三十年代，田汉都在积极地响应“无产阶级戏剧”与“国防戏剧”运动的号召，在他完成了思想转变之后，就创作出了大量反映现实的剧本。田汉的艺术生命进入渐趋成熟的中年期。中国现代话剧也呈现出强劲的发展势头，田汉这一时期的话剧创作，题材范围不断扩大，运用社会现实生活的能力不断加强，并且在“不断寻找自己”的过程中，既找到了之前自己的浪漫传奇性格，也开拓了创作的社会现实性，形成了自己独有的艺术世界。在此之后，田汉的创作更加从容，并且发掘了家庭剧和人生剧的创作题材，达到了他又一个创作高峰。

二十世纪四十年代，田汉表现抗战的代表作是《秋声赋》与《丽人行》，两部话剧采用了更为成熟的艺术表现手法，增强了戏剧的演出效果。五幕话剧《秋声赋》写于 1941 年冬，由新中国剧社首演于桂林。剧中塑造了抗战期间革命文化人徐子羽的形象，展示了他在情感生活和人生命运中的纠葛和变迁，同时也表现了在抗战中人们所经受的心灵的洗礼。《丽人行》是田汉剧作的又一个高峰，1946 年改为电影剧本搬上银幕。它写了女工刘金妹、革命女性李新群、摩登女性梁若英三个女人的生活经历，采用多场活报剧的形式，打破了“幕”的切割法，将全剧分为 21 场，并用报幕员的报告串起全剧，多条线索并行归一，结构复杂，戏剧性极强。《丽人行》之后，田汉的许多剧作，如《朝鲜风云》（13 场）、《关汉卿》（12 场）、《十三陵水库畅想曲》（13 场）、《文成公主》（10 场），都使用了这种多场式结构。

中华人民共和国成立后，田汉创作了历史剧《关汉卿》与《文成公主》，在戏剧性上有了新的探索，这两部扣紧现实与历史生活创作而成的戏剧，是田汉后期话剧的出色之作。《关汉卿》写于 1958 年，表现的是元代剧作家关汉卿的创作生活和精神状态。剧中创造性地加入了歌妓朱帘秀这一形象，让她作为关汉卿精神上的知己，为戏剧增添了不少的传奇色彩。《文成公主》写于 1960 年，是田汉在参考了大量的历史资料和文献之后创作而成的，也是他话剧创作的收笔之作。剧本在忠于历史的前提下，将文成公主与松赞干布等一批人物刻画得性格鲜明、栩栩如生。田汉将戏剧的传奇性与抒情性高度融合，创造了一部记载历史的新话剧。

田汉作为我国现代话剧的奠基人，不仅是一位天才的剧作家，还是一位诗人，笼罩在田汉话剧作品中浓郁而持久的“抒情性”就是由此而来。田汉对剧中人的人性关怀，包括感慨他们的不幸命运，分担他们的忧愁，与他们一起在现实的激流中彷徨、挣扎，然后前进。田汉的剧作感应着时代的召唤，不断变换形式与内容，逐步走向发展与成熟。他的话剧有独幕剧、多幕剧和多场戏剧。此外，他还吸取西方戏剧的创作思想，融合中国古典戏曲的元素，创造性地应用于中国现代话剧的写作中。虽然，在一段时期内，田汉的创作曾出现过凝滞期，剧作一度成为时局的应和之作，口号的呼喊代替戏剧的感染。但是，他很快在现实中找到了新的创作之路，恢复了戏剧创作的“田汉味”。长期以来，田汉都很重视中国古典戏曲这一中国的民族戏剧形式。他对于京剧的改编与创作也贯穿于他的艺术生涯，从《新教子》《江汉渔歌》到《谢瑶环》等都足以见证他丰厚的艺术功底。而他也是中国电影业的先驱者，由他和著名作曲家聂耳合作的电影《风云儿女》的主题曲《义勇军进行曲》广为流传，并且成为中华人民共和国国歌，沿用至今。

田汉站立在中国话剧舞台上，与欧阳予倩、洪深同为中国现代话剧的三大奠基人。他又和郭沫若、曹禺、夏衍同列百年话剧史，一起成为推进中国话剧现代化的先驱者。茅盾说田汉是“‘五四’以来中国文艺界的一位杰出的戏剧家”，作为戏剧发展史上的领袖人物，在他一生的创作中具体见证了中国现代戏剧的发展历程，他就是中国话剧艺术的领跑者。田汉作为一个时代发展和政治动向的追随者，他的心是联结着民族生死荣衰的，所以田汉在创作过程中虽然有着不足之处，但是我们必须要给这位杰出的戏剧家应有的历史地位。

二、《获虎之夜》

独幕剧《获虎之夜》，是田汉早期代表作，也是五四运动时期剧作中不可多得的紧扣社会问题而创作的优秀作品，1924 年 1 月的《南国半月刊》第 2 期起开始连载（未完）。剧作的故事发生在辛亥革命后的一个湖南山村里，在一个寒冷的冬夜，猎户魏福生一家人都守候在“火房”里未入眠。因为，这个夜晚魏家在筹备一件大事，那就是再捕一只虎，为即将出嫁的莲姑准备一份丰厚的嫁妆。正当魏福生和妻子为女儿莲姑的婚事出谋划策、积极准备的时候，夫妻俩也谈到淤积在心中的隐忧，那就是莲姑对这桩包办的婚姻并非情愿，而对其穷困潦倒的表兄黄大傻一往情深。戏剧开始，莲姑出场次数并不多，也没有台词，让人猜不透这位女主角对这样一种安排是否顺从。李东阳带着本家亲戚何维贵来魏家看老虎，可以看出魏福生为女儿安排的这场婚事代价是不小的。而通过魏李二人关于各自女儿婚事的交谈中，也可以看出魏家的陪嫁既风光又体面。可正是这桩所谓的体面婚姻，却演变成了一个悲剧的导火线。痴情的黄大傻是一个孤儿，生活穷苦，靠讨饭生活，他独自一人住在仙姑岭庙里的戏台底下。为了能够见自己的心上人一面，黄大傻几乎每天晚上都到莲姑的窗外探望，聊寄自己的相思之苦。获虎之夜也不例外，黄大傻惦记即将出嫁的莲姑，又一次来到魏家，谁知在来的路上，他撞上了魏家捕虎的火枪而受伤，被抬到了魏家。魏福生一家人都在为刚才枪响捕到老虎而兴奋，谁知伤到的却是一个痴情人，戏剧从期待的喜悦中一下子跌入到一种焦虑的紧张气氛中。剧作家在戏剧中制造的第一个悬念，就将戏剧推至高潮，冲突加剧。而两个有情人也在这场意外中相聚，黄大傻终于有机会向莲姑倾诉心中的爱慕和寂寞。这个受了重伤的乡村孤儿，此时具有了诗人一般的气质，用大篇诗一般的语言尽情抒发心中伤感："一个没有爹娘、没有兄弟、没有亲戚朋友的孩子""烧起火来，只照着自己一个人的影子；唱歌，哭，只听得自己一个人的声音。我才晓得世界上顶可怕的不是豺狼虎豹，也不是鬼，是寂寞""寂寞比病还要可怕，我只要减少我心里的寂寞，什么也顾不得了"。这样忧伤而凝重的情感，一下子就将刚才出现的戏剧冲突减弱，减缓了戏剧的节奏，推迟了下一个高潮的到来。向往爱情自由的青年男女和代表包办婚姻的家长终于发生正面冲突，莲姑的反抗变得坚决而强烈，一反戏剧开始时她默默不语的温顺的性格。她与父亲激烈地争执，以死相逼，表示自己一定要和黄大哥在一起。而黄大傻因莲姑受其父亲的责打而举刀自戕身亡。魏父的恐吓声、挥鞭声，莲姑的哀呼声，劝解者的求告声混成一片，没有人觉察到可怜的黄大傻已经自杀。就在这样的一片混乱的场景中，爱情的悲剧已经变成了死亡的结局，田汉在戏剧高潮处戛然而止，由此产生的强烈的戏剧性刺激让人欲罢不能。戏剧发生地集中在魏家，人物活跃，冲突集中，对人物关系的介绍简洁而清晰，既写出了青年人为爱情而进行的反抗，也批判了封建家长对自由恋爱的阻挠。陈瘦竹认为，《获虎之夜》不仅是田汉早期的代表作，而且也是五四运动时期剧作中的优秀作品："在《获虎之夜》中，虽然男主角不像农村青年而像一个感伤主义抒情诗人，但是其中所写的封建家长的残酷的性格，女主角的真挚爱情和反抗精神，富于传奇色彩的捕虎的穿插，戏剧冲突的逻辑发展，以及严肃的悲剧结局，充分表明田汉在戏剧艺术上已渐成熟。”① 总之，田汉在该剧中把中国农村的猎虎传奇同一对恋人的爱情悲剧巧妙地融为一体，把看似意外、实则必然的悲剧结局写得凄婉动人、颇富诗意。现实主义主题与浓郁的乡土气息和浪漫传奇色彩相结合，构成了田汉这部剧作的独特风格，成为他前期创作中向现实主义迈进的一个重要标志。

三、《回春之曲》

三幕话剧《回春之曲》是以抗日为背景的爱情戏剧，作于1934年底。剧本的主题是将主人公高维汉的恋爱纠葛与抗日救国的主题紧密联系在一起。“九一八”事变后，日本侵略者占领东北三省，在南洋教书的高维汉，决定回到祖国投身到抗日斗争的伟大事业中去。他和华侨学生梅娘正处在热恋之中，但是梅娘的父亲已经将她许给了富商之子陈三水，不许她跟高维汉回国。高维汉不愿意自己的恋人跟着自己拼杀战场，于是决定独自一人回去。临行前，他说：“我记得祖国目前的危难，也永远记得我的梅娘。”高维汉离开南洋的前夕，剧作一直沉浸在这对恋人惜别的伤感之中，让人仿佛又回到了田汉二十世纪二十年代的剧作中，充满了忧郁的感伤，热烈的抒情。正当高维汉与梅娘话别之时，陈三水赶来强迫梅娘跟他回去，于是引发了高维汉和陈三水之间的冲突。第一幕结束。回国后，高维汉投身到战场之中。剧本第二幕并没有直接描写高维汉在前线英勇拼杀的场面，而是将场景切换到了后方的医院。在医院中，伤兵们义愤填膺地在谈论战场杀敌的情景，激起了人们抗日的热情。群众和青年学生也来到医院，慰问伤员，用歌声鼓舞士气。整个戏剧都呈现出一股昂扬的气氛，唤起了人们所有的爱国激情。而此时，高维汉也因伤住进了医院，听力和脑部受伤，失去了记忆，他的嘴里一直呼喊着“杀啊，前进啊”，完全忘记了周围的一切，包括他日夜思念的梅娘。戏剧第二幕虽然没有正面描写高维汉在战场上杀敌和负伤的经过，但田汉“善于描写群众场面的才能，在这里得到了充分地发挥。这一幕很重要，它一方面构成了高维汉的性格发展中的一个关键，另一方面以爱国军民的热情对照国民党统治集团的‘麻木’

① 陈瘦竹：《陈瘦竹戏剧论集（下）》，南京：江苏教育出版社，1999年版，第1139页。

和妥协”。[1] 第三幕是戏剧的结局，也是高维汉爱情“回春之曲”的高潮。梅娘是“爱上了你就会把性命交给你”的女子，她离开南洋来到爱人的身边，三年来一直在精心照顾受伤的高维汉。除夕夜，高维汉在鞭炮声和《梅娘曲》的刺激下恢复了意识。这是高维汉生命健康的“回春之曲”。但是，当他听说祖国的灾难还在继续加重，就急于奔赴战场。这时，早已回国做了汉奸的陈三水不知道高维汉已经清醒，又来劝梅娘不要守着“这样一个痴子”，并劝大家都去做“顺民”。高维汉一怒之下痛骂他才是“痴子”，把陈三水赶了出去。戏剧在高维汉“杀啊，前进”的狂喊声中结束，这呼喊不再是迷乱的狂语，而是期盼祖国抗战能够早日胜利的“回春之曲”。戏剧安排的巧合始终以“回春”为主线。剧作者安排在旧历年的除夕夜，将人物对祖国命运春天的渴盼与现实世界中人物命运的春天交融在一起，使剧作的爱国主义主题充满了诗意。这部不可多得的优秀作品也成为田汉戏剧艺术的一部回春之作。

《回春之曲》在艺术上有三点值得称道：第一，剧情构思巧妙，富有引人入胜的戏剧性，富有浪漫主义的传奇性。该剧将对民族矛盾的关注，与一对年轻人圣洁纯真的恋情，巧妙地结合起来，情节曲折动人，又弥漫着一种荡气回肠的浪漫情绪。高维汉和梅娘的纯真爱情在民族战争的烈火中经受考验，他们的命运在一系列出人意料的事件中展开。高维汉告别南洋回到国内，投入“一·二八”抗日斗争，受伤并失去记忆最后神志复原；从梅娘拒绝嫁给三水到回国照看情人，并且为高维汉的神志不清而悲恸，为陈三水的挑拨而感到愤怒，为情人的康复而快乐。其间，悬念叠生，扣人心弦。剧中没有正面描写高维汉在战场上英勇杀敌的情景，但紧扣住他失去记忆和恢复记忆的奇特情节，表现了他和梅娘火热的爱国之心。剧本把青年忠贞的爱情和民族解放的崇高爱国之情结合起来，把主人公悲欢离合的遭遇和群众斗争的热烈场面结合起来，从而凸显了高维汉的记忆“回春”和梅娘的爱情“回春”，以及热望祖国命运“回春”的主题，开拓了抗日题材剧作的新境界。抗日主题被充分戏剧化了。第二，戏剧体现了作者一贯的浪漫主义的抒情风格，诗情洋溢、优美动人。剧本的情节和人物性格描写都比较单纯，但作者擅长抒写感情场面、设置情境，使爱国之情和纯洁的爱情分外激动人心。因此，剧本的抒情气氛浓郁，特别是

---

① 陈瘦竹：《陈瘦竹戏剧论集（下）》，南京：江苏教育出版社，1999 年版，第 1202 页。

几度穿插饱含深情的歌曲，使得全剧的现实主题洋溢着诗情。第一幕写高维汉决定回国抗日，戏剧场面被安排在南洋的节日风光和梅娘的热恋中展开，再配以《告别南洋》《春回来了》等优美插曲，既表现了主人公为了祖国、为了光明而告别第二故乡的真挚爱国之情，又把观众带进了一种热烈、悲壮而委婉的诗的意境之中。在第三幕，为了唤起高维汉的记忆，梅娘抱着吉他紧靠高维汉，以颤抖的声音唱出了动人的《梅娘曲》，不仅对推动剧情的发展必不可少，而且对表现人物的内心感情也起了重要作用。抗日主题被“诗化”了。第三，剧中人物形象塑造饱满生动。剧中塑造了爱国青年高维汉和梅娘的动人形象。原在南洋教书的高维汉，在“九一八事变”后告别热恋的华侨学生梅娘，回国投入抗日战争。他在上海“一·二八”战役中英勇作战，身负重伤。梅娘挣脱封建家庭的束缚，回国参加了救护工作。

第二节　曹禺及其创作

一、概述

曹禺（1910—1996）既是现代话剧真正意义上的奠基人，也是现代话剧艺术的一座高峰，他的剧作影响、培养了几代中国戏剧艺术工作者，在中国现代话剧整体面貌上打上了自己的印记。

曹禺不仅从小就有机会欣赏中国的传统戏曲，在有中国话剧运动摇篮之称的南开中学获得了丰富的舞台实践经验，而且在清华大学西洋文学系就读时，他又广泛接触了从莎士比亚、易卜生到契诃夫、奥尼尔的西方戏剧，不倦地探讨着戏剧艺术。曹禺原名万家宝，祖籍湖北潜江，出生在天津一个没落的封建官僚家庭中，母亲生下他三天就患产褥热去世，由继母把他抚养大。曹禺父亲与上流社会的交往，使曹禺亲身见识了许多乱七八糟的事情和“高级恶棍、高级流氓”。上层社会的腐败没落，不但使曹禺产生了强烈的正义感和人道主义的同情心，而且这些亲身经历也自然成为青年曹禺戏剧创作最直接和最熟悉的题材；曹禺的继母喜欢看戏听曲，少年时代，曹禺跟随继母观看了京戏、昆曲、河北梆子、唐山落子等许多地方戏，以及当时流行的文明新戏，并欣赏到了谭鑫培、杨小楼、余叔岩等著名演员的精彩表演，因此他从小就对戏剧艺术产生了浓厚的兴趣。曹禺对民族戏剧的传统艺术表现形式的喜爱到了痴迷的程度，这也就成为他日后戏剧创作的艺术底蕴。1923 年，曹禺考入天津南开中学，这既是他人生的一次重大转折，也是他正式从事戏剧活动的一个重要前奏。入学后不久他就参加了该校的业余话剧团体——南开新剧团，从事了一些戏剧实践活动，先后主演过易卜生的《娜拉》《国民公敌》，莫里哀的《悭吝人》，丁西林的《压迫》等，这对增强曹禺敏锐的舞台感觉有着重要的作用；他还接触了一些西方文学，为他的艺术思维打开了新的空间。1928 年，曹禺升入南开大学政治系学习。1930 年他离开南开，转入清华大学西洋文学系，1933 年，他又入该校研究院深造，专攻戏剧，研读了大量的戏剧文学作品，从古希腊三大悲剧作家以及莎士比亚、易卜生、契诃夫、奥尼尔等戏剧大师的创作中汲取了丰富的文化艺术修养，为他戏剧创作的腾飞打下了坚实的基础。

曹禺善于把握人物命运中的戏剧性变化，在戏剧冲突中体现对人生的终极关怀，并且对话剧艺术有着不断探索求新的精神。其创作幽深沉郁的主题意蕴、精心设计的戏剧冲突、现实世界和诗意的融合等，给人们留下了许多说不尽的话题。

二、《雷雨》

四幕剧《雷雨》是曹禺的处女作，也是其代表作，发表于 1934 年《文学季刊》的第 3 期，1936 年 1 月，由上海文化生活出版社出版。《雷雨》共四幕，再加上序幕和尾声，在一天的时间内（从上午到午夜两点钟）、两个场景中（周朴园家的客厅和鲁贵家的住房）内集中展开了周、鲁两家前后 30 年的复杂矛盾与纠葛。

《雷雨》的独特艺术魅力，首先是通过剧中人物的性格和命运展示出来的。参与剧情活动的人物共有八个，每个人写得都富有神采和个性，最突出的当属周朴园和蘩漪。

周朴园是整个剧作的中心主人公，是一个带有浓厚封建性特征的民族资本家典型，是《雷雨》悲剧的总根源。专横、自私、狡诈、贪婪、残忍、虚伪是他的主要性格特征，剧本从三条线索展开，对他的性格进行刻画。第一条线索是从周家内部，主要是在和蘩漪的矛盾冲突中表现他是一个专横的封建家长。他的意见就是法律，所有人都要绝对服从他的权威，他运用不近人情的手段将其他人纳入自己的家庭统治轨道，专横暴戾、冷酷无情地压制、摧毁家中一切人的个性、尊严和自由思想。这最突出地表现于他和蘩漪的关系中。蘩漪是有个性、有思想、追求幸福的女性，是周公馆中唯一敢于反抗周朴园的人，生活在周公馆这个黑暗牢笼十八年，使她形成了悒郁乖戾的个性，因此，周朴园说她有神经病，逼着她看病吃药。第一幕中的吃药那场戏，作者采取“大写特写”的戏剧手法，集中反映了封建社会的夫为妻纲、父为子纲，突出表现了周朴园的专横暴戾、冷酷无情的性格特征。正是周朴园的专制冷酷，造成了蘩漪与周萍畸形反抗的乱伦关系，摧毁了周冲向往自由平等的美丽幻想。蘩漪、周冲、周萍的悲剧，都是周朴园的封建专制造成的。第二条线索是周朴园和侍萍的关系，这集中地体现了他的自私、虚伪及性格的复杂性。对待侍萍的态度，充分显露了周朴园人性深处的矛盾和复杂情态。对于侍萍当年“被迫而死”，周朴园是深深负疚的，他其实很爱侍萍，不过这种爱没有超过他对自己的爱。他对侍萍的感情是真实的，忏悔也是认真的，但 30 年后侍萍又活着出现在他面前时，他又直觉地感到了一种对自己地位、名誉和利益的现实威胁，因而其自私、冷酷、虚伪的本性再次显露出来。第三条线索是他和以鲁大海为代表的工人的关系，剧作通过劳资关系、阶级关系和血缘关系，揭示了他作为官僚资本家的反动阶级本性。此外，戏剧还揭示了他的发家史：从前在哈尔滨包修江桥，故意让江堤出险淹死 2000 多个小工，从每个小工的身上捞到三百块钱；成为资本家之后，他又残酷地剥削和压迫工人，导致工人罢工，为镇压工人罢工，他勾结官警，让警察开枪打死三十个工人，并采用分化收买的办法，买通了工人代表签字复工，开除了带头罢工的鲁大海。在剧作中，曹禺把周朴园当作一个“人”来看待，写他的多重复杂人格，写他和侍萍年轻时的真情，写他深深的内疚和沉痛的回忆，使其成为一个充满魅力的人物形象。剧终，当侍萍再次出现在周家客厅里，经历了一天人世沧桑的周朴园以沉痛的口吻命令周萍去认生母，并向侍萍忏悔。作者这一处理正体现出剧作者深入人物心灵深处的真实性。

如果说周朴园是《雷雨》命运悲剧的核心人物，那么蘩漪则是精神悲剧的核心人物，在她的悲剧灵魂中，响彻着受到五四个性解放思想影响的一代妇女的抗议和追求的呼声。首先，蘩漪是一个反抗、叛逆的女性形象，她在双重的悲剧中走完了她全部的人生历程。作为一个追求自由生活的女性，在夫妻关系中，她扮演了一个受周朴园专制主义折磨的悲剧角色。而周萍对爱情的背弃，又使她再次承受精神崩溃的悲剧，在这个双重悲剧中，她既是强者也是弱者。作为一个知识女性，蘩漪读过书，曾受过新思想的影响，她还美丽热情，有追求独立的个性和爱情自由的强烈愿望，要求人格独立自尊，不愿“人家说一句，我就要听一句”。她渴望美好的人生，充满生命的热情，但命运却把她抛到了周家，渐渐把她折磨成一个石头样的人，不仅没有得到爱情，也从未得到过起码的人的自由和尊严。封建婚姻制度毁灭了她的希望，也葬送了她的青春。她的“爱像一团火，恨像一团火”，“她的生命交织着最残酷的爱和最不忍的恨”，她“尖锐”，被作者称为“是一柄犀利的刀”，是最具“雷雨”性格的人。她敢于反抗周朴园，对周朴园的淫威，她不再忍让，而是一再反抗。她公然轻蔑地讥讽周朴园：“你忘了你是怎样一个人啦!”十八年周公馆牢笼般的环境和丈夫的专制统治与冷酷的精神折磨，使她性格乖戾阴鸷，也把她“渐渐磨成石头样的死人”。蘩漪的反抗性格在同周萍的关系中得到进一步发展和体现。在作品中，蘩漪是一个遭受双重压迫的被侮辱与被损害者，作为一个追求自由的知识女性，在家庭生活中她陷入了周朴园专制主义的精神折磨和压迫中，而周萍背弃爱情，又使这位要求摆脱封建压迫的女性再次陷入绝望之中，从而成为一个忧郁、阴鸷的人。

曹禺对蘩漪充满了理解和同情，并且赋予了她雷雨般的反抗性格。蘩漪本来是预备在周家等死的，周萍却重新燃起了蘩漪被压制的热情。她不顾一切地把自己的身体、性命、名誉都交给了周萍；但周萍却始乱终弃，厌恶了和她的关系，转而和侍女四凤相爱并企图离开家庭。蘩漪得知一切后，爱恨交加，如“雷雨”般爆发。她的反抗是极端的、尖锐的、不顾一切的，她是《雷雨》中最具有“雷雨”性格的人物，她以最尖锐的语言揭露和控诉周朴园和周家的罪恶，并且撕破他们道德家、慈善家的伪善面目；她与专制者周朴园一次次的正面交锋，推动剧情向高潮前进，最后她甚至当着自己的儿子周冲以及众人的面公开自己和周萍的关系，发出“她也是要一个男人真爱她，要真真活着的女人”的人性呼声，控诉“阎王”周朴园和“监狱似的周公馆”。绝望的、可怕的前途使蘩漪走向了最尖锐而极端的困兽之斗，也彻底粉碎了周朴园维护的“最圆满、最有秩序”的封建专制家庭的愿望。蘩漪形象的典型意义在于深刻揭露了封建资产阶级家庭压抑、践踏人性和蔑视人的尊严的罪恶，激起人们对不幸妇女悲惨命运的同情和对于人的地位、人的尊严、人的权利的深沉思考，并且把反封建家庭的罪恶与个性解放联系起来，使剧本具有崭新的时代内容。蘩漪是中国现代文学史上最具有艺术魅力的女性形象之一，这一悲剧形象，是曹禺对现代戏剧的一大贡献，也深刻地传达出反封建和个性解放的五四思想。

《雷雨》显示了曹禺在戏剧创作技巧上的高度成熟，并已展现出曹禺剧作风格的基本特色：剧作构思精巧，以周朴园为中心展开情节，戏剧矛盾高度集中。戏剧交织着过去的故事（周朴园和侍萍之间的始乱终弃的故事和作为后母的蘩漪和周家长子周萍恋爱的故事）和现在的故事（蘩漪和周朴园之间的冲撞；蘩漪、周萍、四凤、周冲之间的情感纠葛；周朴园和侍萍的重逢；周朴园和大海的冲突），形成三个方面的矛盾关系：即情爱关系、血缘关系、阶级关系，并呈现出相互纠缠、错综复杂的局面。《雷雨》是一出真正的悲剧，它震撼人心的悲剧强度和力度，在中国现代戏剧中是罕见的，其悲剧性带给观众异常强烈而深刻的观剧感受。

三、《日出》和《原野》

1935 年完成的四幕剧《日出》，是曹禺的第二部重要剧作，最初发表在 1936 年《文季月刊》第 1 ~ 4 期，同年 11 月由上海文化生活出版社出版单行本。

在《日出》的“题记”中，曹禺引用了一段老子《道德经》中的话：“天之道损有余补不足；人之道则不然，损不足以奉有余。”这就是《日出》想要表现的主题。同时曹禺对于《雷雨》的艺术方法也产生不满，他反省说：“我很讨厌它的结构，我觉出有些‘太像戏’了。技巧上，我用得过分。”这些新的认识，为曹禺戏剧艺术带来了新的元素和变化。

因此，从《雷雨》至《日出》，曹禺进行了大胆的艺术探索，在思想主题和艺术结构等方面都有了显著的发展和变化。第一，在思想主题方面，《日出》的现实批判意义更强，没有《雷雨》那么多的偶然和巧合，通过现代都市社会中上层社会的丑行，着力揭露金钱化社会对人的腐蚀，揭示上层社会和下层社会之间“损不足以奉有余”的不合理现象，同时表现出了对光明未来的某种理解和向往。作者首先跳出了“家庭”的小圈子，将目光转向社会，表现了力图描绘社会全貌的努力；而且，作者在挖掘人物性格和社会生活的深度上，也比《雷雨》有所超越。在金钱欲望的无孔不入的腐蚀下，社会和人的本质都产生了极大的变异，任何人的命运乃至整个社会的命运都被金钱疯狂地操纵着，“人道”和“天道”完全背离。为了表达这种思想，曹禺在《日出》中精心设置了一个始终没有登台，却谁都知道、都惧怕的人物“金八”形象。“金八”使舞台上的每个人都疯狂地角逐，痛苦地挣扎。“金八”毁灭了正常的人性，毁灭了整个世界。第二，在人物形象塑造方面，《日出》中的人物数量更多，但众多的人物中并没有主要人物，人物类型只有两类——“有余者”和“不足者”，戏剧在两组人物的对照中进一步探寻出“人的被捉弄的命运”。结构的联系是“人之道，损不足以奉有余”这一基本观念。在强调剧本的社会意义时，曹禺曾说：“《日出》里没有绝对的主要动作，也没有绝对的主要人物。……这些人物没有什么宾主的关系，只是萍水相逢、凑在一处。他们互为宾主，交相陪衬，而共同烘托出一个重要的角色——这‘损不足以奉有余’的社会”。第三，在艺术技巧上，曹禺采用散点透视方法，使剧作更接近生活本身。曹禺对《雷雨》“太像戏了”的戏剧结构感到了厌倦，觉得在技巧上用得过分，曹禺在契诃夫《三姐妹》的启发下，追求一种新的风格，《日出》从《雷雨》的家庭生活的场景中跳了出来，不再追求精心构建的故事，而是将关注与表现的重心由传奇转向平凡，注重展现日常生活；切取了包括上流社会和底层社会各个不同的片段，借鉴印象派绘画的散点技法，用多少人生的零碎来阐明一个观念，并使戏剧冲突尽可能地趋于自然，贴近生活本身，用“横断面的描写”，减少故事的起伏和起承转合、巧合等手法与技巧。《日出》的场景由家庭移向了社会，同时展现了现代大都市的两个典型的环境：高级大旅馆和三等妓院。作者以陈白露的休息室和翠喜的卧房为舞台场景，用非常简洁的笔法勾勒出了行走于其间的众生相和不同阶级的生存方式，并把他们分成了“不足者”和“有余者”两个对立的世界，以表达作者对现代都市所奉行的“损不足以奉有余”的“人道”的抗争。

曹禺另一部产生很大影响的剧作是三幕剧《原野》，这是曹禺悲剧创作的又一次新的尝试，1937 年 8 月由上海文化生活出版社出版。从曹禺整个戏剧创作的题材来看，《原野》的确是开辟了一片新天地：曹禺第一次，也是唯一一次描写农村题材。《原野》不仅仅描写了一个农民的复仇故事，它还写出了故事背后更为深刻的人性的矛盾冲突和心灵震颤，写出了封建家庭、封建统治者强权统治对人性的巨大扭曲和摧残，同时也体现了曹禺憧憬原始生命强力的愿望和一贯的戏剧风格。农民仇虎向地主焦阎王及其一家的复仇，是《原野》的基本情节。《原野》以仇虎的悲剧命运控诉了那个不公平的世道——“天”。仇虎看透了这个世道，也恨透了这个世道，虽然他身上有一股原始的生命力，但却始终不能摆脱毁灭的命运。这里表现的不是虚无和神秘，而是在很大程度上喻示着人对命运的抗争之艰难和永恒。《原野》中的爱和恨都是奇异的，也是痛苦的，如第一幕金子和仇虎调情的一场戏，情人间就像仇敌般互相折磨，又在丑的变形之中发现美的极致。人物形象从外在到内心的个性化和复杂化都在曹禺剧作中达到了新的高度，剧作对人物形象的塑造明显增强了性格的奇异性色彩和心理矛盾冲突的剧烈程度。

第三节　夏衍及其创作

一、创作概述

夏衍（1900—1996）原名沈乃熙，字端轩（端先），是中国著名文学、电影、戏剧作家，文艺评论家，文学艺术家，翻译家，社会活动家，是继田汉、曹禺之后在中国现代戏剧史上产生重要影响的剧作家之一。夏衍出生于浙江省杭州市郊一个没落的书香门第。1920 年，他留学日本，开始接受马克思主义思想。1924 年，经孙中山先生介绍，他加入中国国民党，担任国民党驻日总支部常委兼组织部部长。1927 年大革命失败后，夏衍回国，在革命低潮时期毅然加入中国共产党，从事工人运动及翻译工作，译有高尔基的《母亲》等外国名著。1929 年，他与郑伯奇等组织上海艺术社，首先提出“普罗列塔利亚戏剧”的口号，开展无产阶级戏剧活动。在数十年的文学生涯中，夏衍在戏剧、电影、散文、杂文、随笔、政论、报告文学、翻译等诸多领域都取得了丰硕的成果，戏剧和电影方面的贡献尤其突出。

夏衍的戏剧创作始于 1935 年。为了支持“上海业余剧人协会”，他创作了独幕剧《都会的一角》和《中秋月》（又名《相似》）。两剧都以都市下层舞女和贫民生活为题材，反映了底层人的痛苦生活和善良心灵。1936 年，夏衍又创作了轰动一时的“讽喻史剧”《赛金花》，用漫画夸张的手法讽刺了当权者的不抵抗主义和卖国求荣的政策。剧本以八国联军的侵华战争为背景，通过妓女赛金花的种种遭遇，反映了八国联军对中国的侵略，描绘了国势衰弱的清王朝丧权辱国的丑行。《赛金花》采用直奔主题的讽喻手法，“以揭露汉奸丑态，唤起大众注意，‘国境以内的国防’为主题，将那些在这危城里面活跃着的人们的面目，假托在庚子事变前后的人物里面”①，使观众从剧中的八国

① 夏衍：《夏衍研究资料（上）》，北京：中国戏剧出版社，1980 年版，第 1～2 页。

联军联想起飞扬跋扈、无恶不作的“友邦”，从李鸿章及清政府的卑劣腐败联想到当时国民党政府谄媚外敌、压迫人民的种种无耻行径。剧作通过赛金花的个人行为说明满朝文武不如一个妓女，同李鸿章之流形成鲜明对比，又描写她的不幸结局，客观效果是赞扬、同情多于批判。不久，夏衍又创作了历史剧《自由魂》（后改名《秋瑾》），选取了为革命而献身的烈士徐秋瑾短暂一生中的片段，展现了她以身殉志的悲壮历程。在艺术和政治关系的处理方面，《自由魂》比《赛金花》虽有所进步，但仍然存在艺术形象不够丰满生动、剧情单纯而单一、艺术上有概念化痕迹的问题。夏衍在回顾他的创作道路时曾经说，他早期创作的独幕剧《都会的一角》，多幕剧《赛金花》《秋瑾传》，都是“很简单地把艺术看作是宣传的手段”，如写《赛金花》是为了揭露国民党政权的媚外卖国的丑态，写《秋瑾传》是为了所谓的“忧时愤世”。因此，这些剧作虽然已经显示出夏衍的创作才能以及他戏剧风格的某些特点，但都不同程度地存在着将剧中人物作为时代传声筒的席勒化倾向。从 1937 年创作的《上海屋檐下》开始，夏衍“在写作上有了一种痛切的反省”，他实现了创作的根本转变：即从席勒化向莎士比亚化的根本转变，摒弃了简单地把艺术看作宣传手段的思想，正确地处理了政治与艺术的关系，更沉潜地运用现实主义方法。他开始把剧本创作的焦点集中在了“人物性格的刻画、内心活动”① 方面，把当时的时代特征反映到了剧中人物的身上，描写小市民与知识分子的生活和心灵世界，在社会生活画面和人物心灵的描绘中呈现出朴素、洗练、深沉的个人风格。

1942 年 4 月，夏衍去中共南方局重庆办事处工作，在周恩来直接领导下，主持大后方的文化运动，任《新华日报》特约评论员。在重庆的四年，夏衍撰写了大量杂文、政论文章，同时继续从事话剧、电影创作。在开展文化界统一战线工作的同时，夏衍与于伶、司徒慧敏、金山等创办中国艺术剧社，推动了国统区的进步戏剧运动。戏剧创作继《上海屋檐下》后达到了又一个新的高峰，接连创作出四幕剧《水乡吟》（1942 年）、五幕剧《法西斯细菌》（1942 年，又名《第六号风球》）、六幕剧《复活》（1943 年，根据托尔斯泰小说改编）、四幕剧《离离草》（1944 年）、四幕剧《芳草天涯》（1945 年），并与于伶、宋之合作创作了五幕剧《戏剧春秋》（1943 年）和《草木皆兵》（1944 年）。二十世纪

① 夏衍：《夏衍研究资料（上）》，北京：中国戏剧出版社，1980 年版，第 17 页。

四十年代，夏衍又创作了《一年间》、《水乡吟》、《法西斯细菌》（1942 年）、《离离草》和《芳草天涯》（1945 年）等剧作。这一时期创作的《法西斯细菌》和《芳草天涯》两部现实主义力作，显示了夏衍戏剧艺术的新发展。在真正离乱中，夏衍接触到许多善良、纯真的知识分子，他们所面对的科学工作和现实之间的矛盾，以及从矛盾中取得的进步，都给夏衍以启迪。

二、《上海屋檐下》

《上海屋檐下》1937 年 11 月由戏剧时代出版社出版，1939 年 1 月，由怒吼剧社在重庆举行公演。这部剧是夏衍自觉实践现实主义手法取得的重要收获。夏衍坚持认为《上海屋檐下》是他创作的第一个剧本。① 它的诞生标志着夏衍戏剧创作的成熟，集中体现了夏衍戏剧的现实主义特色，其独特的艺术风格对我国话剧艺术的发展产生了重要影响。

三幕剧《上海屋檐下》不同于《赛金花》《秋瑾传》等历史剧，直接取材于现实生活。“西安事变”后，国民党政府被迫有条件地释放一批长期关押的共产党人和政治犯。夏衍被一些革命者出狱后悲欢离合的故事所触动，因而写下了这部又名为《重逢》的悲喜剧。剧作通过五个家庭的不同遭遇以及相同的不幸命运，描写了生活在大上海城市底层的一群小市民和贫苦知识分子平凡而让人意欲诅咒的生活，并由此揭示了社会的内在矛盾，展示了抗战前夕沉闷的时代气氛。剧作以匡复、杨彩玉、林志成三人的生活遭遇和情感纠葛为中心线索，穿插左邻右舍的日常生活，组成了一部二十世纪三十年代上海中下层人民生活的交响曲。三幕戏都发生在同一场景内，即为上海一幢普通弄堂房子的横截面，剧情前后不到一天的时间。

① 夏衍：《夏衍研究资料（上）》，北京：中国戏剧出版社，1980 年版，第 17 页。

第四章　现代散文的产生与发展

在传统中国，“文”与“诗”并举，都极其发达和繁荣。进入现代后，散文一方面继承原有的沉淀与积累，一方面汲取外来的优秀文化因素，无论在形式上还是内容上都面临重大的转型。从典雅华丽的文言到通俗质朴的白话固然是一大变化，而如何更好地承载、表达现代人的思想和情感更是必须应对的一大挑战。值得骄傲和肯定的是，现代散文经历了沧海横流、大浪淘沙的三十年发展之后，终于形成了自身的格局与特色，即使在传统散文的高峰面前也毫无愧怍、逊色之处。

散文具备的“体性”“风格”，实则是作家品德，性情的表现，然而外部文化艺术的作用力，也要引起重视。只要我们在艺术方面，不去一味地“崇洋媚外”，盲从地效仿，而是正确地看待民族文化传统，力求创新进步，就一定会推进我们散文的艺术、个人品味的发展。总而言之，在现代文学史上，散文一体的发展无疑是多样化、生机勃勃的，这不仅仅是在数量上，质量方面也是如此。

第一节　周作人：现代散文的重要奠基人

在中国现代散文史上，周氏兄弟无论在创作方面还是在理论方面都功不可没。鲁迅的散文风格多样，他的《朝花夕拾》深入浅出、清新温情，他的《野草》神秘晦涩、冷艳瑰丽，而他的《热风》《坟》《华盖集》等嬉笑怒骂、犀利泼辣，铸就了现代杂文的典范。前面的鲁迅专章已经对其散文做了详细介绍和解读，这里重点介绍周作人的散文。周作人在“抗战”期间曾出任汪精卫伪政府的官职，落下了“汉奸”的骂名。也因为这个原因，他在文学史上遭到了长期的冷遇。如果暂时抛开周作人的历史污点，仅论其文学成就，我们不得不承认他在散文领域的贡献非常突出。可以说，周作人与鲁迅在中国现代散文史上双峰并峙，堪称现代散文的重要奠基人。

周作人（1885—1967），浙江绍兴人，原名櫆寿，字启孟、启明，号知堂，也被称为“知堂老人”。周作人早年考取官费留学日本的名额，1917 年到北京大学教学。五四运动时期，周作人堪称新文化运动的风云人物，他主持《语丝》杂志，参与编辑《新青年》《每周评论》，发起、组织文学研究会、新潮社，是著名的翻译家、文艺理论家、批评家和散文家。在那个时期，周作人与胡适、陈独秀、鲁迅等齐名，是广大青年人心目中的导师、偶像。抗日战争爆发后，周作人的人生发生了陡转。抗战胜利后，他被国民政府判刑 10 年，被剥夺公民政治权，主要从事翻译和写作工作，依靠自己的文学功底还有外语技能维持生活。

在散文理论方面，周作人有两个重要贡献：其一是提出“美文”概念，其二是提倡并且实践“言志”散文的创作。先来看所谓“美文”概念。在中国传统文学中，“文”的概念非常庞杂和宽泛。它不仅指散文也包括韵文，不仅指艺术性的“文”也包括各种实用性文字。而周作人特别推崇的是以审美性和艺术性见长的散文，他把它们命名为“美文”。1921 年，周作人在《晨报》副刊发表了一篇文章，题目就是《美文》。他在这篇文章中倡导现代作家都来写“美文”。周作人解释说，“美文”是介于“诗与散文之间”的艺术性散文，它区别于一般日常实用的文字，具有审美特质。可见，与传统庞杂而宽泛的“文”的概念比较，周作人所说的“美文”概念缩小了。这种“缩小”有利于散文摆脱实用性，确立其自身的独立价值。周作人认为，“美文”由中国独抒性灵的传统散文与西方的“Essay”（一般翻译为“随笔”）相互影响而成，以叙事和抒情为主要内容。这种“美文观”作为现代散文理论的源头，影响了很多后来人。

后来，周作人又进一步提出了“言志”散文的概念。[①] 周作人所说的“言志”散文是在“美文”概念基础上的进一步发展。众所周知，文学的“文以载道”观在中国有几千年的历史，它强调文学的实用、教化功能。而“言

① 周作人：《中国新文学的源流》，上海：华东师范大学出版社，1995 年版，第 60 页。

志”却是与传统“载道”观念相对的，它提倡文学创作当以个人为中心，抒写作者的自我性情。简单说来，“文以载道”主张写文章是为了说明道理，弘扬某种思想和精神：而“言志”提倡作者书写个人内心的真情实感。在态度上，“载道”散文主张正襟危坐，坐而论道；而“言志”散文主张随意而谈，不拘格套，在娓娓道来中体现个人的性情、生活的闲适，充满趣味性。周作人以为，在中国，以“公安派”为代表的晚明小品文最接近“言志”散文；在西方，英国的“Essay”最接近“言志”散文。若能结合、融汇二者，则足以作为现代散文的典范。

除了散文理论的探讨和建设，周作人在创作实践上堪称硕果累累。评论者往往把他与鲁迅的散文创作成就相提并论。

与“文以载道”观相对，周作人的闲适小品文绝大部分选取平凡甚至琐屑的题材。诸如《北京的茶食》《故乡的野菜》《乌篷船》《喝茶》《谈酒》《苍蝇》等，仅从题目就可看出这些文章都源自日常生活，毫无惊人出奇之处。然而，这些毫不出奇的内容经过周作人的笔墨点染，就具有了特别的滋味。例如写喝茶，周作人的描绘别有风致：“于瓦屋纸窗之下，清泉绿茶，用素雅的陶瓷茶具，同二三人共饮，得半日之闲，可抵十年的尘梦”（《喝茶》）；例如讨论喝茶时的茶食、点心，周作人也能提升出关于生活的哲思：

我们于日用必需的东西以外，必须还有一点无用的游戏与享乐，生活才觉得有意思。我们看夕阳，看秋河，看花，听雨，闻香，喝不求解渴的酒，吃不求饱的点心，都是生活上必要的……（《北京的茶食》）。

曾有人把周作人散文风格比喻为“茶”：“他的作风，可用龙井茶来打比，看去全无颜色。喝到口里，一股清香，令人回味无穷”。这种“通感”式的比喻非常形象、恰当。

周作人的散文有着“简单味”与“涩味”的统一。茶的味道是简单的，近似水的清淡，没有酒、汽水等饮料的刺激性、复杂多变的味道，初入口中甚至有一种苦涩感。然而，茶的苦涩能带来回甘，那是等到茶水下咽之后慢慢升起来的、萦绕在舌根的一种奇妙滋味。好茶之人经常沉醉于这种苦涩之后的甘美，周作人的散文也正有这种初尝平淡却回味无穷的独特魅力。

茶是“简单味”的，但绝对不等同于无滋无味的白开水，茶之所以为茶，因为它兼具“涩味”。说周作人的散文如茶，它有着引发回甘的“涩味”。周作人行文平淡，却擅长以自然、简单的语言启发读者的联想和思考。像《故乡的野菜》《初恋》等散文，初读之下，读者会有些奇怪，作者为什么把情感处理得如此平淡，还似乎有点漫不经心？但细细往下阅读，却能发现作者实为“举重若轻”。在《故乡的野菜》中，周作人说完“故乡对于我并没有什么特别的情分”之后，却开始细细描述浙江乡下到处可见的各种野菜——荠菜、草紫、黄花麦果。除了说明它们的形状、特点、俗名、学名、用途以至文献上的记载外，还夹叙了一些自己在孩童时代亲自参与或者看到的采野菜的活动。一件件、一桩桩，写得那样逼真生动，让阅读者不知不觉地随着他的讲述一起回到了那天真纯朴的童年时代。直至耐心读完整篇散文，我们终于发现，作者其实用心良苦。如果真是“并没有什么特别的情分”，那么多年后的记忆又为什么那么清晰呢？所谓“草花应有意，总是故园情”，才是这篇散文的真正主旨。

周作人被誉为“杂学家”，在女性研究、儿童文学、民俗学、希腊神话传说、日本文学文化等方面都有所涉猎。所以他的散文也体现了知识渊博、文献典故信手拈来的特征。这种特征在《苍蝇》一文中就可见一斑。文章以人们日常厌恶的苍蝇为主要讨论对象，洋洋洒洒列举了关于苍蝇的各种趣闻和知识，并且涉及希腊史诗、传说、颂歌，法布尔的《昆虫记》，中国的《诗经》，日本的俳句……令读者目不暇接、眼花缭乱。而且，这些知识的取用一点也不枯燥。文中写希腊人赞叹苍蝇的“固执大胆”，将其比喻为“勇士”；法国人佩服苍蝇的“彪悍敏捷”，将其比喻为埋伏在林中袭击旅人的红巾黑衣的好汉；日本俳句把苍蝇以及一切生物比喻为兄弟朋友等，尽显生动。在这篇散文中，周作人以苍蝇为切入点，通过对趣味知识的讲解，抒发自己内心深处的生命理想：包容物我。即使苍蝇之微，也应当以体贴的心态来对待。当然，周作人散文的这种特性也有其弊病，有时候会造成知识堆砌的烦琐感。

在以鲁迅为代表的斗争性散文之外另开闲适一脉，是周作人散文的最大意义。在现代文学史上，受其影响者众多，如俞平伯、废名、钟敬文、张中行等。二十世纪九十年代以来，周作人散文被重新发掘，他的“言志”“闲适”文字得到很多读者尤其是知识分子读者的好评与喝彩。

第二节　冰心和朱自清的散文创作

在五四的“美文”创作中，周作人以平淡自然的行文成为“冲淡”散文一派的代表，而冰心、朱自清等则以优美、精巧风格见长。典雅、纯真的“冰心体”以感性与柔情激励了无数青年读者；而朱自清漂亮、精致的散文语言则树立了白话文字的典范，二者都对后世散文创作产生了深远的影响。

一、冰心：温柔清丽的“冰心体”

冰心（1900—1999），原名谢婉莹，福建长乐人。冰心 13 岁那年，因为父亲到北京任职，全家迁居入京。新文化运动兴起的时候，冰心正在燕京大学读书。她本来想做一名医生，但因受到新文化运动影响转入文学系学习。习文不久的冰心尝试用小说、散文、诗歌等多种文体进行创作，成为五四时期最著名的女作家。冰心的散文集主要有《往事》《南归》《寄小读者》《还乡杂记》《归来以后》等。

散文创作虽然贯穿于冰心的一生，若论影响之大还得属五四运动时期。在那个时期，冰心散文被誉为“冰心体”，充分体现了她的个人特质。“冰心体”散文大致具有以下特征：以流畅清新的文字倾诉心中的真情，满蕴着温柔，微带着忧愁，显示出清丽的风致。“冰心体”一般篇幅较短，涉世未深的青年读者特别容易与其产生共鸣并加以模仿。

冰心散文的思想核心，大致可归纳为“爱的哲学”。母爱、自然爱、儿童爱、对一般民众的爱……都是其中常见的内容。如《往事（一）·七》描绘荷叶在大雨中倾侧，遮住了美丽稚嫩的红莲，进而自然而然地升华到母爱的主题。文中说：“我心中深深的受了感动——母亲呵！你是荷叶，我是红莲。心中的雨点来了，除了你，谁是我在无遮拦天空下的荫蔽？”《笑》一文则以对“笑”的描写，引出“爱”的主题。文章细致地描写了三种笑容：天使的笑、儿童的笑、老人的笑。这些亲切、美丽的笑容最后引发作者的感叹：“眼前浮现的三个笑容，一时融化在爱的调和里看不分明了。”在冰心散文中，“爱”往往源于刹那间涌现的感触，体现了女性作者细腻多情的一面，有着温柔缠绵、感人至深的特征。然而冰心散文有时过于感性，未免给人造成情感堆积的印象。

二、朱自清：精巧雅致的美文典范

朱自清（1898—1948），原名自华，字佩弦，原籍浙江绍兴，生于江苏连云港，是著名的学者、诗人、散文家。朱自清早年毕业于北京大学，后来去英国留学并游历欧洲。回国后，朱自清曾任教于清华大学和西南联合大学。1948年8月，他因患严重胃病去世。抗战期间，朱自清拒领美国救济面粉的行为，得到了毛泽东的高度赞扬，被誉为“表现了我们民族的英雄气概”。朱自清的散文集主要有《踪迹》（诗与散文的合集）、《背影》、《欧游杂记》、《伦敦杂记》等。

若论现代散文的语言、文体之精巧雅致，必然不能缺少朱自清。朱自清的散文几乎完全采用口语，整体上让人感觉很是朴素、清新。在二十世纪二十年代，朱自清的散文就已经被视为娴熟使用白话文的典范。他的《背影》《春》《匆匆》《荷塘月色》等散文长期都是中学生语文课堂的范文，可以说脍炙人口、家喻户晓。

为了更好地了解朱自清散文，我们不妨根据题材内容将之分为两大类：一种是写景抒情类，一种是怀人忆旧类。前一种中最有代表性的是《桨声灯影里的秦淮河》《荷塘月色》《温州的踪迹·绿》。无论是夜色中的秦淮河、月光下的清华荷塘，还是梅雨潭瀑布的“女儿绿”，都给人带来身临其境的感受。

相对于精致优美的写景散文，朱自清的怀人忆旧散文显得质朴淡雅，如《背影》《忆亡妇》等，文章中没有什么华丽的辞藻和精细的文字雕刻，均以白描见长。《背影》是朱自清最著名的散文之一，文章叙说父亲送别儿子的往事，细腻地展现了父亲穿越铁道给“我”买橘子的一幕。散文渗透了“我”对劳碌奔波一生的老父的深情。其中，父亲这个形象也很有代表性，他是一个常见的小人物，但颠簸辗转的悲凉命运却打动了无数有同样辛苦、飘零经历的人。

第三节　林语堂和梁实秋的散文

在现代文学史上，林语堂、梁实秋都因曾与鲁迅发生论战而长期遭遇冷落和诟病。在阶级斗争日益激烈、政治气氛日益紧张的二十世纪三十年代，林语堂大谈“幽默”；在面临民族危亡的二十世纪四十年代，梁实秋大谈“与抗战无关”。总体而言，他们的散文创作与周作人的“言志”散文有共通之处，都趋向远离现实、展现自我性情的闲适一路。林语堂的“幽默”论和梁实秋的“与抗战无关”论在特定的历史背景中显得非常不合时宜，所以屡遭批判。在远离民族的危亡、战乱之后，当人们能平心静气地从审美角度来阅读、欣赏文学作品时，他们的散文才被重新认可和肯定。

一、林语堂："幽默"小品文

林语堂（1895—1976），福建龙溪人，原名林和乐。林语堂的父亲是一个乡村牧师，自学英语。他教儿子英语，并且告诉他长大一定要读世界一流的大学。对身处偏僻村落的孩童林语堂而言，父亲的教导打开了一扇通向外面世界的窗户。林语堂没有辜负父亲的期望，从上海圣约翰大学毕业后，他先后在美国哈佛大学、德国莱比锡大学获得文学硕士和语言学博士学位。学成归来后，林语堂曾在北京大学、北京女子师范大学、厦门大学等学校任教。1936 年后，林语堂长期居住于美国，1966 年回台湾定居。林语堂在小说、散文、翻译方面都成就颇高。由于他英文写作水平很高，他的作品在海外影响力颇大。林语堂的散文集主要有《剪拂集》《我的话》《大荒集》《吾国与吾民》《生活的艺术》等。

林语堂一生的散文创作最具特色的当属二十世纪三十年代的"论语"时期。这一时期，林语堂大力提倡幽默小品文。他借用西方"幽默"一词，同时融入中国传统知识分子的审美追求和处世精神，自成幽默小品文一派。

林语堂散文在"论语"时期成就最大，我们重点了解他这一时期的创作。但提到林语堂散文的"论语"时期，还是有必要先回顾一下他的"语丝"时期。1924 年，以发表短小精悍的批判文章为主的《语丝》杂志创刊，承担杂志编辑、撰稿工作的知识分子则被称为"语丝派"。林语堂是《语丝》杂志的主要撰稿人之一，那段时间，他是鲁迅的战斗盟友，经常发表批判旧道德和旧文化、批判帝国主义和北洋军阀的杂文，文字火药味十足。由此，林语堂被当政者视为"异端"分子、"激进"分子。值得一提的是，在"语丝"时期，林语堂的"幽默"观就已经初步形成了。林语堂作为把"humour"一词翻译为"幽默"的第一人，重点向国人介绍西方人的"幽默"精神，并且主张以幽默艺术来揭示生活的矛盾，针砭社会文明病。

到了"论语"时期，林语堂的散文创作发生了迥异于"语丝"时期的变化。这与社会时代变化，还与林语堂个人人生观的转变有关系。经历新文化运动的潮涨潮落以及大革命的转瞬成败，步入中年的林语堂逐渐褪去了"火气"。这一时期，他一反积极干预现实的文学创作观，转而提倡写作"以自我为中心，以闲适为格调"的小品文。二十世纪三十年代，林语堂先后创办

《论语》《人间世》《宇宙风》等杂志，与尖锐、犀利的杂文时代远去，此时的他主打幽默、闲适和独抒性灵的创作风格。

因为主张写作幽默文字，林语堂被誉为“幽默大师”。值得追问的是，所谓的“幽默”究竟有着怎样的内涵呢？首先，“幽默”可以说是林语堂在散文创作上的一种美学追求。林语堂解释“幽默”时，非常重视它与讽刺的区别。在他看来，讽刺过于尖刻，而且有酸腐气。去掉讽刺的酸辣味，达到一种冲淡心境，这才是幽默。所以，幽默的文章火气不太盛，可令读者感受到淡然之味。其次，在林语堂那里，“幽默”是一种写作立场、一种人生姿态。这一点不妨通过林语堂品评人物的几篇散文来做进一步的了解。

林语堂曾分别品评了三位中国历史上著名的知识分子：孔子、苏东坡和鲁迅。在林语堂的心目中，孔子、苏东坡都是懂得幽默、值得尊重的智者，而鲁迅却完全不懂幽默。通过《论孔子的幽默》一文，林语堂描绘了一个充满生活气息、有真性情的孔子形象。孔子常与学生、友人聊闲话，态度平和而自然，言辞随意而机智。孔子对于厌恶痛恨的人，从不收敛掩饰，嘲讽怒骂起来酣畅淋漓。身处困境之中，孔子常常自我解嘲，以平常之心处之，绝不装腔作势，怨天尤人。凡此种种，都是林语堂欣赏的品格。在《闲话苏东坡》一文中，林语堂则大赞苏东坡性格中有着一份“刁皮”。例如苏东坡自认杜撰典故考取进士，绝不虚伪。身为黄州太守，丝毫不拘泥于身份，与友人饮酒大醉，爬城墙回家。苏东坡还常常与僧人、名妓为友，放浪率性……林语堂赞叹，生活中处处可见苏东坡的“刁皮”，也处处可见他的可爱。孔子也好，苏东坡也好，都是生活坎坷、经历了许多苦难挫折的人。在林语堂看来，最难得的是，他们始终不改一颗热情、积极的心。他们懂得自我调整，能够放低姿态，甚至苦中作乐，这就是林语堂看重的智慧一举重若轻、以“幽默”应对人生困境。

读《鲁迅之死》，我们会发现，林语堂不赞同、不欣赏鲁迅的地方，就是鲁迅不懂“幽默”。林语堂和鲁迅原是好友，但林语堂提倡“幽默”之后屡遭鲁迅的批评。而林语堂也对鲁迅的为人、为文表达了不同意见。按林语堂的原话说就是：“鲁迅与其称为文人，不如号为战士。”林语堂认为，文人生活松紧有致、张弛有度，具有生活的智慧与艺术；战士则如同勒紧的弓弦，永远处于斗争、交锋的紧张状态。林语堂以文人自居，鲁迅却时时以战士自命。鲁迅神经敏感，时刻备战，所以弄得一身是病、处处是伤，自然天不假年了，这让林语堂很是惋惜。相比之下，他非常欣赏孔子、苏东坡那样的人生态度。

林语堂还有一篇散文《论解嘲》，其中提到了苏格拉底和林肯，也可以注解他所推崇的“幽默人生”。在历史上，苏格拉底和林肯的妻子都是著名的泼妇，两位伟人为此饱受折磨，苦恼不堪。更加可怜的是，因为惧怕悍妇，苏格拉底、林肯经常被弄得有家不能归，只好流浪街头或者流连酒吧，这是何其悲哀的事情。但从林语堂的角度来看，他们却有点“因祸得福”。苏格拉底流浪街头，养成了逢人问难驳诘的习惯，终于成了“游行派哲学家”；林肯流连酒吧，整天与酒吧里的人对话辩论，练出了简练机警、应对如流的口才，大大有助于他登上美国总统的宝座。苏格拉底与林肯生活的年代相隔了上千年，但是二人的处世态度却有非常相似的地方，那就是坦然面对困境，豁达地自我解嘲。人生的困境、低谷往往能孕育出雅量与智慧，这正是林语堂大大认可、称赞的。

五四以来，现代散文较多存在感伤浪漫或教化的色彩，林语堂提倡的“幽默”让散文多了些从容睿智，行文结构也化板滞为轻松。林语堂的幽默小品文虽然有意超离现实，缺乏当时主流文学那种对现实的批判力度，但其在文章中融汇了中西方的智慧，这在当时和后来都相当有影响。

二、梁实秋：把生活艺术化的散文

梁实秋（1903—1987），原名梁治华，浙江余杭人，出生于北京。早年考入清华大学，后留学美国。归国后，他曾任文艺刊物的主编，也曾在东南大学、山东大学、北京大学等学校任教。1949 年后，他移居台湾。梁实秋是著名的翻译家、文艺批评家、散文家。他的散文集主要有《雅舍小品》《雅舍小品续集》《雅舍杂文》《雅舍谈吃》《槐园梦忆》《看云集》等。

梁实秋散文承接了“论语”派注重幽默闲趣的路子，以超然姿态打量人生、揭示人生，推崇生活的智慧。梁实秋散文有意回避热点题材，不为时尚左右，多以生活中常见事物为题，诸如男人、女人、理发、穿戴、吃饭、下棋等，但文章中博雅知见与幽默情趣相交织，令平凡的生活艺术化，所以别具魅力。

梁实秋的散文创作始于 1940 年。当时，身在重庆的梁实秋应朋友之邀为《星期评论》撰写名为“雅舍小品”的专栏文章。从此，梁实秋的散文创作一发不可收拾。到 1949 年，他把陆续写成的散文 34 篇集为《雅舍小品》出版。“雅舍”情结一直延续到梁实秋的晚年，他移居台湾之后，还出版了好几部以

“雅舍”命名的散文集，如《雅舍小品续集》《雅舍杂文》《雅舍谈吃》等。

二十世纪四十年代初，中国正处战争乱世，整个民族都因为日寇入侵而惊惶困苦，梁实秋也随着国民政府的迁移而漂流重庆。“雅舍”原是梁实秋为自己在重庆的暂时寓所所取的名号，他一住七年，《雅舍小品》中的文章都在那里写成。而《雅舍小品》的首篇就叫《雅舍》，可以说奠定了整个散文集的格调和格局。文章表达随遇而安、擅于艺术化看待生活的处世态度。

一篇《雅舍》虽然只谈住所不提其他，我们却不能不联想到作者所处的战乱年代。梁实秋说自己安居雅舍，何尝不是说自己安居乱世呢？对“雅舍”之陋安之若素，以不变应万变，既包含了作者身处乱世时的无奈与自嘲，也体现了他随遇而安、乐天知命的情志与心态。

梁实秋散文把生活艺术化，不仅体现在对生活的苦难面诗意化，他还擅长把生活的阴暗面喜剧化。作者明知人性的弱点和社会的黑暗，但并不做辛辣讽刺或批判，他擅长的是那种漫画化的揶揄或者打趣，其中既有智者式的洞察，也能让人感觉到他对于芸芸众生抱着一种亲切的理解、体贴态度。如《女人》一文解释女性胆小的原因是体温低。文中如此分析：大部分女性怕胖而食无求饱，营养不足，再加上怕臃肿而衣裳单薄，“抵抗饥寒之不暇，焉能望其胆大。”再如《男人》一文形容男性的邋遢：“有些男人，西装裤尽管挺直，他的耳后脖根，土壤肥沃，常常宜于种麦！……多少男人洗脸专洗本部，边疆一概不理，洗脸完毕，手背可以不湿”，真是细致生动，引人发笑。

第五章　现代小说的产生与发展

中国现代小说开始于梁启超提倡“小说界革命”前后，到五四新文学运动时期得以完成。中国现代小说自一开始，其理论建构、创作实践便与现代文化的发展密切相关，同时也与现代文学的文体新变紧密联系。因此，“现代小说”成为理解中国现代文化与文学的一个关键词。对“现代小说”的概念形成进行研究，理清其内涵，有助于充分认识“小说”作为现代文体的特征与功能。近年来学术界对“现代小说”的研究，在文献整理、理论研究等方面取得了重要成就，但仍有很大空间，仍需从概念、方法论等方面建构相应的中国现代小说美学体系与评价机制，对“小说”与“现代小说”进行正本清源。多年来，中国现代小说文体学的研究，有的成为西方小说学的简单注释，有的则以西方文体学解读中国小说文本，都不同程度导致中国小说文体学的失语。回到学术原点，回到小说的常识，在现代小说文体学研究中、在中国文学的文体传统中寻绎“现代小说”的本原意义，建构具有中国特色的小说文体学，具有重要意义。

现代小说从发生之日起，就存在文体学上的概念认同问题。从梁启超、林纾、梁启勋等到张爱玲、巴金、老舍、萧红、赵树理、孙犁等，中国近现代作家、理论家在阐述不同小说观念的同时，均致力于现代小说的文体建设。在返回小说本体的同时，他们不断寻找适合现代人叙事与接受的小说文体，并以此给予后人诸多启发。

第一节　张爱玲的《传奇》

张爱玲（1920—1995），原名张煐，祖籍河北丰润，上海人。张爱玲的祖父张佩纶，原是清末的著名大臣，祖母李菊耦是李鸿章之女。父亲是遗少型的少爷，母亲则是时髦的新女性。张爱玲受父亲影响，从小就会背诵唐诗，而受母亲影响，生活情趣及艺术品位都十分西洋化。6 岁上私塾，并开始小说创作。9 岁进小学，跟着母亲读《二马》并从此喜欢上老舍的小说。1931 年进上海圣玛利亚女子中学。1938 年考取英国伦敦大学，因战事激烈无法前往。1939 年转香港大学文学系，同年发表散文处女作《天才梦》。太平洋战争爆发后，香港大学停办，未能毕业，后报考上海圣约翰大学，又因“国文不及格”未被录取。为了生活，只得为《泰晤士报》和《二十世纪》等英文杂志撰稿。

张爱玲是中国现代文学史上一位充满传奇色彩的作家，她的身世就是一部苍凉哀婉而精彩动人的女性传奇，她的小说大多也写的是上海没落淑女的传奇故事，她的小说集以《传奇》命名。1943 年和 1944 年，是张爱玲一生中最重要的两个年份。1943 年，她在周瘦鹃主编的《紫罗兰》杂志上发表《沉香屑第一炉香》（通称《第一炉香》）后，一鸣惊人。她最初的几篇小说都是以她在香港的生活为题材的。1944 年 5 月，著名翻译家傅雷以“迅雨”为笔名发表了当时最重要的评论文章《论张爱玲的小说》。1944 年 8 月和 11 月，她最有代表性的小说集《传奇》和散文集《流言》相继出版，也是在这一年，张爱玲与才子胡兰成举行了婚礼。不幸的是，张爱玲在文学上的辉煌转瞬即逝，而她的这次婚姻也只维持了两年。

《第一炉香》和《金锁记》是张爱玲写得最好的作品，而《倾城之恋》和《金锁记》则是张爱玲最有代表性的小说。

《第一炉香》是张爱玲开始作家生涯的第一篇小说。这是一个关于“寡妇”的故事，写了梁太太和葛薇龙两代寡妇。从此，张爱玲在创作中形成了一个“寡妇情结”，她最好的小说写的大多都是寡妇。做寡妇，是女人的悲哀，但张爱玲笔下的女性却对做寡妇情有独钟，而且都是目的明确地为了钱而甘愿当寡妇。同时，这也是一个关于“沉沦”的故事。葛薇龙当初投奔姑妈梁太太是为了更好地读书，可当她的爱情失败后，梁太太就成了她的人生榜样，她已经无法找回原来的自己，无法离开梁家的沙龙了。小说绘制精细，意象迷蒙，似古实雅，美艳如初放的蓓蕾，出手不凡，一登文坛便立即引起了轰动和惊叹。

《倾城之恋》也是一个关于“弃妇”的故事，是一个弃妇在进行垂死挣扎和自我拯救之后终于修成正果的故事。也可以说，这是一个张爱玲版的“娜拉走后怎样”的故事，一个关于“逃离”的故事。白流苏虽然几经努力得到了众人虎视眈眈的猎物范柳原，成功地逃出了家庭，但是，作者并没有因此而削弱自己作品中常有的荒凉感。白流苏逃出了狼窝，又落入了虎口，而且，她得到的婚姻只是一座没有爱情的空城，而这座空城的获得也仅仅是因为战争的成全，是“香港的陷落成全了她”。虽然战争加快和简化了许多人成婚的速度，但作者心里最明白，这种婚姻肯定是靠不住的。

张爱玲小说表现出来的具有现代主义意味的“荒原”意识，是五四以来在新文学中较少表现的，这正是其独特之处。张爱玲小说在文学史上的特异地位，不仅在于她与二十世纪四十年代前期上海沦陷区的环境相适应，没有也不愿利用作品来说教或宣传，热衷于表现自己对人生的切身体验和独特感悟，在表现当时上海市民生活和心理方面堪称独步，而且还在于她有着中西文化的深厚素养和艺术地运用汉语语言的纯熟手法，完全摆脱了“新文艺腔”，继承了传统古典小说和现代通俗小说的手法与韵味，将新旧雅俗融会贯通，创造出了新旧交织、雅俗共赏的独特风格。

除张爱玲外，二十世纪四十年代的文坛上，还有苏青、梅娘、施济美、杨诱珍、曾文强、汤雪华、程育珍等一批引人瞩目的女作家，她们的小说大多以女性为探讨对象，比起冰心、庐隐、冯沅君等第一代女作家，具有更为明确的女性意识。苏青的自传体小说《结婚十年》以纪实笔法写现代女性从家庭妇女成为职业女性的人生道路，在表现她们的内心痛苦和性饥渴方面以“赤裸裸的直言谈相”而著称。梅娘的《蚌》《鱼》《蟹》等“水族系列小说”，描写的也是大家庭中的女性追求独立和自由的过程，这些作品都在可读性方面有突出的表现。

第二节　巴金、老舍、萧红与战争中的文化反思

抗战爆发后，几乎所有的作家都卷入了战火的硝烟中，但是，并不是每位作家的每部作品都直接与前线的战事有关。在二十世纪四十年代，不少已经卓有成就的知名作家，与新文学一起步入了自己的成熟期，他们或挖掘已经过去的生活，或表现抗战中的人和事，丰富的生活积累和深厚的艺术修养，使他们即使是在战争的环境中，仍然创作出了超越自我的作品，总体上呈现出从激情走向生活的发展趋势。于是，在当时的中国文坛上，不约而同地出现了一批由

知名作家创作的具有文化探讨性质的作品，除曹禺的《北京人》等话剧作品外，在小说创作上，巴金的《寒夜》、老舍的《四世同堂》、萧红的《呼兰河传》等，无论是在思想的深刻性上，还是艺术手法的圆熟上，都超过了他们以前创作的《家》《骆驼祥子》《生死场》，成为现代文学史上的“华彩乐章”，在中国现代小说史上熠熠生辉。然而，这些作品面世后很长一段时间里，都没有得到主流文坛的认同，有的作品还在很长时间内一直遭到批评和冷遇。

巴金在二十世纪四十年代，创作了“激流三部曲”中的《春》和《秋》，“抗战三部曲”（又称《火》三部曲）《火》《冯文淑》《田惠世》，“生活三部曲”《憩园》《第四病室》《寒夜》，完成了从激情小说向生活小说的过渡。

《春》（1938 年）和《秋》（1940 年）继续着《家》的故事，通过淑英与蕙的对比描写，表现了封建家族中采取反抗和屈服两种不同生活态度的青年所遭受的不同命运。其他人物也在《家》的基础上有了新的发展，克定、克安等人更加荒淫无度，觉民、琴成为斗争的中坚力量。作者在人物性格逻辑的发展和作品艺术结构的安排方面，从容地展示了高氏家族灭亡前的悲凉景象、《火》（1938 年）和《冯文淑》（1941 年）中的许多材料和冯文淑的经历，都来自“一个朋友”（即作者的妻子萧珊），但与《死去的太阳》一样，由于缺乏严密的构思和深刻的思想，导致了失败。而在《田惠世》（1943 年）中，通过田惠世建立在基督精神基础上的家庭，表现了作者对美满和睦家庭的憧憬，更加接近生活小说的特点。

《憩园》（1944 年）取材于作者的五叔，原以《冬》为题作为《秋》的续篇。虽然最后的书名和主人公都有所变动，但精神上仍是“激流三部曲”的继续，表现的仍是封建大家庭破败后的景象。类似的主题巴金曾在散文《爱尔克的灯光》（1941 年）中有过很好地表达。《第四病室》（1945 年）取材于巴金在贵阳中央医院的住院生活，除了对医院中各种丑陋现象进行了冷静而客观的记录，小说既没有主人公，也没有故事情节，更像一部“大特写”。

《寒夜》（1946 年）是巴金的最后一部长篇小说，也是他的后期代表作。甚至有人断言，“这部作品在艺术成就上达到了巴金创作的最高峰”。《寒夜》主要通过汪文宣一家在抗战后期的悲惨生活和他们在抗战胜利后仍然无法改变的不幸命运，对国民党统治区的黑暗现实进行了深刻的批判。汪文宣是一个正直善良、忠厚老实的小公务员，他毕业于大学的教育系，也曾有过青年人的热情，美好的理想，甚至也不乏反抗的精神。为了爱情，他曾经不顾母亲的反对，与同学曾树生由自由恋爱而同居。但是，他的理想在现实面前碰得头破血流，不但在社会上只能忍辱偷生，而且在家庭里也无法调和妻子与母亲的矛盾。曾树生原来也是一位具有新思想的温柔女性，她忠实于自己的丈夫，始终竭力维持着自己亲手建立起来的小家庭，面对这个家庭的破败，她既无能为力又心有不甘，于是，便陷入了既不愿背叛家庭又不得不去做“花瓶”的矛盾和痛苦之中。

在这部作品中，汪母是一个十分重要而成功的人物。作者通过她由原来的“才女”落难为儿子家中的“二等老妈子”，表现了社会现实的残酷；又通过她对儿子“占有”式的母爱和对儿媳的排斥，表现了中国中下层小家庭中封建意识的残余。在故事情节的发展过程中，汪母的存在始终是一个有力的推动因素。由于她的勤劳操持，家庭的困难在一定程度上得以缓和，但由于她的顽固观念，家庭的矛盾也进一步激化。曾树生离家随上司远赴兰州，汪文宣最后的绝望消沉，都与汪母与儿媳坚持不懈的“斗争”有着直接的关系。如果说，汪文宣让人同情，那么，作品中的两位女性更多的则是令人深思。所以，他们的悲剧不仅仅有着个人和社会的原因，而且也有着历史和传统的原因。

巴金的小说，一般不太重视人物形象的刻画，即使是在他最有影响的《家》里，人物的描写也不是占绝对突出的地位的。但是，在《憩园》和《寒夜》里，人物形象成为作品成功的最重要因素，可以说，杨梦痴、汪文宣、曾树生，特别是汪母形象的塑造，使巴金小说终于摆脱了激情小说的发展轨迹，将生活小说的特点表现得淋漓尽致。

《寒夜》的结尾处，汪文宣在抗战胜利的爆竹声中“无声”地死去了，汪母带着孙子回老家去了，而曾树生却茫然不知所措。这个悲剧色彩十分浓厚的处理，常常令那些习惯于给人物以光明未来的主流批评家们很不痛快，以至于作者在写完后不久，便不得不赶快解释：“我没有在小说的最后照‘批评家’的吩咐加上一句‘哎哟哟，黎明！’并不是害怕说了就会被人‘提来吊死’，唯一的原因是那些被不合理的制度摧毁，被生活拖死的人断气时已经没有力量呼叫‘黎明’了。”甚至到了1980年，作者仍在申诉：“我给整得太难受了，我要讲一句真话：它不是悲观的书，它是一本希望的作品，黑暗消散不正是为了迎接黎明。”但是，仍然有人坚持认为：“这样的愿望是好的。遗憾的是，作品本身的悲观绝望色彩太浓太浓了。在这种色彩覆盖下，作家的愿望并没有通过艺术形象鲜明地突现出来。这不能说不是作家当年的一种思想局限。”

抗战后，辞去教职而专心写作的老舍，曾一度返回济南的齐鲁大学任教。1937 年底，他只身赴武汉筹备“文协”，“文协”成立后当选为常务理事兼总务部主任，负责日常工作。后随“文协”迁往重庆，又随战地慰问团赴西北。丰富多彩的生活经历，使老舍的创作也走向了多样化，除鼓词形式的长诗《剑北篇》外，还创作了《残雾》《面子问题》《国家至上》（与宋之的合作）等九部话剧和《火葬》《鼓书艺人》《我这一辈子》等小说，以及京剧等戏曲作品。其中，最有代表性的是由《惶惑》《偷生》《饥荒》三部小说组成的《四世同堂》。

《四世同堂》（1944—1948）的创作历时五年。第一部《惶惑》于 1944 年 11 月开始在《扫荡报》上连载，第二部《偷生》于 1945 年开始在《世界日报》上连载。1946 年应美国国务院的邀请，老舍与曹禺赴美讲学一年，讲学结束后在美国创作了第三部《饥荒》。1949 年《四世同堂》曾以《黄色风暴》为名在美国出版“节译本”，被美国文坛誉为“好评最多的小说之一，也是美国同一时期所出版的最优秀的小说之一”，1950 年 5 月，第三部《饥荒》曾在《小说》第 4 卷第 1 ~ 6 期上连载，但作品以全书的面貌出现时，已是 1982 年了。

《四世同堂》以“七七事变”到日本投降八年间的北平沦陷区为背景，选取西城的小羊圈胡同作为“亡城”的缩影，以祁家祖孙四代的遭遇为中心，主要通过祁老太爷、祁天佑、祁瑞宣祖孙三代的痛苦生活和思想变迁，以及与代表民族正气的钱家、代表民族败类的冠家的对比，塑造了一系列性格鲜活的市民群像，展示了国破城亡期间他们经受的心灵上和肉体上的苦痛和屈辱，是一部表现北京市民生活的鸿篇巨制。

抗战期间，老舍并不在北平，但他凭借着厚实的生活积累，丰富的艺术经验，以勃勃的雄心和巨大的容量，完整地反映了抗战八年中北平市民的深重灾难，深刻地揭露了日本侵略者的本质和民族败类的无耻，在反映抗战的作品中独树一帜。老舍自己也曾感叹：“设计写此书时，颇有雄心。可是执行起来，精神上，物质上，身体上，都有苦痛，我不敢保险能把他写完。即使幸而能写完，好不好还是另一问题。在这年月而要安心写百万字的长篇，简直有点不知好歹。”

作品的独特性在于，并没有将重点放在展示日本侵略者杀人放火、奸淫抢掠的具体罪行上，而是把放在挖掘沦陷区市民的心灵上，一方面写他们性格中的保守性，一方面又写出他们的觉醒与蜕变，在亡国的哀痛中看到了中国不会亡的希望。“像《四世同堂》这样以古都北平广大市民的亡国之痛为题材，饱含怒、愤、傲、烈之情抒写而成的被征服者的愤史，在我国现代文学作品中，可说是第一部。”从历史文化的深层，对民族传统文化进行现代性的审视和反思，是作品最为深刻的思想价值。作品将历史镜头聚焦于北平市民的灵魂深处，通过市民在惶惑中偷生的一幅幅生活图像，让战争的烈火考验国民的劣根性，不仅勾画了民族危难时刻的众生相，而且剖析了民族性格中的精神癌变，流露出对孱弱甚至病态的国民性格和苟安保守的生活观念的批判意识，表现出强烈的民族反省的理性力量和爱国激情，显示了作者改造和重塑“国民性”的努力。“老舍及其艺术的独特性首先在于，他是中国现代文学史上最杰出的市民社会的表现者与批判者。这不仅是指，他的艺术世界几乎包罗了市民阶层的一切方面，显示出他对于这一阶层的百科全书式的知识，更重要的是，他经由对自己的独特对象——市民社会，而且是北京市民社会的发掘，达到了对于民族性格、民族命运的一定程度的艺术概括，达到了对于时代本质的某种揭示。”

老舍对市民社会的表现与批判，又因对象的不同而呈现出两种不同的态度。对传统文明的态度从他的创作一开始就是带有批判性的，但他的温和态度与鲁迅猛烈甚至偏激的态度完全不同，在批判的同时常常表现出一种“失落感”。无论是《二马》中的老马、《离婚》中的张大哥，还是《四世同堂》中的祁老太爷、祁天佑、祁瑞宣，这些老派市民虽然可笑，但大多是值得同情的，他们都是“悲剧性”的人物，作者在批判中注入了自己的情感，因而其批判并没有力量，最多也只是一种幽默。但老舍对于受现代文明影响的洋派市民的批判，则严厉和辛辣得多。无论是《离婚》中的张天真，还是《四世同堂》中的祁瑞丰，采用的几乎都是十分刻薄的嘲讽手法，其鄙夷之情毫不保留地溢于言表，虽然其批判也常常是无力的，但作者宁可作“漫画式”的处理。老舍之所以在对市民社会的表现与批判中，流露出失落与愤激相交织的复杂感情，究其原因，主要在于他对传统文明和西方文明的不同态度。

《四世同堂》在艺术上保持着老舍作品特有的浓郁的北京地方色彩，作品语言几乎全是纯粹的北京市民口语，加上对人物民族性的深入挖掘，使之成为老舍“北京市民生活系列小说”中的一座高峰，也是二十世纪四十年代国统区小说中最具民族化特征的一部。

萧红（1911—1942），原名张迺莹，黑龙江呼兰人。萧红出身地主家庭，幼年丧母。1931 年在哈尔滨市立第一女中读书时，为反抗父亲的包办婚姻，出走流浪，1932 年秋与萧军同居，创作有《两个集》《跋涉》《看风筝》《旋风》等短篇小说；1934 年 10 月萧红与萧军到达上海，得到了鲁迅的许多帮助。她的《生死场》（1934 年）、萧军的《八月的乡村》和叶紫的《丰收》一起，由鲁迅作序并编入《奴隶丛书》，从而奠定了萧红在文学史上的地位。1936 年萧红赴日养病，抗战爆发后即回国投入抗战，出版有小说集《牛车上》和散文集《旷野里的呼唤》。1938 年应李公朴之邀，到山西临汾民族革命大学教书，出版有短篇集《朦胧的期待》。1940 年在病中完成讽刺性长篇《马伯乐》，后赴香港，完成中篇小说《呼兰河传》和纪念鲁迅先生的哑剧《民族魂》及传记散文《回忆鲁迅先生》。1941 年还创作有短篇《小城三月》，1942 年病逝于香港。

《呼兰河传》是萧红在历经了生活磨难和情感挫折后，在郁闷寂寞的状态下和与病魔的斗争中写出的回忆童年生活的小说，带有明显的自传色彩。作者以一个未谙世事单纯幼稚的女孩所特有的眼光来观看一切，常常举重若轻，言不及义，却流露出成人的荒凉感。儿童视角给小说带来了特殊的审美效果，小女孩所做出的情感评价，与成人的诗性回忆之间形成了某种距离，形成了作品内部丰富的张力。小说开篇有两个脍炙人口的精彩片段，即对地上的“大泥坑”和天上的“火烧云”（晚霞）的描写，萧红用素描的手法，描绘了东北民间社会富有地方色彩的风俗画卷。“大泥坑”包含了丰富的象征意蕴，是呼兰小城生动具象的写照，是混沌沉滞、吞没一切生灵、阻碍社会进步的大陷阱，虽无一处说到“愚昧”，但在具体事实的背后却处处直指国民性的愚昧。“火烧云”在善于幻想、充满好奇的孩子眼中，五彩斑斓，奇妙无比，是一个神奇的梦幻世界，寄托着童年萧红对大自然无比的热爱和对美好事物的真诚向往，文辞优美生动，描写真切细腻，显示了萧红的文字功底。这两种不同意象的描写，体现出作者独特的用心：以“童话的善美”反衬社会现实的黑暗、中国乡镇的落后。

《呼兰河传》是一部具有独特风格的散文化小说，一首既优美欢快又悲凉凄婉的牧笛。“也许有人会觉得《呼兰河传》不是一本小说。他们也许会这样说：没有贯串全书的线索，故事和人物都是零零碎碎，都是片段的，不是整个的有机体，而且我们不也可以说：要点不在《呼兰河传》不像是一部严格意义的小说，而在于它在这‘不像’之外，还有些别的东西比‘像’一部小说更为‘诱人’些的东西：它是一篇叙事诗，一幅多彩的风土画，一串凄婉的歌谣”通过美善的童真与愚昧的人性的对比，真实生动地勾勒出故乡人民的生活场景，既毫不留情地鞭笞了农民愚昧保守、自得其乐的弱点，揭示了他们长期受到封建主义思想桎梏而造成的种种弊病，也歌颂了农民勇敢善良的品质。

此外，路翎的《财主底儿女们》、诗人冯至的诗化小说《伍子胥》也是这时期小说创作的重要收获。

路翎（1923—1994），原名徐嗣兴，江苏南京人。路翎小说是七月派小说的代表，比七月派诗歌更能体现胡风的文学主张。路翎的小说主要分为下层劳动人民和知识分子两大题材。《卸煤台下》和《饥饿的郭素娥》等表现了生活在社会底层的工人和农民的不幸命运。其代表作《财主底儿女们》规模宏大、内容丰富，是一部表现抗战前后中国知识分子心路历程的史诗性作品。上部以二十世纪三十年代苏州巨富蒋捷三死后的遗产争夺战为中心，表现了蒋捷三的精明、老大蒋蔚祖的懦弱、老二蒋少祖的无能和大少奶奶金素痕的凶悍，反映了封建地主向现代资产阶级转化过程中的痛苦和血腥。下部以老三蒋纯祖为中心人物，表现了他怀着成就一番事业的雄心去寻求出路的经历和最终一事无成地告别人生的结局。路翎笔下的人物都表现出一种“内心的强力”，其行为具有盲目性、突发性和疯狂性，其中，既有个性解放的要求，也有“精神奴役的创伤”。

第三节　赵树理、孙犁与解放区小说

1943 年，中国文坛几乎同时升起了两颗代表着新文学发展新趋势的明星：一是南方沦陷区的张爱玲；二是北方解放区的赵树理。

赵树理（1906—1970），原名赵树礼，山西沁水人。赵树理出身于一个破落的农民家庭，三代单传，小名“得意”寄托着祖父“金榜题名”的希望。6 岁随祖父读“三圣教道会经”及《麻衣神相》《奇门遁甲》，过目不忘，乡里称为“神童”。10 岁时祖父去世，赵家彻底没落，随父亲学会了“农民的技术”和“农民的艺术”两门手艺，最喜爱“上党梆子”、打鼓板等民间曲艺，因此可以说，他是在民间艺术和农民语言的熏陶下成长起来的。1923 年，赵树理小学毕业，1925 年考入长治县省立第四师范，接触到新文学作品。1927 年因反对校长被开除，后又被捕，在狱中开始小说创作。一年后出狱，改名“树礼”为“树理”，立志创作“老百姓喜欢看”的作品。1931 年再次入狱，1936 年第三次入狱。1937 年参加牺盟会，1940 年，任《抗战生活》（半月刊）编辑，同时一人独办《中国人》（周刊）。

1943 年，赵树理发表《小二黑结婚》，一举成名。《小二黑结婚》描写农村青年小二黑与小芹自由恋爱，却遭到双方父母“二诸葛”“三仙姑”和掌握村政权的地头蛇的刁难和迫害，最后在民主政府支持下终成眷属。作品经杨献珍、浦安修推荐，彭德怀给予了高度赞扬，出版后供不应求，特别是在被改编为上党梆子等各种戏曲之后，在解放区农村引起了一场真正的轰动。同年又完成中篇《李有才板话》，描写阎家山农民与地主阎恒元及其爪牙之间围绕着村政权的改造和减租减息开展的斗争，得到更高评价，被指定为整风学习、减租减息和土改运动的干部必读材料。

赵树理的第一部长篇《李家庄的变迁》（1945 年）通过描写一个村庄从辛亥革命到抗战胜利二十多年的变迁，表现农民命运的变化。华北新华书店出版后，北方各大新华书店以及上海知识出版社、香港新民主出版社等都竞相翻印，文艺界的反映也超乎寻常的热烈。1947 年 7 月 25 日，晋冀鲁豫边区文联举行文艺座谈会，专门讨论赵树理的创作。主持文联日常工作的副理事长陈荒煤做了题为《向赵树理方向迈进》的总结发言。《李家庄的变迁》和《李有才板话》《地板》都曾作为整风学习、减租减息和土改运动的干部必读材料。《邪不压正》（1948 年）是赵树理第一次受到批评的小说，未收入文集，也渐渐被人们遗忘，二十世纪八十年代后人们才真正认识到了它的价值。

1942 年以后解放区的短篇小说创作，呈现出明朗纯净的总体风格，在表现形式上又形成了两种不同的类型：一是以赵树理为代表的“写实型”；一是以孙犁为代表的“抒情型”。这两种类型在二十世纪五十年代形成了山药蛋派和荷花淀派两大小说流派。

孙犁（1913—2002），原名孙树勋，河北安平人。孙犁在保定育德中学毕业后，因无钱升学而在北京流浪，在大学里旁听，他是从《大公报》上开始文学创作的，其后来创作中的诗情画意明显受到京派文学田园牧歌风格的影响。1936 年，他曾到河北安新县的小学教书，对白洋淀一带的生活和环境有一定了解。1944 年孙犁前往延安，在“鲁艺”学习和工作。在去延安前后，陆续创作了《芦花荡》《荷花淀》《吴召儿》《嘱咐》等，以描绘冀中农民在民族战争中表现出来的“美的极致”和白洋淀青年妇女形象而著称，后结集为《白洋淀纪事》出版。

《白洋淀纪事》大多以抗日战争为背景，但对战争并未做过多的渲染，重点在写人写事写景，形成了语言清新优美、结构简洁灵活、抒情色彩浓郁、富有诗情画意和地方气息的总体特色。《荷花淀》是其中的代表，这篇小说清新自然，如行云流水，以轻松明快的笔调，表现了白洋淀青年妇女既思念外出打仗的丈夫，又矜持害羞，还事事不甘落后的心理，以及她们的思想感情上的变化过程。小说可分为四个片段：第一，“话别”是作品的开端，写水生在区里报名参军后与妻子的告别，重点表现的却是水生嫂不忍丈夫远去，但又深明大义的思想矛盾。第二，“寻夫”则通过水生嫂与女伴们各自编出一个天真的借口要去探望刚参军的丈夫，表现了她们虽不肯明说自己思念丈夫，可在要强的言语间又不自觉地流露出“儿女情长”来。第三，“遇敌”写了一场富有浪漫色彩的遭遇战，既表现了“水生们”的生机勃勃，也表现了“水生嫂们”的飒爽英姿。第四，“相会”是作品的结尾，通过这群少妇与自己丈夫的打情骂俏，描写了她们的开朗性格和乐观精神作品将白洋淀的美景与当地青年夫妇间的人性美、人情美交织在一起，犹如一首情景交融的散文诗。随处可见的传神而动情的对话和细节描写，是作品的一大特色。

在解放区作家的创作变化中，丁玲具有重要的代表性。1933 年丁玲被捕，在中共地下组织的帮助下，于 1936 年逃离南京，同年 11 月到达延安，任中央红军警卫团政治处副主任抗战初期，带领西北战地服务团去山西前线，1940 年任陕甘宁边区文协副主席，1941 年主编《解放日报》的文艺副刊。在延安整风运动之前，她创作出了一批以歌颂为目的的批评性作品，主要有剧本《重逢》（1937 年）、短篇集《一颗未出膛的枪弹》（1938 年）、《我在霞村的时候》（1940 年）和小说《在医院中》以及杂文《三八节有感》等。

《我在霞村的时候》中，农村姑娘贞贞为反抗包办婚姻出走，不幸落入火坑，做了一年多的日军妓女，而当她逃回家乡后，却遭到家乡父老厌弃。通过这个故事，丁玲突出描写了贞贞在精神上受到的来自同胞的侮辱，体现出作者对被侮辱被迫害的妇女不幸遭遇的不平和同情，也表现了霞村群众在思想上的愚昧和狭隘。《在医院中》则更多地接触到当时解放区革命工作中的一些带有普遍性的问题，塑造了一个参加革命的知识分子陆萍的形象，代表着从二十世纪三十年代到二十世纪五十年代参加革命的知识分子的特点，是继莎菲后又一个独具个性的艺术形象，也是解放区文学最初的重要收获。

整风运动开始之后，丁玲受到批评，并有计划地写出了《田保霖》等一批反映先进模范和英雄人物事迹的报告文学，受到了毛泽东的称赞。1946 年到 1948 年，丁玲参加了晋察冀土改工作团，这时期创作的长篇小说《太阳照在桑干河上》与整风运动前的作品相比，创作面貌发生了很大变化：在主题和题材上，由原来表现解放区工作中存在的问题，变为表现农村土改运动中的成绩；在人物塑造上，由原来较多地描写知识分子，变为主要描写农民；在思想感情上，则由原来与农民和农民出身的干部的隔阂，变为与农民群众建立了深厚的情感。

解放区的长篇小说大多以社会上的重大事件为题材，对二十世纪五十年代以后的长篇小说创作有极大影响。这些长篇小说按其题材内容可分为三类：一是描写消灭封建土地所有制的土改运动，主要有赵树理的《李家庄的变迁》、丁玲的《太阳照在桑干河上》和周立波的《暴风骤雨》等。二是描写解放区发展工农业生产的斗争，主要有欧阳山的《高干大》、柳青的《种谷记》和草明的《原动力》等。三是描写抗日战争中的敌后武装斗争，主要有柯蓝的《洋铁桶的故事》、马烽和西戎的《吕梁英雄传》、袁静和孔厥的《新儿女英雄传》等。

第六章　中国现代文学话语的传播符号

清末民初，发现了“国民”的启蒙者，突然感到自己原来身处十分尴尬的境地。一方面，他们肩负开启民智的重任，试图缔造国民意识的现代性品格；另一方面，因为书面语和口语的长期分离，造成了文化传播的巨大障碍。汉字的字部多达五百四十四个，共计字体四万九百多字，“士人常用者惟四五千字，非诚读十三经不得聪明！非十余年工夫不可！人生可用者有几次十年！因是读书者少，融洽今古，横览中外者更少!”梁启超一针见血地指出，中国远远落后于德国、美国、日本的原因，在于汉字的难学难记所造成的教育不普及，“中国文明号于五洲，而百人中识字者，不及二十人”，这怎么能跟域外列强“百人中识字者”，多达“八十”到“九十六七”相比呢?

因为“前全球化”背景下的中华民族，其最迫切的诉求莫过于寻找与国际文化接轨、对话的最佳方式，所以，交际工具和文化传播符号的变革显得十分重要，这是关系中外文化交流、碰撞的要害因素之一。汉字的难懂和“言文不一”对文化传播的制约，使得清末民初的启蒙者提出了一个历史性的课题：文化传播符号和文学话语的革新，刻不容缓。于是，在这一历史条件下的近代文化变革，其表征变得纷繁而复杂，思想启蒙与文字改革缠绕在一起，文化救亡与文学运动紧密结合，几乎分不清主次。文化传播者不但要传播域外文明，而且还得变革组成文化的“符号”和话语体系，也就是符号的“能指”（指表达方面）和“所指”（指内容）。但变革的复杂性和扑朔迷离却主要不在符号本身，而是与符号和文学话语血脉相关的文化传统。这就是符号背后存在的能够产生心理复现的“关系物”。这一约定俗成的特征，表明了“符号的确立”是经过了“一个较长的历史过程和心理过程”，但是它一旦确立，便与关系物的纽带相当牢固，“不可轻易更改”。这就是作为象形文字的汉字，其一点一画都是天经地义的神圣性的原因之所在。中国文化的深厚底蕴在这一符号化的编码和解码中不断得以阐释，从而构成了一个独特的话语体系。与其说汉字被神圣化，还不如说由于构成汉字“所指”的文化规定性使然。这一切，都严重地影响、制约了文化的全球化进程。

当启蒙主义者认识到救亡图存、开启民智的障碍之一竟然是难学难懂的汉字的时候，人们便开始强烈要求“文字为政治服务，要求效果，不再对它作灵物崇拜”。于是，一场重新估价汉字的思想、文化变革开始了，这就是清末民初的文字和文体改革运动。具体来说就是话语的演变和文字改革，主要表现在报刊文体的通俗化、白话文运动、文字改革的实践等几个方面。

第一节　通俗化与报章文体的演变

随着对报刊功能、特征认识上的深化，从早期的“察世俗”、传播新知，到梁启超对报刊缔造“新国民”的阐释，报刊的“监督政府”“向导国民”（梁启超语）的喉舌功能被维新派、革命派认同并牢牢地掌握在手中，当成救国新民之“利器”。所以，就出现了两种办报倾向：一种报刊，专门针对粗识文字的妇孺及中下层劳动者实施文化普及和启蒙，报章文体口语化特征较明显，追求通俗化；另一种报纸，以士林、官僚群体为影响对象，由于受传统文体的影响，仍然采用文言，但出现了吸纳白话、引入域外新名词以及俗语人文的趋向。由报刊参与形成的“公共舆论”，结合时事，阐发议论，颇具鼓动性，于是，报刊政论就出现了。

被誉为中国报刊政论开创者的王韬，1874 年在香港创办《循环日报》，每期刊发一篇宣扬改良主义思潮的政论文章。他认为，文章贵在“纪事述情，直抒胸臆，使人人知其命意之所在而一如我怀之所欲吐，斯即佳文”。这一书写性灵、关注时事的创作主张，不但令读者耳目一新，而且对统治文坛的八股文给予了冲击。所以才有学者说，王韬在报刊史上的地位与他此间倡导的报刊政论有很大关系。他笔下的政论，以紧贴现实、直抒胸臆为鹄，在当时可谓名重一时。从《时务报》开始，梁启超一跃成为报刊政论的旗手，他开创的“时务文体”就是王韬报刊政论的继承和发展。其特点是：

平易畅达，时杂以俚语，韵语，及外国语法，纵笔所至不检束。学者竟效之，号新文体。老辈则痛恨，诋为野狐。然其文条理明晰，笔锋常带情感，对于读者，别有一种魔力焉。

胡适说，梁启超的文章“最不合古文之法，但他的应用的魔力也最大”。原因是“文体的解放而打破了一切程式”；“条理的分明”，最容易让人读下去，“辞句的浅显，既容易懂得，又容易模仿”。胡适的评价十分准确地概括了“时务文体”的特点。由此可以清楚地看出，产生于大众传媒的报刊政论具有极强的现实性，它既摆脱了八股的僵化、空洞，也较之“桐城派”的义理、考据、辞章的程式化鲜活、生动。

尽管当时惟有配合维新运动的报刊政论最为风行，但谭嗣同还是看到了“报章文体”的“体裁之博硕，纲领之荟萃”这一文体的丰富性、广泛性。也正如谭嗣同所预见的，《清议报》时期，政论文体有了突破，“国闻短评”的写法将新闻与评论紧密结合。之后的《新民丛报》，代表性的政论《新民说》洋洋十万余言，无论从构思、语言上都比此前的政论成熟。1904 年 6 月 12 日创刊于上海的《时报》，在报刊政论上作出了重大改革和创新。它首开“时评”专栏，密切配合当日重大新闻，以尖锐泼辣著称。报刊政论的这一演进，大大解放了报刊文体的话语形式。因为其易于传播，长于鼓动、说理，遂被维新派、革命派广泛采用。此间，除梁启超作有名篇《变法通议》《新民说》外，章太炎在《苏报》上发表《驳康有为政见书》，《大江报》的“时评”专栏发表《大乱者救中国之妙药也》等有名的文章。此后的朱执信、汪精卫、胡汉民、陈天华、宋教仁等报刊政论家，也做了大量的报刊政论，从而在宣扬革命思想的同时，使报章文体成为大众传媒参与文体变革的实践。同时，报刊政论的发展轨迹也标明了一个指向，即报刊政论的即时性、针对性。由于是针对时事、配合新闻而发的评论，因而其在语言上不断地追求通俗化，在写法上更加灵活。

从民初开始，参与社会变革实践的报刊开始进入了一个新的发展阶段。随着思想解放和报刊文体话语形式的不断变革，传统论说文体被突破。白话小说借报纸副刊的连载及纯文学杂志，得以广泛传播并登上了文学的殿堂。不仅如此，随着文化传播的进一步深化，报刊的发展更趋成熟、完善，报刊的其他功能日益显露，新的报刊文体也相继产生。这就是“时务文体”“时评”的发展和演变，新闻通讯与旅行记的结合，从而催生的报刊“杂文”（也叫文艺性评论）和报告文学。它丰富了新文学的样式。

“五四”初期出现的这种文艺性评论——杂文，它的特点是短小精悍，针破时弊，“以随感形式对现实做敏锐的反应”，作为一种报刊文体，它“与现代传播有着血肉般的联系”，“是现代作家（知识分子）通过现代传播媒介与他所处的时代、中国（以及世界）的社会、思想、文化、现实发生有机联系的一个重要、有效的方式”。从它的特征来看，无疑是早期报刊“时评”的一种发展演变，关注时事，阐发议论，既有文艺性，又具有强烈的批判性、战斗性。1918 年 4 月，《新青年》第四卷第 4 号开始设置“随感录”栏目，之后，《每周评论》《新生活》《新社会》《民国日报·觉悟》副刊都开设了“随感录”一栏，其他报刊也开设了类似的栏目，如“杂感”“评坛”“乱谈”等。这种“无体之文”具有极大的灵活性，可以调动一切艺术手法，进行社会的或艺术的批评，矛头直指传统文化的糟粕以及丑恶的人性，对封建思想和时事给予强烈的批判。陈独秀、鲁迅、刘半农、钱玄同等在这一时期写下了大量的杂文，对解放思想和新文化运动的展开，起了有力的推动作用。

1876 年 6 月 7 日起，《申报》开始连载宁波海关职员李圭的《东行日记》（后收入《环游地球新录》），开篇的“编者按”中说，李圭“平时崇论宏议，往往托邮筒交本馆登诸日报……为今时之有心人也”。作为前往美国参加世博会的非外交官员，他用笔记体的方式实录、报告了他出洋的经历和见闻，为国人了解域外提供了一个很好的范本。随后，郭嵩焘等四位驻英、法的外交官也写出了他们出使的所见所闻，如郭嵩焘的《使西纪程》《伦敦与巴黎日记》，刘锡鸿的《英昭日记》，薛福成的《出使英法义比四国日记》《出使日记续刻》，宋育仁的《泰西各国采风记》。这是清末中国外交官员对域外的第一次正面认识，也是中西文化在官僚知识分子心灵深处最真切的碰撞。这些纪游的共同点，都是用笔记体或日记体口述实录，报告域外见闻，带有浓烈的纪实性、文学性，并充满鲜明的“言文合一”的特点，具备了早期报告文学的雏形。尽管其中只有李圭的《东行日记》等借传媒与读者见面，其他以书本形式问世，但这一新式文风却使人耳目一新。康有为 1904 年欧洲 11 国之游，所写的《意大利游记》《法兰西游记》，已超越了普通的旅外纪行文章，带有政治考察的意味。不但文采飞扬，而且充溢着很强的使命感。二十世纪最初十年，随着域外官员和留学人员的增多，各种纪游文章发表、出版，这是我国报告文学萌芽期的其中一类作品。

从报告文学的诞生、形成过程可以看出，它是报纸的产物，有史传笔法，也有报刊政论、随感录的印痕，结合了旅行纪游与新闻通讯的特点，是报章文学在新的形势下的演变、发展。新闻性和社会实践，使它具有了强烈的现实性和言文合一的特点。

第二节　白话文运动的历史联系

提倡白话文，实际上就是改革文言文的话语形式，使之向口语体——白话转变，这是实现“言文合一”的重要手段之一。长期以来，白话文以文坛边缘者的身份跻身于市井、勾栏，虽然深受民间的欢迎，但其价值和意义却未能引起文坛主流话语圈的关注和重视。只是到了清末民初，由于社会生活发生了巨大的变革，作为文化传播媒介之一的报刊业兴起，白话文才逐渐得到文坛的接纳、提倡。胡适的《白话文学史》就是对这一文学实绩的历史考察和勾勒。尽管该书仅写了半部，但其对白话文学的历史性认知和推崇，由此可见一斑。

作为文化传播的媒介，报刊文体自清末日渐从艰涩的古文趋向通俗，所以出现了报章古文化——古文报章化——新的报章文体这样一个转变、趋进的轨迹。与此同时，由于趋新人士对白话小说、戏曲等文学样式的提倡、推崇，从而使各种形式的白话文学随着域外文学的翻译、评介，寻找到了空前的发展契机，形成了清末民初文言、白话小说平分天下的发展势头。无论是报章文学的通俗化，还是重新勃起的白话文学，其传播符号都与传统文学出现了较大的不同。文学的历史和现实，要求文学语言从文言走向白话，历史将白话文运动终于推到了前台。

在明确打出白话文运动这一招牌之前，白话报刊就已经作出了许多尝试和努力。有论者认为，最早的白话报刊是 1876 年 3 月 3 日《申报》馆创办的《民报》，其理由是这一年 5 月 19 日《申报》刊登的《劝看（民报）》告白。告白称：

此原非为文人雅士起见，只为妇孺、佣工、粗涉文理者设也……

从告白本身来看，语言是直白、通俗了一些，但与真正的白话仍然存在差距。妇孺、佣工真要看懂这样的《民报》，恐怕是要费一些事的。这一时期，倒是作为商业性报纸的《申报》，它所刊登的白话新闻正好弥补了这一不足。《申报》1876 年 7 月 10 日的《民乐火车开行》这样写道：

上海至吴淞新筑之火车铁路，为向来所未有，诚一大观也。车辆往返每日六次，而客车皆拥挤无空处。即城内终年几不出门外半步者，闻有此事亦必携家眷一游。

真正使报刊文走向白话的，是1897年11月创刊的《演义白话报》。这是“一种用白话文编写的文艺小报”，它的内容“有新闻、笔记、小说等”，目的是“把各种有用的书籍报册演做白话”，让人读了有教益。该报第一号《白话报小引》中说：

中国人要想发奋立志，不吃人亏，必须讲究外洋情形，天下大势，必须看报。要想看报，必须从白话起头，方才明明白白。

1898年5月11日，《无锡白话报》创刊，裘廷梁在该报发刊词《无锡白话报序》中认为：

以话代文，俾商者农者工者，及童塾子弟，力足以购报者，略能通知中外古今，今广开民智之助。

《无锡白话报》之所以引起世人超乎寻常的关注，其原因还在于裘廷梁发表在该报的论文《论白话为维新之本》。这是对黄遵宪提出的“言文合一”观点的延伸和发展，作者不但在此肯定了“言文合一”的重要性，而且批判了文言文的弊端。他第一次明确提出了“崇白话废文言”的口号。理论与实践相结合的这一白话文运动的倡导，在当时十分不容易。随后的1900年1月11日，陈子褒在《知新报》第111册上发表了《报章宜用浅说》，明确提出报纸应改用白话，“开民智莫如改革文言”。在裘廷梁、陈子褒的影响下，一时白话报刊风行。陈万雄博士根据有关资料统计认为，“清末最后约10年时间，出现过约140份白话报和杂志”。蔡乐苏辑出了1897～1918年所出白话报刊名称170多种。从这两组统计数字可以看出，清末民初白话报刊的影响以及白话文运动的声势。

要想考察它们是不是纯粹的白话，方法很简单，翻一下当时的白话报刊就行了。1903年12月19日，上海创刊的《中国白话报》第一册刊有白话道人撰写的发刊词，文章这样写道：

天气冷啊！你看西北风呜呜的响，挟着一大片黑云在那天空上飞来飞去，把太阳都遮住了……我们中国人，向来是很有良心的，很爱国家的，为什么到了这时候，动也不动，响都不响呢？这个原因，都是为着大家不识字罢了！不识字便不会看报，不会看报便不晓得外头的事情，就是大家都有爱国心，也无从发泄出来了。

这是极地道、极优美的白话。同一时期参与白话文运动的《苏州白话报》

“简明章程”称，该刊用白话就是为了开通人的智慧。还有秋瑾女士于1904年秋在日本创办的《白话》杂志，它的体裁“采用白话，文字力求简明，目的是要群众容易理解和接受”。这些报刊都把白话文的兴起目的说得明明白白，就是为了文化传播的需要。同时，配合着白话报刊的兴起，白话出版物的大量印行也是白话文运动中一支不容忽视的力量。

首先，报刊作为文化传播工具的作用，被广泛认同并加以充分利用。文化传播的大众化要求改革报刊文使之通俗、易懂，面向大众，这是白话文运动的动力之一。为了适应思想启蒙的需要，使各种思想通过浅白的白话走向大众，得到广泛的传布，于是，出现了又一种白话取代文言的强烈诉求。其次，白话报刊引导了一场广泛的白话文运动，使报刊文体从早期的简洁明了、通俗易懂走向白话，通过“言文合一”的实践证明了文学话语改革的可能性。第三，白话报刊种类繁多，包括社科、自然等各个方面的内容，不光新闻、时评、广告、官方告示、教科书开始用白话，文学作品也开始以白话形式出现。这既推动了白话文改革，也对清末民初白话小说的繁荣和传播产生了巨大的推动作用。所以，清末民初的小说杂志和报纸副刊，已开始兼刊文言小说和白话小说。

所以，为开启民智而掀起的白话文运动，与社会变革紧密地联系在一起，几乎成了清末趋新人士参与政治的一种工具。这既是白话文历史中一个崭新的高峰，也恰恰是清末白话文运动的局限、偏失产生的根源。因为，要唤醒民众非易懂易识的白话文不可，所以，无论是维新人士还是革命派，都看中了用白话文教化民众这一非常便利的工具性特点，而与此同时也忽略了对这一话语形式本质的认知。也就是说，过分强调了它实用的一面而掩盖了对其内涵、规律的认识。于是，在白话文运动的倡导者身上出现了理论与实践的不可调和的矛盾。“启发民众时用白话，自家言志抒情时仍用文言”；或者小说、戏曲用白话，论文用文言，周旋在文言的美感与白话的浅白之间。梁启超就身处这种两难的窘境，他在翻译《十五小豪杰》时，“原拟依《水浒》《红楼》等书体裁，纯用俗语，但翻译之时，甚为困难。参用文言，劳半功倍”。他努力创新通俗易懂的报章文体，自己的小说和翻译又文白夹杂。章太炎一方面“用文言文提倡国粹”，另一方面又于1910年主办了《教育今语杂志》，以“‘提倡平民普及教育为宗旨’，用白话撰写论文，鼓吹民族革命”。一时间，以白话为辅助工具的呼声甚至盖过了“崇白话废文言”的主张。更多的人讨论的是

“如何调和白话与文言”的关系，使“白话、文言互相改造互相补充”。

因此，上述关于文学语言变革，至少有四派代表性的观点。一派是上面提到的调和论者。一派是黄遵宪、裘廷梁、梁启超，他们认为“文学之进化有一大关键，即由古语之文学变为俗语之文学是也，各国文学史之开展，靡不循此道也”。不但发现了语言发展的规律，而且提出了“我手写我口”的个性创造，直到废止文言，推行白话，走向言文合一。章太炎、林纾也算一派。尽管他们也用白话参与开启民智，但崇尚文言却是他们的根本追求。太炎先生的学者风格贯穿于他一生的诗文，语言古奥、生僻。林纾是古文大家，一生用文言译刊域外小说180种。还有一些人，反对把文学变成说教的工具，从艺术、审美角度强调文言的价值，提出“易俗语而为文言，勿复执著社会，使艺术之境萧然独立”。在这些议论中，最为卓尔不群的是王国维。他抛开了政治的干扰，从学术与文学的发展角度审视语言变革的必要性。他说：

夫语言者，代表国民之思想者也，思想之精粗广狭，视言语之精粗广狭为准，观其言语，而其国民之思想可知矣。

语言是表述思想、情感的工具，王国维的这一探索，抵弃了传统的雅俗观点。他既看到了《红楼梦》、元曲的新意境和新语言，又提出“古雅”的审美新范畴。然而，这一新颖的观点，在急剧变革的时代却没有得到回应，白话文的追求作为开启民智的一部分成为主旋律，而与此同时也淹没了其他声音。

我们在论述“五四”新文学运动的时候，应该立专章论述清末的风气变化和一些起过重要间接作用的前驱者……清末的翻译西方文学和各地出现的白话小报，都是“五四”新文学的前驱。

有了清末“这前驱的白话文运动，‘五四时期的白话文运动才有根据”。关于这一点，我们不但能在清末民初两次白话文运动的参与者谱系中找到联系，而且从其精神指向中也能看到这种升华和关联的痕迹。大量史料证明，清末白话文运动的提倡者中有一部分人就是“五四”白话文运动的提倡者，如陈独秀、蔡元培、胡适、钱玄同、李辛白、高语罕、马裕藻等。

清末民初的陈独秀，参加了除武装起义外的所有革命活动，其方式也与20世纪初的其他知识分子相似，主要以“办报纸”“设学校”等为主，鼓吹革命，传播新知。从1902年开始，陈独秀先后与潘赞化、葛温仲、何春台等在安庆发起演说会、安徽爱国会，传播新思想，认为“非集合群力，启发民智，不足以图存”。并积极筹办《爱国新报》，欲“唤起同胞爱国之精神”，影响颇大。后人认为，“清朝末叶，安徽的革命活动，发端于安庆藏书楼演说”，此言不虚也。从参与编辑《国民日日报》到主办《安徽俗话报》，陈独秀要实现的都是开启民智、激发志气、灌输学理的主张，目的是“发爱国之思想”。《安徽俗话报》的创办，贯穿了陈独秀早期的文化传播观念，用“最浅近最好懂的俗话”编写报刊，目的是让更多的平民、知识分子了解天下形势，关注时事。如果说清末白话文运动中的陈独秀以实践为侧重点，那么，“五四”白话文运动便是他文学革命观念的成熟和完善。他不但从理论上升华、完善了其文学话语变革的主张，而且使之成为思想解放的重要组成部分。在1917年2月《新青年》第二卷第6号上发表的《文学革命论》中，陈独秀提出“今欲革新政治，势不得不革新”文学。改良中国文学“当以白话为文学正宗”，推行白话文，首先要有“统一之国语；其次则创造国语文典”。从这里可以看出，陈独秀的白话文主张早在清末已经萌芽并付诸实践，其真正得以系统化、科学化还是在“五四”时期。

胡适的情形与此类似。尽管他的一些论著中出现互相矛盾的说法，但这并不妨碍我们对清末民初白话文运动内在联系的考察。胡适多次提到自己是“五四”白话文学的倡导者，“这个‘白话文学工具的主张，是我们几个青年学生在美洲讨论了一年多的新发明，是向来论文学的人不曾自觉的主张”。之后，他又承认“五四”白话文运动并不完全是他和一帮留学生搞出来的，但他却找到了另外的根据，即中国两千多年来的白话文发展演变的结果，闭口不提清末白话文运动。为什么作为一代学者的胡适非要舍近求远，否定清末民初两次白话文运动的联系呢？这的确是一个历史的谜团。胡适是否真的与清末白话文运动毫无联系呢？答案是否定的，在胡适的论著中多次明确提到这种影响。1919年6月的《尝试集自序》中，有一段论述这样写道：

我做白话文字，起于民国纪元前六年（丙午）（也即1906年），那时我替上海兢业旬报做了半部章回小说，和一些论文，都是用白话做的。

1931年，胡适在美国《论坛报》上著文谈到，1906年他与同学曾创办《兢业旬报》，“其主旨在以新思想灌输于未受教育的民众，系以白话刊行”，这启发他“运用现行口语为一种文艺工具的才能”。他认为，编辑《兢业旬报》期间，给了他许多做白话文的训练，从此，白话文成了他的一种工具。

从陈独秀、胡适两人在清末民初白话文运动中的作用、影响可以看出，清末白话文运动与“五四”白话文运动的确是一脉相承，不能分割。前者是后者的基础，后者是对前者的深化和提升。如果说清末的白话文运动尚处于朦胧和半自觉的状态，那么“五四”白话文运动却是清醒而自觉的文学革命的重要组成部分。

现在，再将目光聚焦于“五四”新文化运动。1915 年《新青年》（原名《青年杂志》）的创刊，这是现代文化传播史和思想史上的一个重要的转折点。陈独秀、李大钊、胡适等人先后提出了反对旧文学、提倡新文学的主张。作为新文化运动的标志，1917 年是值得牢记的一年。1 月，《新青年》二卷 5 号上，胡适发表《文学改良刍议》，提出文学改良应从“八事”入手，推崇并要求以白话文学为中国文学之正宗。2 月，陈独秀在《新青年》二卷 6 号上发表了《文学革命论》，明确举起文学革命的大旗。然而，作为一本首倡文学革命、主张白话文运动的刊物，在长达一年多的时间里，所刊文章多数仍然是文言文，这确实有点不可思议。这一言文分离、文白并峙的弊端，既是袁世凯政权掀起的文化专制主义思潮压制白话文改革所造成的后遗症，也是清末白话文运动的不彻底性在“五四”白话文运动中的延续。作小说可以用白话，作文论、诗歌还是文言文严谨，得心应手。尽管这是一种历史的惯性，但它极大地削弱了白话文改革的力度和效果。理论与实践的不协调引起了钱玄同等人的注意，1917 年 8 月 1 日，钱玄同在给陈独秀的信中提出了改正意见：

我们既然绝对主张用白话体做文章，则自己在《新青年》里面做的，便应该渐渐的改用白话。我从这次通信起，以后或撰文，或通信，一概用白话，就和适之先生做《尝试集》一样的意思……

于是，《新青年》的主持者便决定改正这一弊病，从 1918 年 1 月 15 日的四卷 1 号起，完全改为白话文，并使用新式标点。一时间，白话诗文纷纷在各种报刊上登场，形成了一股白话报刊风行的潮流。随着“五四”学生运动的发生和深入，仿照《新青年》《每周评论》的白话报刊与白话传单数量骤增。有人估计，这一年（1919）之中，至少出了 400 张白话报，其中，《星期评论》《建设》《解放与改造》《少年中国》等报刊“都有很好的贡献”。一年之后，“北京的《晨报》副刊，上海《民国日报》的《觉悟》《时事新报》的《学灯》，可算是三年最重要的白话文的机关”。“民国九年以后，国内几个持重的大杂志，如《东方杂志》《小说月报》……也都渐渐的白话化了。”白话报刊在文化传播中的威力又一次得到了发挥，它使民主、科学的理念和新文化思潮得到了广泛传播和张扬。

从此，白话取代文言这一话语变革开始了，新的白话文学也从此产生。这就是胡适的《尝试》、周作人的《人的文学》、鲁迅的《呐喊》……新的白话文学不仅在文体形式上解放了自己，而且赋予了新文学关注人生社会的现实情怀。

如果说早期报刊的政论、“时评”，以贴近时事、追求通俗化来实现它的启蒙、批判的功能，努力改革清末文坛盛行的浮文套语，那么，白话报刊的兴起、繁荣，则使白话文运动得以广泛深入并被公众接受。文学话语的现代变革，可以说对新文学的产生起了巨大的促进作用。

第三节　从文字改革到国语统一

“文化的形态是由符号和话语共同显示的二就符号而言，在语言文化中它是文字”（包括书写和发音方式）；就话语而言，它是符号按一定的“模式、逻辑关系”进行的组合。所以，在考察清末民初文化变革的时候，文化传播符号的变革始终是一个重要的标志和变量。为什么呢？因为“前全球化”的历史际遇，要求启蒙主义者寻找到一种与世界接轨的交际工具，这样就引发了语言、文字的变革。而这一文化冲动和需求，正是推动文化传播符号和文学话语变革的重要动力；同时，文化传播的大众性也要求文化传播符号的大众化、国家化、国际化，它始终渴望着一种更方便、更简捷的交流和启蒙的工具诞生，以消除文化的阻隔和传播的障碍，为文化交流铺设桥梁和通道。前面这两点，都是从语言变革的社会需要来谈的。还有一点十分重要，不能不说“符号和话语”是文化传统的凝固形态，要变革思想和文化也必然变革“文化的形态”——“符号和话语”。所以，清末民初的符号和话语的改革，已不单纯是语言、文字的问题，而是以近现代思想解放和文化启蒙的重要组成部分存在的。

汉字改革的第二代人物，主要是王照、劳乃宣、章炳麟，其立足点和论点与上面的改革方案完全不同。

维新人士王照在戊戌政变后出逃日本，受到日本假名字母的启发，从此开始了他的假名式切音字方案的创制，使汉字改革进入了一个新的发展阶段。1900年初，王照潜回国内，在天津藏匿不出，潜心研究，《官话合声字母》终于成稿和传播开来，并于翌年由中国留学生在东京出版。官话字母方案采用汉字偏旁作为字母，“皆假借旧字，减笔为偏旁，以便拼合”，代替汉字。所以，后世称为“假名式”或“偏旁式”。王照的突破在以下几个方面：一是用官话作为统一全国语言的标准音；二是有关言文合一的论点更加具体。他认为，古人造字，“所命之音，必与当时语言无异”，“语言代有变迁，文亦随之”，而“后世文人，欲借文以饰智惊愚，于是以摩古为高，文字不随语言，二者日趋日远”，所以，造成了言文不一，“误尽苍生”。王照对于语文的弊端，认识是比较清醒也是比较准确的。但由于对专制势力的后怕，他在序文和凡例中多处声明自己“私制此字母”，“但为我北方不识字之人便于俗用，非取用之于读书临文”，并贬抑官话字母，以免得罪士林与官方，这却成了后世诟病的原因所在。官话字母得到了“桐城派”宿将吴汝纶和袁世凯、周馥两位总督的支持，在北方得以传播。与此同时，清末文字改革在普及教育、言文合一的基础上，又增加了统一语言的使命。吴汝纶死后，王照冒险在北京设立“官话字母义塾”，重印《官话字母合声》作为课本，并出版用“官话字母”注音的《四书》《五经》《三字经》《百家姓》等“字母书”，汉字旁边标着字母，使官音字母的实际应用有了范本参照。官话字母的推广终于引起了趋新人士的肯定和赞同，张百熙、荣广、张之洞等朝廷要员在奏定《学堂章程》中提出：

兹以官音统一天下之语言，故自师范以及高等小学堂，均于国文一科内，附入“官话”一门。

从而使官话字母出版物借官方力量得以畅销。据有关史料记载，“官话字母义塾”在1905年前后增至“二十四号之多”。官话拼音字，“各地私相传习，一人旬日而通，一家兼旬而遍，用以读书阅报，抒写议论，莫不欢欣鼓舞”，尽管有些地方官阻挠、压制，但民间却“塞之自流，禁之仍行”。

官话字母在北方地区得到大力推行后，便开始向南方地区延伸。1905年，以劳乃宣的《增订合声简字谱》（宁音谱）和《重订合声简字谱》（吴音谱）的成稿为标志，官话字母经过劳氏的改进，遂在南方得以推广。

1912年，民国教育部成立“读音统一会”，推选吴稚晖为正会长、王照为副会长，制定出了统一中国文字读音的39个官话注音字母。所以，汉字改革的重心由改革汉字转变为“制定汉字读音的字母”，这是“晚清国语运动的全过程和取得的成果”。民国五年（1916年），蔡元培任会长的中华民国国语研究会成立，“国语统一”被提上议事日程。在这一国语运动的新阶段，“不是简单地制造一套字母来代替复杂的汉字，而是认定确立何种语言为国语”，这被认为是国语运动的第一步。文字学家钱玄同主张用世界语来代替汉字，作为国语来写文章。汤哲声认为，钱玄同关于用何种文字代替汉字的主张是有发展的，1918 年 4 月的《新青年》第四卷第 4 号，他发表了《中国今后之文字问题》，提出用世界语代替汉字，但 4 年之后，他在《汉字革命》的文章中却全面主张汉语拼音文字应采用“罗马字母式的字母”。在这一时期，胡适提出了“用白话文字来代替文言”，要创造“文学的国语”，必欲先创造“国语的文学”，“文学的国语即是中国今日比较的最普通的白话”。蔡元培在清末就开始提倡白话文，民国期间，他历任教育部部长、北大校长，竭力推动国语统一。针对用白话会造成中国分裂的言论，他指出：“用读音统一会所定的注音字母，来帮助他，那里会分裂呢?”与这一国语主张密切配合的是这一时期的白话文运动和文本实践，其成果令人欣喜。白话报刊在 1919 年前后出现了 400 多种，白话教科书取代了文言教科书。“北京教育部也竭力提倡国语”，新文学作品作为推广国语的教材进入学校教科书，官方的支持和强制推行，使得国语运动的高潮迭起。以鲁迅《狂人日记》《阿 Q 正传》等为标志的国语文学——新文学逐渐占领了文坛的主要阵地，这为国语运动提供了发展的蓝本。因此，清末民初的文字改革发展到这时候才算步入快车道，统一的国语呼之欲出，这就是“国语的文学”中的国语，就是吸收、发展了域外养分的规范化的白话文。终于，1920 年 1 月，教育部将各地国民学校初级小学国文改为语体文（白话文），新的白话文作为国语正式经过官方认定和确立。

正是因为汉字的难学、难记严重地阻挠了文化传播的顺利进行，所以，从切音字、官话合声字母、简字谱到确立白话的国语，清末民初文化传播符号的变革经历了给汉字注音、取消汉字再到确立国语这样一个过程。最终实现了“言文合一”和国语统一，使符号的变革适应了思想启蒙和文化传播的需要。

第七章　中国现代文学的美学特征与传播媒介

第一节　中国现代文学的美学特征

一、美学作为文学的理论资源

美学从晚清以来不断为文学的发展演变提供资源。从王国维、梁启超、鲁迅、蔡元培等借康德、叔本华、尼采等的思想逐步确立美的价值独立观念；到徐念慈借黑格尔美学建立起小说的审美观念，认为“美之究竟在具象理想，不在抽象理想”，“小说者，殆合理想美学、感情美学，而居其最上乘者”再到五四文学革命最终确立以“美”为核心价值的新的文学理念；美学作为现代文学重要的知识基础，每一次美学思想的引进，都会促成文学新的变化。美学思想与现代社会的其他力量一道，共同推进着文学的现代进程。

美学对文学的知识供给主要有两种形式，一种是基于文学创作的需要有选择地移植介绍西方美学思想，一种是直接把美学思想用于指导文学创作。前者以前期创造社为典型，后者在京派文学中体现较充分。

（一）前期创造社的美学思想与文学创作

创造社，1921 年 6 月成立于日本东京，后迁回上海，前期的代表人物有郭沫若、郁达夫、成仿吾、张资平等，后期主要以阳翰笙、冯乃超等为主将。创造社以“异军苍头突起”，敢“打架”著称，鲁迅称其为“才子派”，主要以留日学生为主，受欧风美雨的吹拂在所难免。

有意思的是，创造社主要成员初到日本多走的是实业救国之路，最先吸引他们注意力的不是欧美的文艺，而是发达的科技。郭沫若和陶晶孙最先学的是医学，郁达夫学的是经济学，张资平学的是地质学，成仿吾学的是枪炮制造。穆木天也是由于眼睛缺陷，才选择法文学专业，说“我以往的文艺生活，完全是一场幻灭。我本是一想学数学的青年，是因为要学数学所以才到了日本”。他们都是在读西洋书，受“东洋气”之后开始转向文学的，其人生体验与选择，也预示了创造社在文学观念上的前后变化，审美与功利的转移。创造社后期倡导革命文学，更多是受马克思主义和革命形势的影响。最能凸显美学思想对其文学创作影响的是创造社的前期阶段。

创造社成立比文学研究会稍晚，正是一群流浪知识分子的奋力而为，改变了当时文坛文学研究会一家独大的局面，给新文学创作带来了新气象，促成了现代文学多元格局的成形。郭沫若的《女神》是第一部真正意义上的个人白话新诗集，郁达夫的《沉沦》是现代文学史上第一部个人短篇小说集，张资平的《冲击期化石》是现代第一部长篇小说，田汉揭示知识分子内心世界和浪漫情怀的戏剧成为现代早期话剧的佳构。创造社成为搅动二十世纪二十年代文坛的一支异军，一方面因为成员确有艺术天赋，另一方面也得益于他们的文学和美学的理论准备，另外还有较为坚实的刊物和出版的支持。

对创造社成员影响较大的是来自西方的康德、尼采等的美学思想以及表现主义、心理分析和唯美主义美学，其成员郭沫若、郁达夫、田汉都是这些美学思想的极力译介和倡导者。郭沫若是现代中国一位百科全书式的人物，其思想驳杂，融贯东西古今。就西方而言，郭沫若受到康德、尼采、叔本华、克罗齐、柏格森、王尔德、惠特曼等人的哲学、美学思想的影响：就东方而论，他研究过老庄、王阳明的哲学，受惠于泰戈尔的泛神论。兼蓄并取，造就了郭沫若思想的宏富，也带来文学创作上的变幻。郭沫若称康德是“伟大的天才”，“大哲学家”“批判哲学的始祖”。他还特为康德的《判断力批判》一书的“受胎”过程，创作了一篇名为《Lobenicht 的塔》的小说，因喜爱一部哲学著作而为之写一篇小说，在文学史上并不多见，也可看出郭沫若对康德的心仪崇拜。对康德非功利的审美论，早年的郭沫若极为赞赏。1923 年，郭沫若在《艺术家与革命家》一文中就强调“艺术家无论是主张艺术为艺术或为人生，但总要他的艺术是艺术”。① 虽然郭沫若后来转向革命文学，甘当一个“标语人”“口号人”，但他文学中对情感的重视，形式上的创造以及对艺术美的追求始终如一，即使在抗战期间文学极度概念化、公式化的大背景下，他的历史剧依然不失个性和艺术性。

如果说康德的美学思想是创造社作家进入审美自由创造的基本理念的话，那么克罗齐的表现主义美学就是他们创作的具体方法论。郭沫若在《天才与教育》一文中转述过克罗齐关于艺术的本质是直觉的观点，认为“文学家、艺术家便是属于直观的美的天才”。郭沫若还曾将诗表述为一个公式：“诗 =（直觉 + 情调 + 想象） +（适当的文字)”，堪称是克罗齐“直觉说”的中国版本。在郭沫若看来，“象征派和印象派是顾影自怜的公子”，“未来派……只是有魄没有魂的痴儿”，他们和自然派、写实派一样，都是“自然的肖子”“模仿的文艺”，而对德国的表现派则大加赞赏，说“德意志的新兴艺术表现派哟！我对于你们的将来有无穷的希望”。在众多西方现代派中，郭沫若为何唯独垂青德国表现派呢？认为朗兹伯格的“艺术是表现，不是再现”一语，“把艺术的精神概括无遗了”。与此相应，他认为“文艺的本质是主观的”，是艺术家“内心之智慧的表现”，“是赤裸裸的人性的表现”。这些看法也得到创造社其他作家的认同，形成了他们倾于一致的“本着内心的要求从事文学创作”的原则，文学史上一般将他们笼统称为浪漫主义文学思潮。创造社作家重主观，尊天才，采用自叙传的方式“为艺术而艺术”，或多或少都可找到西方表现主义艺术的一些影子。

创造社作家对尼采的超人哲学与美学思想也非常感兴趣。1923 年 5 月《创造周报》上发表了郭沫若译的尼采的《查拉图司屈拉》第一部，郭沫若尤其服膺尼采“以个性为中心”的狂傲和偶像破坏者形象。在尼采、柏格森生命哲学的启发下，郭沫若写过《生命底哲学》一文，认为人应听凭自然的指引，一切生命都是 Energy 的交流、发散与创造。“Energy 愈充足，精神愈健全，文学愈有生命、愈真、愈善、愈美”，认为“文学是生命的反映”，而且“生命底文学是个性的文学”，“是普遍的文学”。这些主张，在郭沫若诗集《女神》中的《天狗》《站在地球边上放号》等诗作，以及后来的《屈原》等

① ［德］康德：《判断力批判（上)》，宗白华译，上海：商务印书馆，1964 年版，第 151 ~ 152 页。

剧作中有充分的呈现。《天狗》基本上就是郭沫若生命美学思想的诗歌化，甚至“我”“日”“月”“X光”“Energy”等词汇的使用，都可在《生命底哲学》一文中找到出处。郁达夫、张资平等对性的坦诚书写，对生命压抑的苦闷倾诉，以及成仿吾“板斧式”的批评话语，无疑都留有尼采超人哲学和柏格森生命美学的影响。刘大杰在1928年出版的《表现主义文学》中认为，表现主义者是“赤裸裸的自我的表现者，心灵的直接叫喊者，纯情的直射者，观念的战士，宇宙情绪的爆发者”。如果把这样的评价加在郭沫若的《女神》等早期诗作上，是十分恰当的。从郭沫若所接受的美学思想和具体创作来看，有研究者把郭沫若的美学思想整体称为泛表现主义美学，应该是中肯的。①

对弗洛伊德的心理分析美学，创造社群体也青睐有加。郭沫若曾在《批评与梦》一文中介绍过弗洛伊德的精神分析学说，他的小说《残春》就是弗洛伊德学说的文学版，说《残春》并非注重事实的描写，而意在表现潜意识的一种流动，还说“真正的文艺是极丰富的生活由纯粹的精神作用所升华过的一个象征世界”。对潜意识的关注和表现，是创造社作家的一个重要标识。郁达夫善写性心理和道德忏悔意识，张资平关注的是病态心理，田汉善于捕捉知识分子的忧郁情绪。创造社作家群，都善于把心理、意识作为小说描写的重点，以至于演变成了不注重现实生活和情节设置的散漫抒情倾向，也招来了强调“为人生而艺术”的文学研究会的指责。对人物心理的开掘，把小说从现实社会的描绘引向对人物内心世界的探险，揭示人之子灵魂深处的苦楚，是创造社作家独特的贡献。

除表现主义和心理分析美学外，创造社还深受西方唯美主义的影响。田汉留日期间就受到过以佐藤春夫、厨川白村等为代表的日本唯美主义思潮的影响。他后来回忆说：“我受过一些日本唯美派作家谷崎润一郎氏的影响。也很欢喜他的电影观。”郭沫若、欧阳予倩在留日期间和谷崎润一郎还是交情很深的朋友。郑伯奇曾回忆说，“达夫常常推崇王尔德，有时自称‘颓废派’。”郁达夫不但翻译过王尔德的代表作《道连·格雷的画像》的序言，而且还首次将英国颓废主义杂志《黄面志》介绍到国内，早期小说《沉沦》《茫茫夜》中的病态主人公，就类似于《黄面志》中纵情于“酒精和女色中间，作慢性的自杀”的英国诗人道生。

---

① 魏红姗：《郭沫若美学思想研究》，四川大学2003年博士学位论文，第2页。

正是基于对唯美主义美学的接受和对新诗散文化倾向的不满，引发了创造社作家关于“纯诗”的讨论。1926 年初，穆木天在寄给郭沫若的信中首次提到“纯诗”这个概念，说“我们要求的是纯粹诗歌（The pure poetry）”，王独清也热情响应穆木天关于“纯诗”的倡导，说“觉得有倡导 Podsiepure（纯诗）的必要”，呼吁“做个唯美的诗人吧！”关于纯诗的讨论还影响到北方的周作人、朱自清、梁宗岱等。“纯诗”的讨论一直延续至二十世纪三十年代中期，一大批诗人、评论家和美学家都曾参与其中。

康德的审美非功利和艺术自主思想，克罗齐的表现主义、王尔德的唯美主义和弗洛伊德的心理分析美学构成了创造社的“诗学宇宙”，造就了创造社在诗歌、小说、戏剧领域张扬自我，推崇创造，注重心灵，强调个性的特质。创造社成员复杂、思想敏锐，人际关系紧张，在二十世纪二十年代的文坛四处出击，作为一支文坛异军，他们在创作上硕果累累。郭沫若的《女神》，成为五四精神的文学再现，被视为开一代诗风的佳作。郁达夫在二十世纪二十年代被视为仅次于鲁迅的短篇小说家，他与张资平、陶晶孙等对于灵肉痛苦挣扎中的青年知识分子的表现，其人之子的悲哀感人甚深，具有人生启蒙的意义。创造社与文学研究会一起组成新文学上的双子星座，既是五四文学精神的继承者，又肩负起把新文学道路开远拓深的重任。他们对唯美主义、表现主义以及心理分析美学的译介，在文学创作与批评实践中的运用，不仅提升了新文学的审美自觉和创新意识，促成了现代文学审美风格的多极演化，而且基于创作需要对西方美学思想的引进与转化，极大丰富了中国的现代美学思想体系，尤其是通过文学创作对西方美学思想的运用与检讨，有效促进了西方美学思想在现代中国落地进而转化的进程。

（二）“京派”同人的美学思想与文学实践

“京派”是在新文学中心南移上海后，由京、津等北方城市的作家在二十世纪三十年代汇聚而成的一个文学群落。成员主要由语丝社和新月社部分作家，外加清华、北大、燕京等校师生组成。他们以《文学杂志》《文学季刊》《大公报（文艺副刊）》等为阵地，主张文学要关注人生，但又与政治保持距离，讲究文学趣味的纯正，追求和谐、节制、恰当等美学原则。

1. 朱光潜美学思想与“京派”文学创作

1933 年 8 月朱光潜回国后，受聘北京大学教授，同时在北平几所大学讲授借助西学研究旧诗的《诗论》，朱光潜对于旧诗的考察，首先集中在旧诗何以有固定的音律形式这一问题上。“像许多人一样，我对于习惯成自然的旧诗的形式不免有些失望。我揣想旧诗的固定的形式流传如许久远，应该有它生存的道理。因此，我设法替它找一个学理的根据。”正当他为此“踌躇摸索”之际，“正在研究美学和诗学，觉得关于艺术的形式与实质问题，以克罗齐的《美学》和布拉德雷的《为诗而诗》一文讲得最好”，于是便从中引申出关于诗之不同于散文的规范性的见解。由此可见文学研究对朱光潜美学兴趣的直接影响。

朱光潜在受聘北大的时候，一方面是通过课堂“布道”，将自己对诗歌的看法传递给学生，另外还经常召集清华、北大师生在家定期举办“读诗会”。“读诗会”参与者甚多，朱自清、闻一多、俞平伯、废名、林徽因、陆志苇、冯至、陈梦家、梁宗岱、林庚、卞之琳、何其芳、李广田、罗念生、徐芳、陈世骧、孙毓棠、孙洵侯、方令孺、曹葆华等都是常客，基本上囊括了二十世纪三十年代北方较为重要的一批诗人。“读诗会”不仅探讨诗歌的朗诵和诗律，还探讨散文、小说的形式、风格及技巧等问题，这项活动持续数年，他们受朱光潜的耳提面命可想而知，后来还促成了 1937 年《文学杂志》的诞生。《文学杂志》由朱光潜任主编，外加沈从文、杨振声、叶公超、周作人、朱自清、废名、林徽因、李健吾、凌叔华组成十人编委会，除凌淑华外都是读诗会的常客，算得上是“京派”的核心成员。据参与者回忆，整个杂志的策划、编辑到出版，都与朱光潜家中的客厅沙龙和《大公报（文艺副刊）》成员的聚餐会有关。

多数文学刊物都有自己的办刊路线，有对读者群的定位，有对约稿的说明和期待。在很大程度上，文学刊物受制于创办者，尤其是编辑的文学观念。很多文学刊物都体现办刊者的艺术主张。如 1921 年前的《小说月报》是鸳鸯蝴蝶派的通俗文学杂志，而在沈雁冰等接编后，很快改为文学研究会的主要刊物，登载的作品也由之前的通俗小说变成了“为人生而艺术”的文学。京派的《晨报副刊》《文学杂志》等刊物，很大程度上显示的是朱光潜、沈从文等中坚人物的文学趣味与美学思想。

有扩大影响而以评奖方式赚吆喝的可能，但文学奖励作为一项重要的文化活动，刊物可以借助评奖来体现自己的文学观念和趣味，进而将自己的偏好辐射社会，对文学创作和阅读造成更大的影响。

2. 朱光潜美学思想与“京派”文学批评

朱光潜本人就是一位重要的文学批评家，他的文学批评就是其美学思想的体现和运用。另外从李健吾、李长之等的文学批评中，也可看到朱光潜美学思想的一些影响，或是对朱光潜援引的西方美学思想的认同。

“京派”文学批评以李健吾的成就最高。李健吾印象式的批评方法，尤其是他“灵魂奇遇”式的批评方式，可以看到对朱光潜所倡导的移情说和克罗齐直觉美学理论的认同。如他对何其芳的《画梦录》的批评：“伟大的艺术家，根据直觉的美感，不用坚定的理论辅佐，便是自然天成，创造惊天地泣鬼神的杰作。”在李健吾看来，批评就是叙述他的灵魂在杰作中的奇遇，是一个寻美的历险之旅。“有一本书在他面前打开了，他重新经验作者的经验。和作者的经验相合无间，他便快乐；和作者的经验有所参差，他便痛苦。快乐，他分析自己的感受，更因自己的感受，体会到书的成就，于是他不由自主地赞美起来。痛苦，他分析自己的感受，更因自己的感受体会到自由便是在限制之中求得精神最高的活动。”李健吾认为文学批评既是对作品本身的鉴赏，也是与作者情感、心灵的交流，同时更是对批评者自我的人格和精神的完善和丰富，而且还是一个不断发现美、创造美的过程。批评对于文学而言是一个彼此影响的互相促进过程，批评是对作品本身的丰富，也是对文学观念及创作的丰富，文学批评同时为阅读和创作创造和积累艺术经验。在李健吾看来，文学批评实际上是一个综合的创造过程，是在对作品的品鉴中完成批评者自己观念建构与生命的审视。

因此，李健吾坚持以人性的尺度来批评文学。他时时感叹：“没有东西再比人生变化莫测的，也没有东西再比人性深奥难知的。”认为批评重要的依据就是人生，而不是学问或某种理论，因为“学问是死的，人生是活的”，文学批评必须以人生印证人生，以人性衡量人性。要求“批评者绝不油滑，他有自己对人生现象的解释的根据：这是一个复杂或者简单的有机的生存，这里活动的也许只是几个抽象的观念，然而抽象的观念却不就是他批评的标准，限制小而一己想象的活动，大而浩瀚的人性的起伏”。在李健吾这里，人性不是一个潜在的抽象概念，而是现实中具体的人所体现出来的丰富的、矛盾的情感、性格等因素；李健吾认为文学是对人性丰富性的发现，不避美丑，以让读者通过文学作品加深对自己和社会的认识，进而养成纯美的人性，所以，文学是通过人性的展示最终达到人心的净化和人生的美化。

所以，李健吾强调，“一个批评家，第一先得承认一切人性的存在，接受一切性灵活动的可能，所有人类最可贵的自由，然后才有完成一个批评家的使命的机会。”强调这也是文学批评得以独立的前提，离开了对人性的解剖，文学批评就流于了概念和术语的游戏。还说“批评之所以成为一种独立的艺术，不在自己具有术语水准一类的零碎，而在具有一个富丽的人性的存在”。认为对作品的理解和解释，其实就是对人及人生的理解和解释，因此文学批评也是提供给人生的知识。“一个批评者，穿过他所鉴别的材料，追寻其中人性的昭示。因为他是人，他最大的关心是人。”正是基于这样的认识，李健吾对沈从文的《边城》给予了很高的评价，称其是一部“人性皆善的杰作”，差不多这也成了对《边城》的一种定论。

最为重要的，是李健吾对文学批评独立和艺术公正的坚持。他认为称职的批评家，首先是人格的独立，声称“一个批评者有他的自由。他不是一个清客，伺候东家的脸色……他不诽谤，他不攻讦，他不应征。属于社会，然而独立”。①

另外，李健吾的文学批评还具有综合性的特点，善于在文学传统、社会现实、文学纪律、人性宇宙中去评判一部作品的得失。他说：“所谓灵魂的冒险者是，他不仅仅在经验，而且要综合自己所有的观察和体会，来鉴定一部作品和作者隐秘的关系。也不应当尽用他自己来解释，因为自己不是最可靠的尺度；最可靠的尺度，在比照人类以往所有的杰作，用作者来解释他的出产。”李健吾善于把作品放到文学传统的历史河流中去加以审视，认为“文学没有绝缘体，即使是一个创作的奇迹，也难免息息相通”。从李健吾的文学批评可以看出，现实人生，丰富人性，艺术的美、独立与尊严以及创作和批评者的人格是非常重要的一些关键词，而这些也正是朱光潜美学思想对艺术考量的重点。

李长之是“京派”文学批评中的另一位健将，他明确表示对文学的评价应该“偏重美而不偏重善”，反对用道德的眼光审视文学而不去加以艺术的评判，强调文学的本质是美的创造，属于美学的范畴，而“美学的精神在反功利，在忘却自己，在理想之追求”。而且，李长之认为文学研究有学术化的必要，文学批评需要知识的系统性，文学研究者“要有文学是种学术的信念，

---

① 李健吾：《咀华集·咀华二集》，上海：复旦大学出版社，2005年版，第185页。

以及这一部门里所关涉的课题是什么的认识”。要求“我们是必须把研究中国文学的事纳入体系的学术的轨道，从世界性、整个性窥出那文化价值，从而批判之，变改之，由中国文学的新建设，以备人类的美丽健康的文学的采用的！”李长之的文学批评，走的是美学和文化学的道路，充分体现了对文学艺术本质的重视，具有深邃的文学史眼光和博大的世界文化视野，非常看重中国现代文学的世界性因素和人类性内涵。

朱光潜的美学思想与京派的文学批评一起，丰富了现代文学的理论，促进了京派文学创作的开展。在二十世纪三十年代文学进一步遭受政治和商业的“非美”观念侵蚀的情况下，他们对文学艺术水准的强调，对文学尊严与纯粹的坚持，对作家独立人格与学识修养的看重，无疑对捍卫现代文学的审美价值具有非常重要的意义。正是他们在“非美”文学浪潮中的逆风而行，“京派”为现代文学留下了一片难得的艺术森林。

二、现代文学对美学思想的丰富

美学思想为文学创作、批评提供理论支持的同时，反过来文学的审美表现、文学批评以及文学论争也为美学思想的丰富提供了契机。在现代文学阶段，文学对美学思想的影响主要表现为两种形式：一是文学论争对美学家思想的影响，这在朱光潜美学思想体系的形成中有所体现；二是新的文学形式刺激新的美学思想或美学流派的产生，周扬、蔡仪的“新美学”就是在这样的情况下出场的。

（一）文学论争与朱光潜美学思想的演进

朱光潜说在英法留学的时候，主要就是基于研究中西文学的需要而走上美学研究道路的，还说美学是自己所喜欢的几种学问的联系线索，而把西方的美学思想介绍到国内，目的是“希望起一些‘启蒙’作用”①，而当时文学就是启蒙最重要的形式和手段。朱光潜在《文艺心理学》的“作者自白”中也谈到，在西方，因为美学出自哲学，所以美学家多从哲学系统出发来演绎美学原理；而他自己的研究方式则是丢开哲学的成见，“把文艺的创造和欣赏当作心

① 朱光潜：《朱光潜全集（第10卷）》，合肥：安徽教育出版社，1993年版，第655页。

理的事实去研究，从事实中归纳的一些可适用于文艺批评的原理”。① 只有在中国现代文学发展的大背景下，才能更好地理解朱光潜为何如此钟情于克罗齐的表现说、立普斯的移情说、布诺的距离说，痴迷于维柯的《新科学》，为何在二十世纪三十年代要大讲艺术的移情与超道德作用，强调作家与现实要有距离感。在对待西方美学的各种学说上，朱光潜可以说是看现代文学这盘菜在盛饭。而对朱光潜美学思想影响最大的莫过于他所参与的一些文学论争，为文学论辩寻找到了美学的资源，进而发展和丰富了自己的美学思想。

1. 关于新诗形式的争辩

针对胡适的《白话文学史》，朱光潜写过《替诗的音律辩护——读胡适的〈白话文学史〉后的意见》一文，目的是批判胡适“做诗如说话”的主张，从诗歌的语言特点和美学特征说明“做诗”和“说话”的区别②，对早期新诗过于口语化和散文化的倾向进行修正，也算是对二十世纪二十年代关于诗律讨论的回应和总结。当时朱光潜撰文的意图也如沈从文在《新诗的旧账》中所讲的，新诗创作正处于一个“可悲的环境”，意在为新诗找一条新“出路”。

五四运动时期胡适、钱玄同、刘半农等人以革命者的气概，破除了几千年来套在诗歌上的格律化的镣铐，使诗歌创作获得了语言形式的自由，但这种“无形式”随之而来也遇到了难题，就是诗歌与散文界限的模糊、诗意的寡淡。于是对新诗语言和形式的探索就成了几代诗人最重要的功课。二十世纪二十年代有郭沫若自由体的实践，但《女神》之后渐成绝响，这种主要依靠个人气质造成的动感诗体具有太大的偶然性，郭沫若自己也没能再次重复；刘半农、刘大白等的民歌体尝试，开始确实给人新异之感，但终归倾于平实，总嫌诗意有所欠缺。苏雪林在1934年《人间世》第17期上发表《〈杨鞭集〉读后感》，认为刘半农拟山歌、儿歌及用北京方言写诗，只能算是一种“文字游戏”，是“不可无一，不能有二”，因为“民歌虽具有原始的浑朴自然之美，但粗俗幼稚，简单浅陋，达不出细腻曲折的思想，表不出高尚优美的感情，不能叫作文学”。五四诗体大解放其流弊是大家“用最直接爽快的方法”写诗，

---

① 朱光潜：《朱光潜全集（第1卷）》，合肥：安徽教育出版社，1987年版，第200页。

② 朱光潜：《朱光潜全集（第10卷）》，合肥：安徽教育出版社，1993年版，第566页。

而根本不管它“成诗不成诗”。徐志摩仿效英国诗歌的节奏，虽然写出了《雪花的快乐》《再别康桥》等不朽之作，但最终发现从英国踱了一圈之后似乎又回转了传统的老路。闻一多的“三美”主张，大半还是从古诗中拈化出来的。而李金发学步法国魏尔伦、兰波等的象征主义诗歌，最终赢得的是“诗怪”的戏称和“笨谜”的讽刺。二十世纪三十年代戴望舒、卞之琳、梁宗岱、林庚、冯至、邵洵美等对西方现代主义诗歌的移植，由于缺乏充分的现代主义艺术土壤，最终被冠以“荒街迷路者”“有闲阶级”“颓加荡派”而收场。从新诗发展所经历的曲折可以看出，新诗脱掉了古典律诗形式规整、语言绮靡诘聱的外衣之后，自己的漂亮衣服并没有穿起来，郭沫若的“裸体美人”偶尔一观尚可，但不能让新诗总是做光身子的“美人”。形式的不确定，缺乏共同的标准就成了横亘在新诗创作与评价路上的最大障碍。对新诗诗体的探索，一方面是诗人孜孜以求的事业，一方面批评家、理论家的探讨贡献也甚多。对诗歌形式、韵律的探索，朱光潜应该是下力较多的一位。

朱光潜以克罗齐的美学为理论资源，以中西互证的方式，系统分析了“中国诗”在音韵格律上的特征，希望引起新诗创作者对形式的注意，并据此展开他对新诗的期待和想象。他从汉字的特点和诗歌的特质入手，论证“诗是有音律的纯文学”乃是新旧诗歌的共同特征，朱光潜采用的不是胡适、刘半农等与传统的决裂，而是使现代文学与古典文学基于美学层面的对话与沟通，从文学的普遍性角度和学理的层面论证古典文学可以作为新文学的资源，这对处于发展阶段的现代文学来说，不失为一剂良药。这种人思的方式，不仅使得现代文学与古典文学有了交流汇通的基点，而且也使得中国的传统美学得以通过文学的层面与西方的美学思想融合，进而转化为充满民族文化气息的中国现代美学思想。

早在 1928 年刚刚留学英国之时，朱光潜就因研究诗歌需要开始了对克罗齐美学思想的关注。他认为“依克罗齐说，诗皆直觉，而直觉（即所谓实质）即表现（即所谓形式）”，所以“在各种艺术中，实质和形式都是在同一刹那中孕育出来的”。直觉即表现，实质即形式，一种实质即要求一种形式，而诗具有和散文不同的实质，自然其形式也该有差异。“诗的实质和形式都是在同一刹那中孕育成的，诗的情思是特殊的，所以诗的语言也自然是特殊的。”①

朱光潜考察了诗歌的历史，发现在古代，诗歌、音乐和舞蹈是一体的，尽管这三种艺术后来逐渐分化而取得了各自的独立地位，但依然还保存着它们“原始的共同的命脉——节奏”，所以他得出结论，“诗的形式多少是现成的，沿袭的，外在的；不是每个诗人根据他的某一时会特殊的情趣所凭空制造出来的。”朱光潜发现诗歌在变化中传统形式延续的必然性，“对于诗的形式，我主张随时变迁，我却也反对完全抛弃传统”。② 朱光潜找到了诗歌的共同点，即节奏，将之作为新诗规范的要点，创作的事实证明也是如此。朱光潜用比较的方法来研究中国诗的节奏与声韵，对诗歌的声、顿、韵的美学化的学理探讨，揭示了中国诗节奏与西方诗歌的区别以及中国新旧诗歌的共性，解决了新诗发展中语言形式的困扰，把二十世纪二十年代闻一多“三美”的外在形式化理论向前推进了一步，尤其是通过中西比较的方式，通过与梁宗岱、梁实秋、罗念生、叶公超、沈从文、闻一多等的探讨，借用西方美学的学理，“运用过去的丰富的储蓄”③，把二十世纪二十年代开始的“纯诗”概念落实到具体的理论和创作之中，既破除了对西方诗歌的迷信，使新诗效仿西方增加了一种理论辨别的自觉，也让诗人意识到对传统诗歌借鉴的诸多可能，避免了新诗与传统的决裂。这些思想结集在他的《诗论》一书中，成为中国现代诗歌研究的扛鼎之作。《诗论》既是运用中西艺术比较，中西美学互证研究中国文学的尝试，又是一次中国诗学现代的理论总结，其动机在于为现代新诗创作与批评提供理论支撑，是典型的现代文学与美学互动的产物。如果没有朱光潜对新诗创作的关注和忧虑，那么就很难有《诗论》这个圣婴的落地。如果《诗论》不能有效解决新诗创作与批评的理论问题，那么《诗论》也不可能在现代文学批评和美学上占据如此重要的位置。

2. 关于“文学的美”的论争

“美”作为文学最核心的价值在五四文学革命后逐步得到确立，但为了突

---

① 朱光潜：《朱光潜全集（第8卷）》，合肥：安徽教育出版社，1993年版，第281～282页。

② 朱光潜：《朱光潜全集（第8卷）》，合肥：安徽教育出版社，1993年版，第413～417页。

③ 朱光潜：《朱光潜全集（第9卷）》，合肥：安徽教育出版社，1993年版，第339页。

出文学的其他价值，“美”在文学中的价值核心地位总是遭到不断的挑战。梁实秋在《文学的美》中宣称美学的原理可以用于图画音乐，但不适用于文学。梁实秋从强调道德性入手，认为文学“与美无关”，即便“我们若要在文学里寻美，大致讲来，不出图画美与音乐美两个方式”。① 为批驳梁实秋的观点，1937 年 2 月，朱光潜写了《与梁实秋先生论“文学的美”》发表在《北平晨报》，逐条指陈了梁实秋对艺术、道德和美关系问题理解上的偏颇，最后总结说：“我认为‘美’在文学中的重要不亚于其他艺术。”② 为批判梁实秋的说法，朱光潜极力运用康德、克罗齐、立普斯等的美学理论，论证“美”对于文学的重要意义，反对用道德绑架文学，维护了文学的审美独立，维护了现代文学的艺术品格，也加深了人们用西方美学思想指导文学创作和文学批评的认识。

朱光潜的观点也得到了梁宗岱的声援。梁宗岱批评梁实秋根本没搞懂文学和美学的关系，更没有弄懂“美”的含义，认为梁实秋的观点暴露了他缺乏美学的常识，完全是白丁人在妄下断语，讥嘲说：“我不相信世界上还有第二个国家——除了日本，或者还有美国——能够容许一个最高学府底外国文学系主任这般厚颜去高谈阔论他所不懂的东西！”言语中不乏意气用事，但态度却是十分严肃的，意在捍卫现代文学所建立起来的“美”的文学观念，反对开文学道德化的历史倒车。朱光潜、梁宗岱等通过西方美学理论对梁实秋的观点进行围剿，自此以后，几乎再也没有人从正面来反驳文学是“美”的这个观念，“美”的文学的社会共识得到了进一步的巩固。

（二）革命现实主义文学与“新美学”

成仿吾在二十世纪二十年代说过：“文艺家必须克服一切虚无主义的妖魔，维持他对于时代的信仰。”③ 处于生长期的中国现代美学，其中有一些思想不是美学自身问题的逻辑延伸，而是新的文学现象刺激下美学思想的回应，是“时代信仰”的产物。我们从社会主义现实主义文学和“新美学”的关联

① 梁实秋：《梁实秋文集（第 1 卷）》，厦门：鹭江出版社，2002 年版，第 497 ~ 509 页。

② 朱光潜：《朱光潜全集（第 8 卷）》，合肥：安徽教育出版社，1993 年版，第 512 页。

③ 成仿吾：《维持我们对于时代的信仰》，《文化批判》1928 年第 3 期。

中可以清楚地看到这一点。

1. 周扬对朱光潜美学思想的批判

周扬对朱光潜美学思想的批判和对新的美学的期待，其立足点是美学对文学现实的适用性。周扬反对朱光潜对布洛“距离说”的挪用，认为这是对艺术的孤芳自赏，说“朱先生所主张的美感态度，正是要不用思想，不动感情，对于人生一切现象，不在那发展和关联上去把握，而只当一个孤立绝援的意象去观赏。任怎么严重的社会问题，在艺术家眼中也不过如同一片云，一朵花一般。这样的人生表现，结果恐怕只是艺术和人生的本质之游离罢了”。他希望的是“艺术家应当透过人生的外表，看取它的本质，在外表之下看取内在的矛盾，然而这不是造出的人生的距离，而正是在更深的本质意义上达到和人生的接近”。正是基于这样的看法，周扬指责朱光潜反对文学“为大众”，“为革命”，“为阶级意识”，甚至“为国防”，说这是因为朱光潜的艺术观念其本身就是为了使人“摆脱繁复错杂的现实世界”，而“替人生造出一个避风息凉的处所”。① 从周扬的论述明显可以看出，他是基于马克思列宁主义哲学和革命文学理论，强调文学与社会现实的血肉联系，反对文学游离于社会现实之外去捕捉生命的幻影，意在捍卫现实主义文学在美学上的合法性。鉴于朱光潜在文坛上的影响，所以拿朱光潜的美学思想来做批判的靶子，以展示自己唯物主义美学思想的合理性。

就整个周扬的思想及其论述来看，他的新美学主要不是基于美学的历史逻辑提出来的，而是基于革命现实主义文学在二十世纪三十年代的勃兴，是根据对左翼文学创作与作品的解释的需要而提出的美学理论构想。这种新美学理想的实践就是周扬后来所总结的“新的人民的文艺”。

周扬所谓的“新美学”与朱光潜为代表的美学思想重要的区别在于，周扬强调的美学是对革命现实主义艺术阐释需要的美学，强调的是美学的实践形态，偏重的是文艺学，并基于自己所认同的艺术风格排斥其他美学思想，带有艺术和哲学上的专断；而朱光潜的美学思想，既与现实的艺术关联，又有着哲学形而上的关怀，强调的是艺术的本质和美学的使命，具有更大的包容性与涵盖力。然而历史的吊诡之处在于，周扬将马克思主义唯物论和辩证法作为新美

① 周扬:《我们需要新的美学——对于梁实秋和朱光潜两先生关于“文学的美”的论辩的一个看法和感想》,《认识月刊》1937 年创刊号。

学的哲学底座，加上对现实艺术的阐释效力，周扬的“新美学”以其独有的所谓“科学性”与政治正确性而成了中国很长一段时间一家独尊的美学思想。

2. 蔡仪的“新美学”

蔡仪谈到自己在北大读预科的时候“开始热爱新文学”，并开始“写点新文学的习作”。二十世纪三十年代初在日本留学期间，接触到马克思、恩格斯关于论文学的一些文献，尤其是有关现实主义与典型的理论原则对他触动颇大，认为是使自己“在文艺理论的迷离摸索中看到了一线光明”。在二十世纪三十年代的日本文坛，现实主义文学理论并不是主流，而蔡仪有意识地强调表明他并非受到日本文坛的影响，而更多来自对中国文坛现实的感受。如果蔡仪在日本期间心中播下了美学种子的话，那么真正的发芽，却是回国参加革命工作后，尤其是在二十世纪三四十年代的文学现实中，在皖南事变后他开始真正进入美学的研究，先后写了《新艺术论》和《新美学》，表示一生最大的愿望是“为科学的美学的发展能尽点力量”。

他在自己的《新美学》序中说，因为“新的艺术的出现”使“旧美学已完全暴露了它的矛盾”，他认为美学还是需要和成立的，但须以新的方法来重新建立新的美学体系。显然，蔡仪研究美学所立足的并不是美学本身，而是因为现实的文学状况使得旧美学体系失去了现实效用，所以才需要建立新的美学体系。看来，文学不仅可以唤询新的美学体系的诞生，而且还有可能导致旧的美学体系崩塌。中国现当代美学领域的诸多是是非非，放在这样的视域下来考察是非常有趣的。它的崩塌并不是来自其体系本身的缺陷，而是来自另外的力量，甚至有时仅仅是一些社会政治力量。米歇尔·福柯说，知识与权力处于一种共生状态，知识产生了权力，而权力则可以创造知识，从来理论的播散都不是孤立与无条件的，它都是在知识与权力制约下运作的结果。随着社会主义现实主义文学潮流的日渐壮大，也对美学思想的多元性形成了强大的压力，而那些不能有效阐释社会主义现实主义艺术的美学思想，很有可能因为艺术型类的原因而被上升到意识形态而遭到清算。而一段时间由于政治造成的艺术风格的独断和统一，更会加重这样的风险。

蔡仪的《新美学》写于抗日战争后期，由于受国民党的政治压迫，全部工作陷于停顿的情况下，“只好就平日也曾关心过的艺术问题，加以初步考虑，想写一本有关艺术理论的书。”在写作中碰到“艺术美”的问题，《新美学》正是对之思考的结果。在阐释新的现实主义艺术的需要，发现之前的唯心主义美学体系的非科学性，基于马克思唯物主义立场，而将自己的美学命名为“新美学”，言外之意就是科学的美学，而其他的唯心主义美学则被列入了非科学的范畴。

蔡仪在《新艺术论》新版的跋中谈及，写作本书的目的之一就是“整理已久的关于艺术的一点知识罢了”。《新艺术论》在后来第三版时改为《现实主义艺术论》，说是以“当时‘新现实主义’艺术创作问题为中心、整理自己一点艺术知识的通俗性的小册子”，明确表明写作意图就是有意针对当时文坛上出现的新现实主义，即革命现实主义或社会主义现实主义，是为普及创作和批评知识而写的理论著述。

正是基于社会主义现实主义艺术的特点和要求，蔡仪讨论了“艺术的美和艺术的评价”。应该说，蔡仪关于美的理解，是从具体的艺术形式中抽象出来的，其目的是要回到过去重新说明这种艺术的价值。所以，蔡仪的关于美的看法，不仅是被他的马克思唯物主义世界观所规定，同时，像周扬一样也更多受到具体艺术对象的限制，社会主义现实主义的具体创作方法以及审美表现形式，直接影响到蔡仪对艺术和审美的看法。所以，蔡仪的新美学，实际上也是社会主义现实主义文学艺术的理论化抽象的结果。它不是美学的哲学的逻辑推演，而是基于艺术具体创作的理论性总结与提升，其归纳的思维方式明显，而思辨与演绎的缺乏也成为其先天的缺陷。所以在涉及重大理论问题的时候，常常囿于感性层面，而很难上升到哲学、历史的层面去加以处理。

美学这门学科本身就带有一定片面的深刻性，其特点就在它很大程度上不是取决于自然科学的精确，而是阐释的有效性，为我们提供一个特定的视域和理论框架去理解对象。蔡仪的新美学无疑是一把锋利的切割器，得到社会的重视产生强烈的反响也是必然的。但也给我们留下了问题，就是从现实艺术中抽象出来的美学理论，是否对艺术创作具有真正的指导作用；还有就是从艺术现实中抽象出来的美学思想如何在美学和哲学的历史中去加以检讨，即使其具有现实的阐释力，同时又符合美学与哲学的一般规定性而将其纳入知识的体系。

美学作为抽象的哲学之思，常常造成对新的艺术本身的忽视，正如艾青所言，“一首诗的胜利，不仅是它所表现的思想的胜利，同时也是它的美学的胜利。而后者，常被理论家们所忽略。”所以，新的文学创作确实需要新的美学原则来加以解释和支持。“诗人在变化着的世界当中，努力给世界以新的认识时，产生了新的形象、新的语言、新的风格，是在对于新的现实有了美学上的新的肯定时产生的。”① 社会主义现实主义在中国文坛的出现，是符合中国现代文学的逻辑的，也是各种社会现实力量造成的结果，其对整个现代文学甚至当代文学的影响是巨大的，在当时，朱光潜、沈从文、梁实秋、梁宗岱等对其进行过美学的批评，他们主要是基于审美非功利和文学独立的观念对社会主义现实主义的质疑和否定，就如胡风在评论《蜈蚣船》时讽刺他们所说的，这是属于他们“京派看不到的世界”。② 当然，这主要是对待艺术的学理问题，后来将之视为政治立场也有不妥之处，其政治上的反动更是夸大其词，有盖帽之嫌。同时另外一批美学家蔡仪、周扬、胡风、邵荃麟、陈荒煤等，是从社会主义现实主义文学本身出发，结合马克思唯物辩证法思想，抽象出新的美学原则来对其加以阐释，以说明其在美学上的正当性。应该说，两者通过一正一反的方式，都是对社会主义现实主义文学观念和文学批评的丰富，对于文学史、美学史而言，都有不可或缺的意义。

第二节　中国现代文学的传播媒介

一、媒介发展对文学的影响

（一）文学传播的媒介历史

1. 口语传播与文学

就人类信息传播的发展历程看，语言的产生是真正意义上的人类传播活动的开端。口语的产生不仅大大加速了人类社会进化和发展的进程，而且为文学的产生和发展提供了最基本、最常用和最灵活的传播手段，马克思将人类的思维和语言的产生，形象地比喻为“地球上最美丽的花朵”。

从传播学的角度来看，关于“语言的产生”历来有不同的见解。施拉姆在其经典名著《传播学概论》当中，曾经总结过西方学者的一些理论观点。例如“汪汪”理论，这种理论认为语言是通过模仿自然界的声音（如狗叫、

① 艾青：《艾青全集（第3卷）》，石家庄：花山文艺出版社，1991年版，第10、45页。

② 胡风：《胡风评论集（上）》，北京：人民文学出版社，1984年版，第139页。

雷鸣或波涛）而形成的。再如，“感叹理论”，这种理论认为讲话是由偶然的感情流露所产生的。或者如“唱歌理论”，这种理论认为，语言是从原始的用于传递感情和欢庆事件的歌曲中演变出来的。还有比如“呦—嗨—呵”理论，这个理论认为语言是用力、使劲发出的呼噜声音演变而来的。还有比如“约克—约克”理论，这个理论认为语言是刚好与特别重要或特别兴奋的事件有关联时发出的偶然性声音演变而来。然而，马克思主义的传播观认为：语言是人类在劳动和社会协作活动中产生的，其本身经历了一个漫长的发展过程。德国著名生理学家伽达默认为，语言本身就是一种世界观，人因为有了语言，所以有了一个“世界”，同“世界”有了一种“关系”，对世界有了一种特殊的“态度”。从文艺学原理来看，语言媒介是人类所掌握的最高形式的符号系统，它摆脱了物质直观性，可以约定俗成运用概念指称事物，构成人与世界之间的特殊符号关系。一般来说，语言媒介有两个显著特点，一是表义性；一是表象性。在历史实践的过程中，人类为了相互间进行广泛的思想感情交流，创造了语言这一交际工具。语言符号系统通过语言文字来指称某事物，创造一系列的概念术语，可以使人直接描述和传达自身的思想感情。

在口头传播的时代，文学因语言而传扬，语言因文学而丰富。翻开中外文学传播的历史，许多优秀的文学作品就是在口头传播时代应运而生的，例如古希腊的《荷马史诗》和《伊索寓言》就是其中的代表。

2. 文字传播与文学

文字出现，是人类传播发展史上的第二个里程碑。最早的文字产生于奴隶社会初期，在公元前三四千年，中国、埃及、印度和两河流域（幼发拉底河、底格里斯河），分别出现了早期的象形文字。美国历史学家巴勒克拉夫在《泰晤士报世界历史地图集》中指出：“公元前 3000 年文字发明，是文明发展中的根本性的重大事件。它使人们能够把行政文字和消息传递到遥远的地方，也就是中央政府能够把大量的人力组织起来，它还提供了记载知识并使之世代相传的手段。”巴勒克拉夫的这段话，从一个侧面概括了文字媒介对于文学传播的重要意义：第一，文字媒介克服了声音语言转瞬即逝的弱点，它能够把文学信息、文学符号长久地保存下来，人类的文学知识、文学经验的积累、文学成果的储存不再单纯地依赖人脑的有限记忆力；第二，文字媒介能够把文学信息传递到遥远的地方，打破声音语言的距离限制，扩展了人类文学交流和文学活动的空间；第三，文字媒介的出现使人类文学的传统不再依赖容易变形的神话和传说，而有了确切可靠的资料和文献依据。总之，文字媒介的产生使人类文学传播在时间和空间两个领域都发生了重大的变革。文字作为人类掌握的体外化符号系统，它的产生也大大加速了人类利用体外化媒介系统的进程。

有了文字，也就有了文字书写，继而有了手写的文学信息传播，这种传播样式突破了口头传播在时间和空间上的阻隔，可以使文学信息传播的容量更大、内容更准确、距离更远、留存的时间更长久。举例来说，我们可以从古埃及的文化遗产中看到象形文字、纸草与文学传播之间的密切关系。在早期农业文明所奠定的基础上，古埃及人展开了卓越的文化创造活动，留下了丰富的文学遗产。在国家形成之初，古埃及人就发明了图形文字，到了古王国时期又创造了成熟的象形文字。大约到了中王国初期，逐渐形成了固定的几十个字母，形成了相对完备的象形文字系统。古埃及的象形文字一向以复杂、难用而使人望尘莫及，1824 年由法国著名的学者商博良经过艰苦的深入研究，出版了《象形文字概论》一书，对古埃及象形文字进行了成功的解读，才使得它与古埃及文明重新展现于世。记录古埃及文字的书写材料也别具一格，古埃及人经过反复探索学会了用纸草、芦管和植物的浆液制作的墨水来书写文字。纸草是生长在尼罗河三角洲等地的沼泽地带的一种类似于芦苇的植物，古埃及人将纸草芯纵向劈成小条，然后将它们并排放在光滑的木板上，加以压平，再放在太阳底下晒干，就成为长长的黄色纸页；他们再把纸草粘成一个长条，卷成纸卷，就成了供书写的“纸草”。纸草的使用不仅在当时埃及流行，而且后来还不断外传，一度成为古希腊、古罗马乃至中世纪初期的主要书写材料。正是在纸草上，古埃及人留下了不少文学作品，包括诗歌、训示、小说、神话、格言、祈祷文、箴言、传记、战记等。此外，在庙墙、墓壁、石棺、石碑、雕像、岩面与陶器上的许多铭刻，刀法古朴，字形规整，具有重要的文学传播价值，生动地反映了当时文学传播状况。

文字媒介有其自身独特的传递、逸散信息的功能和方式。内蕴的多义性就是文字媒介独特性的一个重要方面。蕴藏一定的意义，贮存一定的信息，这是一般媒介所必须具有的功能特征，也是媒介可以成立的必要前提。文学艺术贵在含蓄无限，它通过有限来表现无限，通过“一”而指向“多”。而文字媒介的模糊多义性，为文学作品的表现提供了广阔的空间，使其内容的含量达到了“言有尽而意无穷”的极佳境界。雪莱在《为诗辩护》一文中指出：“诗人的语言主要是隐喻的，这就说，它指明事物间的以前尚未被人领会的关系，并且使这领会永存不朽，……如果没有新的诗人出来创造新的联想，语言就不足以表现人类交接中一切比较崇高的目的了。”事实上，透过语言文字概念的表层含义，读者可以从中体悟到人类对于宇宙人生的玄思冥想。文学作品的创作者在有限语言结构之中，注入一种无限的宇宙意识。意蕴是无穷的，指向是无尽的，感受是朦胧的，吟唱着它，你只有默默地体会和参悟。由于文字媒介具有内蕴多义性的特征和功能，文学创作主体在进行文学创作时就一定要注意到这种特性的存在；而文学的欣赏者在欣赏文学作品时，也应该打破惯常的一般媒介观念，从审美接受的角度，发挥审美欣赏的创造力，穿透有限的表层媒介职能，去领悟媒介深层的内蕴，这样才能体验到艺术的极致境界。

3. 电子传播与文学

电子媒介的出现是人类传播史上的又一个里程碑，给人类社会带来了深远而巨大的影响。早在十六世纪，人类就对电磁通信发生了浓厚兴趣。电子时代的传播形式对传统文学创作和文学体制产生了强大的冲击，同时为文学的发展与变迁提供了崭新的奇迹。

传统的文学呈现渠道与现代电子传播渠道的结合，产生了一股“合力”。这种“合力”使得文学影响的范围更广，传扬的领域更大。特别是现代大众传播媒介的介入，使得文学的价值再一次被重估和彰显。具体来说，每一种电子媒介的出现和广泛应用，都会使文学面临一次新的机遇和挑战。电报的发明使得文字信息的传递可以超越高山大海的阻隔，瞬间散布、广为播撒；广播媒介的有声语言传递，为文字的传播提供了表达生动的舞台，许多文学作品成为广播节目中的重要内容；电视媒介的普及，提升了文学的影响力和美誉度，文学不仅成为电视媒介的内容构成，而且文学作品的魅力被电视媒介所看重和利用，成为电视运营机构编制传播内容“取之不尽、用之不竭”的养分源泉。

4. 网络传播与文学

网络传播是指通过电子计算机网络所进行的信息传输和交流过程，这是一种以地空合一的信息高速通道作为传输渠道，以功能齐全的多媒体电脑作为收发媒体的极具开放性的传播活动。网络传播的实现，有赖于三个方面的技术发展和进步：第一个方面是由于计算机技术的进步，自从1946年世界上第一台电子计算机问世以来，经过70多年的发展，这项技术有了极大的提高，1981年世界上出现了第一台个人计算机（PC）以后，这一高科技产品迅速进入千家万户，渗入到社会生活的各个领域，如今个人计算机已经能以极快的速度处理巨量的多媒体信息；第二个方面是由于通信技术的发达，二十世纪末期通信技术的突飞猛进，使得微波、卫星、光缆成为当今信息传输的三大支柱，各国的微波线路四通八达，太空中各类通信卫星星罗棋布，欧美发达国家国内中继干线已经完成由同轴电缆向传输容量更大、速度更快的光缆的转换，国际间的海底光缆、越洋光缆也在不断地铺设中；第三个方面是由于网络技术的发达，当今世界上覆盖面最大、应用最广泛的计算机网络便是因特网（Internet），因特网起源于1969年美国国防部创办的阿帕计算机网（ARPAnct），1986年美国国家科学基金会（NSF）建立网络连接全国所有的大学和科研机构，1993年因特网对公众开放并在全世界范围内迅速扩张，最终使得这个网络成为世纪之交最先进、最有发展潜力的国际信息传播渠道。

网络传播信息的方式很多，目前比较常见的主要有三类：第一类是网络浏览（或信息检索），浏览和检索的基本手段主要是万维网（World Wide Web），这是美国国家超级计算机应用中心于1993年开发并逐步加以完善的超文本、超媒体浏览工具，借助于它用户可以自如地从一个文本转换到另一个文本，从文本资料转向音像资料，从而快捷方便地从网上浏览、采集、复制各种信息；第二类是电子邮件，职业和非职业的传播者都可以通过因特网像寄信那样将信息传送给某个人或某些人，传送方式可以是“点对面”，也可以是“点对点”，目前该种网络传播方式已经十分普遍和流行；第三类是电子论坛，这是在网络上设立的交流各种信息和观点的场所，具体名称有很多的差别和变化，比如“新闻讨论组”（Usenet News）、“电子公告板”（Bulletin Board System）等，往往是某些机构、团体、群体设立的自由传播信息和观点的场所，是一种不受时空限制的“观点的自由市场”。

网络时代的传播形式对传统的文学传播形式产生了强大的冲击。正如人们所看到的那样，计算机网络的出现正在为文学的发展提供一个更为广大的空间，“网络文学”的兴盛使得文学发展呈现出异彩纷呈、变化莫测的态势。网络文学的发表仅仅是按动鼠标把自己的作品送上电子公告牌；编辑、印刷成本、权威批评家或者文化管理部门均已无法制造障碍。网络空间提供了一种崭新的文学社会学。许多遭受文学体制压抑和遮蔽的声音得到了出其不意的释放。网络已经不再是控制在文化精英手中的公共空间了。某种意义上可以说，网络文学似乎返回到了文学的原始状态：人人都可以无拘无束地利用文学形式抒情言志，或者叙述种种白日梦。网络文学废除了经典体系派生的种种规则，包括作家的身份。众多的声音一拥而上，坦然地踞守自己的一方空间。这时，网络空间作品时常是一种即时性消费；没有多少写作者像推敲经典那样精益求精。文学体制的撤除、作家身份的丧失是与精英或者经典那种载入史册的渴求背道而驰的。这将为新型的文学演进制造一个前所未有的表演平台。

（二）媒介发展对文学的影响

在传统的传播学研究中，一般将信息传播者与信息接收者之间相互进行信息交流的诸种途径、手段、方式称为“渠道”（channels），而将扩大人类信息交流能力的传播中介物称为“媒介”（media）。人类传播活动、传播媒介的发展是与生产力的发展协调一致的，客观上推动了人类社会各方面的进步，当然，对文学进步的影响也不例外。

1. 媒介发展为文学的进步开辟道路

在人类社会历史前期，文学的创作与传播都是凭借一系列原始而简单的手段进行的。远古时期，人类面对异常艰苦的生存环境，改造世界的能力极为有限，文学活动也受到了极大的限制。这个时期，文学的幼苗艰难地生长于人类与自然斗争的险恶环境中，依靠“口耳相传”，并借助于“手势体态”，在有限的时空内传承。尽管口头语言具有把声音同它所指的对象分离的特征，但作为一种传播手段仍然不能离开发出声音的“人”而独立存在；况且，口语传递文学信息需要依赖人的记忆，信息保存比较艰难，信息流传的精确性也大打折扣。文字的产生以及书写工具、材料的应用，将文学传播提升到另一个前所未有的高度，进而在客观上为文学的繁荣和发展铺平了道路。

十九世纪末、二十世纪初以来，电子媒介的出现和普及不仅迅速提高了文学传播的速度和广度，还催生了许多新鲜的文学传播样式。“电影剧本”“电视脚本”“广播文稿”这些在电子媒介环境下应运而生的新事物，丰富和完善了文学的呈现类型。电子媒介的进步，促进了文学的进步；反过来，文学的进步又丰富了电子媒介的内容。曾几何时，传统的经典文学作品成为广播联播节目和电视文艺节目内容构成；时至今日，文学创作与现代电子传播的联姻艺术仍然散发出挥之不去的魅力。二十世纪末以来，以“网络技术”为代表的数字化技术得到了极大的推广和普及，从而彻底动摇了文学创作的传统情境，并以其急速、莫测的变革势头缔造着前所未有的、更为崭新的文学传播新时期。“网络文学”的方兴未艾、“博客写作”的异军突起，伴随着传统文学体制的松动和解体，在新媒介环境下，文学的发展正面临着异乎寻常的机遇和挑战，同时也蕴含着不可限量的发展前景。

2. 媒介发展促进文学接受主体的变革

显然，从传播媒介演进与文学进步发展的互动关系上看，文学传播活动大致经过了口头传播—文字传播—印刷传播—电子传播—网络传播等几个历史阶段，每种主导的传播媒介都与当时的科学技术发展水平密切相关。如果我们把视角转换一下，从文学传播接受主体的角度观察问题，则不难发现：文学传播媒介的每一次进步和发展，都对文学接受主体发挥着深远的变革作用。

原始形态的文学传播受到“口耳相传”的制约，其接受主体的数量不会特别庞大，文学传播的影响范围也十分有限。文字媒介弥补了口头传播“转瞬即逝”的弱点，在相当大的程度上促进了文学遗产的传承。但是文字媒介以及后来的印刷媒介在成就文学传播“流芳百世”之时，也为文学传播制造了一个不可忽视的“传播门槛”，即“接受主体是否识字?”“具备什么样的文化程度?”从此之后，识字多少、知识水平等文化因素成为限制文学传播接受人群不断扩大的“瓶颈”——作品的精妙构思、字里行间的匠心独运、深邃的思想内涵等文学内容都需要经由专门的“文学修养”才能被解读和吸收，此时的文学传播与信息接收成为“有知识者”的特权。电子媒介的“声情并茂”在相当程度上降低了人们在接受文学信息传播时的“门槛”，正如加拿大著名传播学家麦克卢汉所言：我们应该举双手欢迎电视时代的到来，因为电视恢复了人的本性，报刊书籍把活字一行行地印在纸上，造成人们直线型、平面型的思维方式，妨碍人们像现实生活中那样立体地认识世界；而且无情地剥夺了小孩儿、文盲接触媒介的权利，正是凭借电视，一举克服了这些缺陷。

新媒介环境下的文学传播，更加鲜明地体现出对文学接受主体全方位、多角度的影响与互动。同传统的文学接受过程相比，新媒介环境下的文学传播具有了一些新的特点：崭新的文学创作主体和多元化的文学文本；全新的阅读环境和迅捷的互动交流平台。新媒介环境下文学创作主体总体地位的下移，造成了文学传播从“阳春白雪”的“高雅传播”到“下里巴人”的“大众传播”，文学传播的总体对象发生了深刻变化。除此之外，“书本阅读”逐渐为“电子阅读”所取代，使得文学接受者的自由性和自主性得到极大舒展；接受者社会角色的转换也带来了阅读动机的多样化，审美性的、娱乐性的、补偿性的动机形形色色。更为重要的是，新媒介环境产生的“虚拟情境”，打破了传统社会人们的固定的社会角色定位，文学接受主体本身角色定位的随意性更大，信息选择的自由度更高。另外，新媒介环境带来的文学传播“信息爆炸”甚至是“信息泛滥”的结果也特别值得深思，从某种意义看新媒介环境下的文学传播比传统的书本式的文学传播更容易使人“疲劳”；还有在追逐大众文化和市场价值的思想左右下，新媒介环境下的文学传播也往往体现出明显的“逐利”倾向，“逐利”的文学传播将会有害于接受主体审美修养的提高，文学传播提升受众审美水平的传统使命被消解。但问题是，新媒介技术也为真正实现文学创作主体与接受主体的充分交流和互动开辟了令人欢欣鼓舞的乐观前景。

（三）新媒介环境下文学传播面临的机遇和挑战

在人类社会及其文学传播一道走进“数字化生存”的今天，文学传播的审美历程是否具有传统意义上的不断“进步性”？新媒介环境下的文学传播是否保持了人类既定的审美旨趣？评价文学作品的标准是看重其“艺术”的人文性内涵还是执迷其“技术”工具的幻象创造？都成为必须仔细考辨和斟酌的课题。被称作“第四媒体”的计算机网络借助先进的电子信息技术，已日渐把自己塑造成了一呼百应的“偶像”，这使得“媒介技术决定论”和“技术沙文主义”又有了滋生的土壤，并可能导致“技术理性”的横行无忌，造成人文价值理性的遮蔽和冷落。于是我们看到，新媒介技术“双刃剑”的特性显露无遗。新媒介环境下文学传播面临的机遇和挑战至少涉及如下几个方面：

一是“游戏冲动”对“审美动机”的消解。新媒介环境下文学创作主体构成的多元化，造成了文学创作的“泛化”甚至“边缘化”，文学虽然不再是特殊人群的特权，但也逐渐淡化了强烈的审美旨趣。以网络文学为例，网络文学写作的“发轫者”们多数不是搞文学的，甚至不是搞“文”的，大多属于文学边缘人群或业余文学爱好者——学水利的痞子蔡、学通讯的邢育森、学金融的安妮宝贝和宁财神、学理工出身的李寻欢、画家出身的恩雅、在外企工作的黑可可等。上网休闲、摆弄文学的“无心插柳”其实质更多的是游戏冲动，而非审美动机。从技术的角度来说，新媒介传播尤其是网络传播更适于艺术中的游戏倾向，它追求光影之间的感官效果，很容易消解人们心中对于永恒性的崇拜，进而使原先向往纯美与崇高的理性思维麻木。从积极的角度来看，“游戏”是张扬个性、使人性解放的有效手段；但对“拖动鼠标与网络共舞”的游戏冲动的偏执创造，难免会动摇责任与道义、松懈意志和旨趣，可能使文学艺术活动失去庄重和崇高，乃至抛弃价值和意义，最终使创作始于游戏而止于游戏。

二是“技术智慧”对“艺术规律”的消解。新媒介说到底是一门新技术，新时代的文学传播与传统文学传播的区别首先是由技术载体的分野引起的。“以机换笔”“软载体飘移”“无纸传播”“蛛网覆盖”“交互式欣赏”“虚拟现实”等，这些文学传播新现象都是基于新技术背景而出现的。但新媒介技术不等于艺术，技术优势不等于文学强势。也许有人会说，新媒介会改变文学的载体和传播方式，会改变读者阅读的习惯，会改变作者的视野、心态、思维方式和表现方式，但问题的关键在于它能否改变文学本身？说到底，文学源于生活积累、源于精神创造，而非源于技术，技术只是艺术借助的工具、手段罢了。虽然在文学艺术的发展历史上艺术起源于“技艺”，但艺术一旦从“技艺”中剥离出来就超越了“技艺”，提升了自己的精神创造性而朝着价值理性迈进。无论新媒介技术多么神奇，它仍然只是技术而不是艺术，它永远代替不了艺术本身。

三是“工具理性”对“价值理性”的消解。工具理性是一种以工具崇拜和技术主义为生存目标的价值观，而价值理性是以人的意义、人生的追求、目的、理想、信念、道德，以及人性的终极关怀为皈依的人文精神。所谓“形而上谓之道、形而下谓之器”，工具理性着眼于“器”与“物”的因素和目的，价值理性则关注于“道”的宗旨和“人”的因素，它们往往是两种相互对立的价值观及其认知方式。新媒介技术的泛化和至上化所引发的“工具理性”具有一种见物不见人、重器不重道的实用主义技术观倾向。技术决定论导致的主客分立的二元论出现，导致技术成为一种异己的、破坏性的力量横陈在人类面前，禁锢着人的生存价值和意义，新媒介技术作为文学的“工具”，是人类迄今为止发表作品最容易、传播作品最便捷的技术载体；尤其是在数字化技术所营造的虚拟空间里，人们可以“秀才不出门、便知天下事”，可以“运筹于帷幄之中”，可以实现“天涯变咫尺”的情景，可以实现不必依赖于自身的亲感、亲为就能够认识世界的结果。从这个角度来看，新媒介技术的虚拟性与艺术创作的虚构性和想象性有共通的一面，这对文学创作是有利的；但另一方面，由于新媒介技术的新奇和玄妙，又可能使人们陷入技术工具的黑洞而不能自拔，进而迷失文学艺术的本性，误将虚拟的技术符号当作普遍的真实价值，其严重后果是可能将人类导向意义和价值虚无的危途。因为在新媒介情境下的文学创作和文学传播，电子化的工业流程与大众化的价值追求容易造成普遍化、标准化、纯数量化的时空模式，“数字化生存”掩盖了真实的生存图景，非自然、非人性的成分引入时间、意识、理性、历史的世界之中，并运用超文本或超媒体符号思维的外在干预，形成自然呈现的中断和价值理性的阻隔，不仅导致新媒介工具人为而任意地对人的愿望的生产，而且带来文学艺术对人性的遮蔽和对人文的偏离。

总之，传播媒介是一把“双刃剑”，既有对文学传播发展有利的一面，也有不利的一面。当我们从人类文明进步和文学传播进步的角度探讨传播媒介与文学的关系时，需要坚守的仍然是人文本位和审美立场，反对以技术主义替代精神创造和人文价值；反对工具理性替代价值理性；反对技术决定论，尊重文学艺术的终极追求，毕竟文学艺术是人类的精神家园。同时我们也欣喜地看到，乘着传播媒介技术的翅膀，文学传播必将飞行得更高、更远。

二、传播学与中国现代文学

传播学作为一个独立的学科在近年来的兴起是中国学术研究中一个值得注目的现象。中国现代文学，从某种意义上说来，其本身就是与文学媒体的变化紧密联系在一起的。没有现代印刷业的发展，没有从近代以来逐渐繁荣发展起来的报纸杂志，就没有五四文学革新。实际上，现代小品散文的繁荣，现代杂文的产生，诗歌绝对统治地位的丧失，小说地位的提高，中国话剧艺术表演性能的一度弱化与阅读性能的一度加强，莫不与现代报纸杂志这种主要传播媒体的特征息息相关。即使说现代白话文就是适应现代报刊的需要发展起来的，也不为过。

但是，在我们将传播学理论引入中国现代文学研究的时候，也存在着一个重要问题，即中国新文学发展的特殊环境条件以及与传媒的特殊关系。总体说来，谁能够把握住文学发展的潮头，谁能够首先推出体现文学发展新趋向的杰出文学作品，谁就能获得更好的经济效益，其媒体的社会影响力也就更大。在不同派别的文学中，有些是传统手法的沿袭，有些是新的艺术形式的探索，但在新与旧之间并没有一个不可逾越的鸿沟，由古典主义到浪漫主义、现实主义、现代主义、后现代主义的发展演变过程是连续的，但又是递进的。不论是其连续性还是其递进性，都是以杰出的文学作品为标志，不是以理论的说辞或作品的数量为标志。到了当代社会，媒体的主动性加强了，媒体的选择在有形与无形间影响着文学作品的生产。但媒体的选择仍然是有层次性的，大量的畅销书满足着广大社会群众的审美趣味、也能够获得较好的经济效益，但这类书籍的出版并不意味着对杰出文学作品的拒绝，并不意味着媒体就将这些畅销书当作最优秀的文学作品。也就是说，商业价值与审美价值并不处于尖锐对立的情势中，文学及其价值还是有着相对统一的标准的。

在中国古代，媒体的作用相对较小，高雅的诗文是通过创作者之间的直接交流获得其传播的。宋代以后，印刷业发展起来，虽然正统诗文是有确定的价值标准的，但出版业没有自己独立的选择标准。小说、戏剧这样一些在当时被视为“低俗”的文学形式发展起来，它们的传播在更大程度上依靠媒体，但媒体对它们的重视却仅仅在其商业价值，而不在于它们的文学价值。作者和读者也都主要从休闲娱乐的角度对待这样一些作品。所以，在文学从上层逐渐向中下层浸润的过程中，媒体发挥着自己的作用，但并没有大的主动性。是文学带动媒体，而不是媒体带动文学。

中国现代文学就其性质而言是中国现代的社会文学，亦即它是在中国现代社会联系中发生和发展着的文学，但在实际的传播范围和影响力上，它却不具有西方文学和中国古代文学那样广泛的社会性。它是由少数留学生创立的一种新的性质的文学，但在中国社会中却没有广泛的社会文化基础。广大无文化的群众几乎不是文学的受众，各种民间文艺形式起到调节他们物质生活的部分作用，但所有文艺性的生活都不是他们生活中不可或缺的有机组成部分。在社会政治领域、经济领域乃至在高层知识分子之中，有着不同于新文学的另一种文学，那就是中国古代的文学。中国是一个有着悠久的文学历史传统的国家，在数千年的历史中积累了大量各种形式的文学作品。在高层的知识分子之中，中国古代正统的文化和文学是其主要的欣赏和研究对象，他们的文化观念和审美趣味也是在这样一种文学的基础上形成的，新文学几乎不在他们的文化视野之内。在政治领域，中国高层知识分子的文化观念和审美趣味是主导，这种文化观念和审美趣味与现实政治的需要也有更加协调的关系，新文学及其作家与现实政治的需要有着更加明显的距离，有时甚至表现为公开的矛盾和对立。在刚刚形成的现代经济领域，虽然也会表现出对现代文学的某些兴趣，但就其实质，更是从商业经营的角度出发的，而不是他们实际文化观念和审美趣味的反映。就其主导倾向，他们的文化观念和审美趣味更属于中国古代非正统的消闲文化和娱乐文化。他们对新文学发展构成的压力不是政治的，而是经济的，并通过媒体而发挥其实际作用。在相当长的时间里，接受新文学的几乎只是少数爱好文学的青年学生，即使他们毕业之后进入政治、军事、经济等社会领域，也常常因为现实的需要、观念的变化而走到与新文学观念相反对的社会立场上去。这样，政治、经济、文学在中国现代社会就形成了三足鼎立的态势，它们对文学的感受和理解是各不相同的，有各自独立的文化和文学的价值标准，这种不同有时是隐蔽的，有时则表现为公开的矛盾。所有这些矛盾，到了中国现代文学的传播媒体这里，都集中起来，明确化起来，这就使中国现代文学的传播媒体有着截然不同的特征。

文化传播媒体，就其社会作用，是文化的，但就其自身的基础，则是经济的。政治则可以用国家权力的手段控制媒体的经济命脉，或者给以经济的资助，或者禁止其发行，断绝其经济的来源。在社会的文学基础观念相对统一的情况下，媒体的主要意向就是把握文学发展的最新动态，了解读者阅读趣味的新动向，并利用尽量先进的科技手段实现传播手段的现代化。但在政治、经济、文化三种不同力量的冲突格局中，媒体就有了三种不同的选择方式，并且这三种不同的选择方式都不可能是完美无缺的，都必须付出其中一个或两个方面的牺牲。你要保证经济上的高利润，就必须迎合经济领域和广大市民阶层的审美趣味，扩大发行量，但这同时也就必须牺牲自己严肃的文学追求，牺牲自己高雅的社会声誉和国家权力的政治保护。现代文学史上的鸳鸯蝴蝶派文学杂志坚持的就是这样一种办刊方针：你要将自己置于政治权力的直接保护之下，你就必须始终坚持为现实政治服务的原则，用文学的手段实现政治宣传的目标，这不但要放弃文学的独立性和新文学的精神价值追求，有时也会影响自己的经济收入，使自己更严重地依赖在国家的经济资助上。二十世纪三十年代“民族主义文学”派的文学杂志走的就是这样一条文化道路：你要坚持知识分子的独立精神和新文学的精神价值，你不但会失去国家政治的有效保护，时时准备承担政治上的压力，还必须克服自身的经济困难。像《前哨》《申报·自由谈》，像《七月》《希望》，走的就是这样一个文学的独木桥。当然，更多的文学传播媒体走的不是这样一些极端的道路，但在其内部，同样汇集着这三种不同的力量，同样有一个寻找这三种力量的平衡点的内部张力关系。中国现代文学传播媒体的普遍的内部紧张性，恐怕是在中国古代和西方都极少能够遇到的。

面对中国现代文学传播媒体内部的这种紧张性，传播学的研究理所当然要以传播媒体的存在和发展为主要衡量标准。在这样一种艰难的环境中，那些能够找到尽量维持自身的生命并为现代文学的发展做出更多贡献的传播媒体，自然就是成功的传播媒体。但到了我们现代文学研究界，到了把传播学的理论运用于中国现代文学研究，其基点就必须有一个根本的转移：它不是以媒体自身的生存和发展为基本前提，而是以中国现代文学的生存和发展为基本前提。

三、文学传播内容分析

（一）文学传播的易读性分析

易读性译自英文 readability。最初的定义是“由写作方式导致的了解或理解的难易程度”。影响理解文章难易程度的不仅仅局限于句子平均长度、生僻词语出现比率之类的写作形式，标点符号的运用、文章段落的划分、小标题的使用、插图的添加等都会影响到读者对文章的理解。由于篇幅的限制，本文只能选择最有代表性的句子长度、插图、标点符号、文体、语体、辅助文字信息来分析文学作品的易读性。

1. 句子长度与文学作品易读性的相互关系

我们知道如果一个句子在主语、谓语、宾语俱全的前提之下，增加定语、状语、补语会提高作者表情达意的严密性。但是，这种长句对于阅读者来说，却是一种不小的挑战。这要求读者在阅读过程中加大记忆的投入，尽量保持长句在大脑记忆中的完整性，同时还要努力提炼出句子的主干，不要为修饰语所干扰。如果读者稍不留神，就可能因为过多信息的同时输入而忘记逻辑顺序，或者只记住当前信息而忘却前面的信息，无法形成整体印象。因此，很多传播学者都将句子长度，作为衡量文章难度的标准。

当然，对于哲学著作或科技论文而言，这种长句子是十分必要的，因为这些学科本身具有严谨性的特点和要求。但是，对于作为休闲娱乐工具的文学书籍来说，这种严密的造句形式不仅显得没有必要，还会阻碍大众对文学作品的接受。

2. 插图与文学作品易读性的相互关系

巴甫洛夫的两个信号系统学说认为“发展着的动物界在达到人类的阶段时，就获得了一个对于神经活动的机制的特殊附加物。对于动物来说，差不多只有直接达到视觉、听觉以及机体的其他感受器的特殊细胞的刺激和这些刺激在大脑两半球内所留下的痕迹，才对现实起着信号的作用。这就是我们自己也具有的那些从一般自然环境和我们的社会环境所得出的印象、感觉和表象，只有听到的和看见的词例外。这一现实的第一信号系统，是我们和动物所共有的。但是词却组成了我们所特有的现实的第二信号系统，这是第一信号的信号。词所产生的许多刺激作用，一方面使我们超脱现实，因此，我们应当经常记住这一点，以免歪曲了我们和现实的关系；另一方面，也就是词使我们变成了人”。

这一学说启示我们，阅读所面对的是抽象的文字符号系统，是我们人类后天习得的能力，需要借助后天的培训教育才可以掌握。而与文字相对地对现实信息进行复制的图画，它更接近于原生态的客观事物，有着直观形象的特点，不需要复杂的解码和演绎，不需要借助后天的教育就可以理解其中的含义，应该说更接近于人的第一信号系统。因此，图画相对于文字更容易为信息接收者所理解。

3. 标点符号与文学作品易读性的相互关系

标点符号有狭义和广义之分，狭义的标点符号是指约定俗成的，有别于文字的书写符号，比如句号、分号等。广义是指起标点符号作用的技术手段，如分段词与词之间的空隙，以及改变字体等。不论狭义还是广义的标点符号都是辅助文字记录语言的手段，是书面语的有机组成部分，都具有帮助读者理解文本的作用。

影视界经常使用蒙太奇技术，把一组画面按照不同的顺序衔接起来，就可以表达出各种不同的意义。其实，文本的构成也运用了这种蒙太奇技巧。人们按照不同的顺序将文字组接起来，也能表达出千变万化的含义。这也是为什么几千个汉字或英文单词就基本可以完成日常信息交流任务的奥秘。但是，文字按照一定的顺序组接，通过不同的断句方式，还有可能幻化出不同的含义。

所谓的误读，实际就是没有准确理解文章作者原本要传达的信息。虽然，有时候断句的失误只造成局部的误读，可以通过上下文的联系，加以纠正，但这也影响了文本理解的速度，也同样是降低了易读性。因此，标点符号的发明和完善，应该是易读性发展史上的一件大事，而我们在创作文学作品的过程中，也应该注意标点符号的运用，以提高文章的易读性。

4. 文体与文本易读性的相互关系

文字产生之前，人类的信息交流和保存主要采取的是口耳相传的人际传播形式。关于宇宙起源、人类的诞生、自然界的种种现象和对现实生活的理解，家族或者国家历史等方面的信息最初可能只是由部落或者家庭中的年长者负责记忆和传播。我国西南少数民族的一些没有文字村寨的老人能够向上记忆几十代祖先的姓名，并将其传授给年轻一代的事实，是最好的证明。后来，随着组织的扩大，信息的增多，这一任务逐渐由专人承担，也就是我们在史书中经常见到的祭司、史官、教师等。但是，伴随着人类的发展和进步，需要记忆传播的信息越来越多，这对于人的记忆力是个相当大的考验。

5. 语体与文学作品易读性的相互关系

人类是具有思维和语言能力的高级动物。而语言是思维的外在表现形式，人们的一言一行无不是受思维的控制。从这种意义上说，语言是作为思维的工具而存在的。而文字是在语言诞生很长时间以后，为了弥补语言交流的缺陷而出现的。文字是用来记录语言的视觉符号系统，通过作用于人的视觉器官辅助语言进行交际，是工具的工具。正如索绪尔所说，语言和文字是符号的两个不同的系统，后者唯一存在的理由是在于表征前者。

因此，如果我们在阅读文学作品的时候，文字与日常用语联系越紧密，文字被翻译成语言的过程越简洁，那么，我们理解的速度和准确性就更高，文本的易读性也就越高。相反，如果作品中的文字表达方式与我们日常的语言交流方式完全不同，或者差距甚大，就会造成理解的速度缓慢，甚至理解错误，这样也就降低易读性。人类的书面用语经历了由文言（超越于写作时代日常用语的书面语言）到白话（与写作时代的日常用语一致的书面语言）的转变。这种转变在我国体现在白话文学作品逐渐兴起并取代文言作品。在欧洲主要表现在欧洲各国由最初的统一使用拉丁文写作，发展成使用本民族的语言文字写作。

既然文言文就是一种脱离于日常交流用语的语体，而白话却是对现实语言的直接复制。那么，读者在阅读文言文时，必须首先将文言文破译成日常用语，再进行理解。对于用白话写作的文学作品而言，只要读者掌握了文字以后就可以直接将其翻译成语言加以理解。

6. 辅助文字信息与文学作品易读性的相互关系

当读者最初阅读文学作品的时候，基本上处在作者所要表达的思想或者意图一无所知的基础上。如果文章篇幅过长，所承载的信息量很大，往往会使读者结束阅读活动以后不得其中要领，没有理解作者所要传达的中心思想和主要内容。

认知心理学认为，在多种信息并存的情况之下，经过强调的信息将会更容易被信息接收者掌握。为此，文学作品中增加一些必要的大标题、小标题、图示表格将其中的部分信息以十分醒目的形式、十分精练的词语抢在其他信息符号之前跃入读者的眼中，或者以导读、内容提示、目录等凝练的语言形式总结文章的总体信息，附在正文之前，会使读者在以后阅读正文时有按图索骥之感，对整个作品的理解就既快速又准确了。

（二）文学传播内容的社会理性因素

既然我们承认文学来源于生活，是对生活的反映。而不断地认识世界、改造世界，又是人类的生活中不可或缺的部分。那么，作为人类认识世界、改造世界这些理性认知成果，无疑会成为文学的反映对象，那么，这种理性认知成果都包括什么？我们可以通过对传播功能的分析获得这个问题的答案。传播的功能从大的方面划分为实用性功能和消遣性功能。所谓的实用性功能，就是将传播活动看作一种工具，就如同日常所见的杯盘、刀叉等，能够为人类的生活和工作带来便捷或帮助。如果将这一功能进行细化，还可以分为监测环境、协调关系、传承文化。

所谓的监测环境，就是指传播者通过媒介传播新闻性的消息来提示人们所处的社会环境或自然环境出现了哪些变化，起到群体哨兵的作用。现代生活中，这一功能主要为传播新闻的媒体所承担。但是，文学作品也是一种常见的“岗哨”。文学的创作者们利用自己犀利的目光审视着整个世界，通过理性的思维，捕捉这个社会出现的异常、变动，并用文学的形式加以包装，呈现给大众。使他们的目光随之转移，关注某一社会现象，并寻求回避、解决或者适应的途径。虽然文学要经过长时间的艺术加工，不像新闻作品那样直接和客观。但是，文学作品反映问题却比新闻作品更集中，更有代表性，也更易于为人们所接受。

传播所具有的协调关系的功能，主要是传播者通过传授劝服性信息来完成的。对于文学作品而言，创作者总要通过对某一题材的表现来宣扬自己的主张、认知、评价。具体表现为统治思想、社会公认的道德规范、行为准则、宗教思想、革命改革主张、哲学观点等。而这些都是作者个人或者某个阶级阶层对社会问题的理性认知成果。

传播所具有的传承文化的功能，主要是通过传授教育性信息来完成的。而这种教育性信息指的是社会积累的知识或者外来文化。按照传统观念，教育性信息一般是由教科书、史书、科技图书等文献传播。实际并非如此，文学作品之中所包含的知识是非常丰富的。

文学作品的这种传播知识的功能还可以进一步拓展空间，尤其在古代社会，简直成为人们了解外部世界的最主要途径。

四、文学传播的市场化与平民化

（一）文学传播的市场化

文学传播的市场化至少存在两个前提。其一是铅字排版、机器印刷的技术现代化，这使文学作品的大批量生产和出版成为可能，也是文学商品化的技术保证。其二是文学作品的商品化，也即文学的“买”“卖”。这不但与职业作家的出现有关，而且和刊登文学作品的载体的商业化紧密结合。经营性和营利性的报纸、杂志遵循市场规律而存在，它的内容也是根据市场需要而设置的。因此，报纸副刊和文学作品的受欢迎程度，便成了影响报刊生命力的晴雨表。从清末民初文学市场化的实践来看，文学作品的商品化，最基本一点就是对读者口味的追逐，面向生活，适应市场。

传统的书籍生产，以手工操作、雕版印刷为主，速度缓慢，工程浩大，费用昂贵，因而出版物的价格一直居高不下，普通百姓难以企及。随着现代传播业的萌芽和发展，不但引入了铅印、石印，而且，印刷技术也从手摇印刷发展到机器印刷。所以，报刊和书籍的大批量、快速生产成为现实，出版物的价格也大大地降了下来。

（二）阅读群体的平民化

以现代报刊为例，最初的读者相当有限，主要是普通市民、落魄文人，这是因为士大夫阶层普遍对报刊是排斥的。只有沿海商埠的工商业者、市民，既少受传统观念的羁绊，又粗识文字，具备读报的能力。另外，报纸的传播也能满足他们对商业信息、市井文化的需求。所以，他们成为早期报刊的读者。稍微能阅读报纸的人，“不过喜看盗案、奸淫案之类新闻，农民则不知有所谓报纸”。由此可见，报刊在当时遇到的抵制相当厉害。虽然士大夫阶层也有像林则徐、魏源等一班对报刊作用非常重视的人，但毕竟只占少数，整个士大夫阶层对报刊是排斥的。所以，早期报刊便只能以新兴的市民阶层为主要读者。

市场规律像只看不见的手，操作、制约、支配着近代报刊出版事业这一文化传播的重要载体，使之与社会变革紧密结合并日益世俗化，而不再局限于某一阶层。从社会变革现实来说，为数众多的士大夫、落魄文人、新式学堂的毕业生、职员、商贩以及逐渐形成的市民阶层、准市民阶层，不仅分布在都市，而且也已延伸到城市周围的城镇。而这样一个大众化的受众体，对文化传播的需要当然是多元化的。

最后一点要说的是，文学受众的变革，尽管是由于创作者身份的普泛化、现代传播媒介的参与和市场化带来的，但它同时又有力地反作用于文学的创作，从而使文学创作完全按照市场和受众的需要来生产，极大地影响了文学观念、主题、艺术手法等诸多方面的变革，使之更加多元化。这就是文化制导系统的变革所带来的文学生态内部的互动。

五、现代传媒视野中的中国现代文学

现代传媒与中国现代文学之间存在着非常紧密的关系，现代文学的产生在很大程度上需要归功于现代传媒的影响，其是通过期刊、报纸、杂志、广播等传媒呈现在人们面前的，现代传媒不但强化了现代文学的传播，也是现代文学质变的重要添加因素。现代传媒为中国现代知识分子提供了一个优良的文化思想、人生感悟、社会洞察表达媒介，现代文学的发展则反之为现代传媒的发展提供了重要的驱动力量，使两者均在很大程度上实现了内容和形式的发展进步。

（一）中国现代文学与现代传媒之间的关系

在文学作品的传播过程中，媒介发挥着非常重要的传播作用，没有媒介支撑的文学作品必然无法为社会民众所传诵、所熟知。现代传媒是中国现代文学的重要载体，其为现代文学的发展提供了重要的传播途径，如果没有现代传媒的报纸、杂志、期刊，现代文学也便没有了藏身之处。现代传播的扩大和发展离不开数量众多、类别不一的文学作品，这就需要众多的文学作家积极投身于作品创作中来，用现代文学作品抒发自己内心深处的情感、表达自身切身之想法，进而让社会民众接触和传诵更多的优良文学作品，以更好、更有效地满足社会受众的精神文化需求。在文学作品的创造者——作者和文学作品的接受者——受众之间，现代传媒发挥着非常重要的桥梁和纽带作用，其一方面能让受众通过接触传媒载体了解和熟知更多的文学作品；另一方面通过报纸、期刊和杂志，将作者对社会热点事件的看法和观点传达给广大社会受众，让现代文学拥有更大的文化空间，一个逐渐公开化、社会化的大空间，正如伟大导师毛泽东同志曾经说过的那样，我们的文学艺术均是为广大人民群众所使用和所创作的。在期刊、杂志、报纸的阅读过程中，读者是积极选择者，而非被动接受者，在文学作品的实际创作过程中，作者应注重文学作品的积极、科学、健康发展，根据受众的阅读偏好和自身的创作条件不断地进行写作方式、写作内容的调整，以更好、更有效地满足广大受众群体的阅读需求。此外，现代传媒还可以为现代文学作品的创作提供大量的素材、背景，让现代文学更为贴近受众日常生活，使其自身产生更好的发展。同时，现代文学的发展和进步也在很大程度上推动着现代传媒的变化和发展。在作品创作的过程中，现代文学作品的作者具有很强的主观性和随意性，完全根据传媒的要求针对性地进行文学作品创作的概率很低，这就迫使现代传媒逐渐开始向现代文学作品靠近，现代文学作品在传媒选择的过程中，也会积极地与其进行沟通协商，以求双方的互相适应，共同进步、一起发展。例如，随笔内容在《新青年》中的加入，人性化、随意性不断提升的《语丝》，均是现代传媒与中国现代文学有效结合、共同发展的体现。

（二）中国现代文学和现代传媒的语言因素

文学表达的形式在于语言，语言是文学作品产生和传播的基本媒介形式。语言的发展会受到传播媒介的限制和约束，但也离不开传媒的支撑。在现代传媒信息传递中，简洁明了的语言符合受众的阅读要求，也适应现代社会的发展，并随着社会的进步逐渐占据传媒的主体地位，而现代传媒的发展则又同时为明了的语言传播提供良好的传播平台，进而能通过语言向社会民众提供更多的知识内容，进行教育普及。随着经济的发展和科技的进步，现代传媒获得了新的发展生机，特别是现代报纸、杂志、出版单位的出现在很大程度上推动了现代文学的发展和进步。从十九世纪七十年代开始，随着白话文期刊的产生和发展，白话文逐渐拥有了进一步发展的民意基础，而现代传媒的产生和发展，则使得语言获得了更为深入的发展和挖掘，让现代运动和现代文学更为平民化。通过一种民众更易接受和理解语言的利用，现代传媒逐渐丰富着广大民众的精神文化生活，并基于语言的变革对民众的价值观念和思维方式产生更强的积极影响，进而使我们的国家、我们的民族和我们的社会更加现代化。同时，以语言为基本载体的现代文学作品通过白话文的使用，使得自身更为通俗易懂，吸引的受众数量也随着增加，这为白话文的进一步发展提供了良好的平台基础。现代文学语言的产生，一方面丰富了现代文学的形式和表现；另一方面也推动了中华文化的社会化和平民化，能让更多的人理解和接受形式不一、内涵丰富的中华文化。

第三节　网络媒介传播下的中国现代文学

一、传播媒介演变对文学实现过程的意义建构

从文学媒介的传播过程看，口传文学的显著特征是创作、传播和接受等环节在同一物质场域中进行；纸质传播媒介出现后，文学的创作、传播和接受能够相互分离，各自独立进行，特别是作品能够得到保存，传播和接受成为驱动社会分工的内在因素；当数字媒介出现后，社会生活各部门的关联发生改变，社会分工发生了转型和重组，文学创作、传播和接受环节呈现出新的状态，特别是网络的即时性打破了文学活动三个环节的关联性，消解了文学社会意义和文化价值在传播过程中生成的可能性，互动一体化颠覆着纸质媒介文学的存在方式。

具体说来，媒介载体本身的物质属性同样成为思考数字媒介文学特征和未来发展趋向的重点，纸质文学载体的物质属性对文学意蕴属性和审美特征的建构作用也发生在传播过程之中，数字媒介对文学语言符号的转换生成，对文学的改变最直观的体现在数字化物质形态的存在方式上。如果单单从载体物质存在状态上强调文学存在方式的不同，必然过分夸大技术力量创造文学样态的功用，就会过分强调“超文本”、多媒体、超链接技术对审美性构建的功能。由此倾向于把数字媒介狭隘地仅仅归结为文学传播的载体，忽略数字媒介是一种人类科技推动信息传播技术发展的阶段性成果，相对整个人类文明发展历史，必然不是唯一的和最完美的媒介。众多理论话语关涉纸质媒介文学和数字媒介文学的线性与非线性、单向度与立体性、中心化与交互性、单媒体与多媒体、

深度审美与欲望叙事、真实与虚拟等外部特征。这些远离文学审美的表述，建构在文学存在方式的物质形态和外部静态结构关系上，忽略了动态过程性建构的意义，并不能很好地推进数字时代文学观念的重建。

传统的文学本体论、文学价值论、文学创作论、文学文本论、文学鉴赏批评论和文学史论等，被认为是建构在纸质媒介物质基础上的研究，实质上也形成了对口传时代文学特征研究的先验命题，对数字媒介文学新观念的建立同样构成参照和规约。如何继往开来地建设数字媒介文学理论，研究者从媒介形态演变方面，做了很多开拓。其中，以本质主义解释文学本体，以主体性思维方式解释作家创作和文学接受，以精英主义立场阐释文学价值的生成和文学文本的深刻意蕴等遭到质疑。研究者关注到，在数字媒介文学活动中，尽管创作、传播和接受各个环节也都可以从文学活动整体链条中抽离出来，在时空间隔中成为单独的文学活动，但数字媒介的技术优势显然更加趋向把创作、传播和接受实时性地连接在一起，进行即时性沟通和在线互动。互动性改变的是创作主客关系，是交互主体性双向去中心化的交流，文学的线性流向模式被打破，创作、传播和接受向一体化的文学场域回归。

在两次文学媒介转变过程中，文学创作、传播和接受是一体化连接在一起还是可暂时分离，是决定文学存在方式的关键，也是我们考察文学性生成的关键。造成文学过程三个环节分离的是技术对物质外观的改变和事物存在形式的改变，我们有理由认为技术改变的是文学活动过程中文学结构性和文学要素之间的关联性，理论上说，文学存在的社会地位和重要价值没有改变。

把握数字媒介文学，理所当然要归结到数字技术对文学实现过程中创作、传播和接受三个环节在文学活动具体时空中的呈现状态。促使三者分离的媒介因素，贯穿于传播的各个环节。不能实时传播就必然造成时空间隔。文学传播媒介的物质属性对文学塑造的作用是隐性的，关键在于时空间隔过程所产生的文学意义。应该说，任何事物都在过程中和物质时空中存在，在特定时空中文学各要素的关联会发生重组，文学结构要素的功能会相应地发生调整。区别于数字媒介文学的即时性，纸质媒介文学创作、传播和接受的各环节都必然处在相对独立的文化场域中，接受社会思潮和历史文化传统的浸染。纸质媒介文学是人类文化交往的需要，也是商品经济社会发展的产物，在时空间隔过程或者是在文学性延迟过程中，每一个阶段，每一个时空点上都必然要受到意识形态干预下的社会文化心理、价值尺度和审美倾向的多方面、多元化的塑造。

文学是一个动态过程，文学性在这个动态过程中被赋予，文学形象在无尽的时空关联中被塑造。数字媒介文学可以省却创作、传播和接受的时空间隔达到即时互动，但仍然要以互动的过程性来建构理解文学意蕴的理论基础。数字技术对文学的改变在于对文本生成和转换的迅捷无比，文学的时间长度被大大压缩了，同时文学的空间立体感又被大大扩展，造成空间的文化堆积愈来愈挤压文学传播与接受过程中形成的历史意识。一旦文学的实现时间长度在文学价值构成中大幅度贬值，那么对数字媒介文学的文学性就会产生怀疑。从纸质媒介文学传播样态看，个性化的、以浓厚的人文气息和强烈的历史责任感参与的文学活动过程没有了，一个以时间沉淀的文学价值体系建构过程被大大缩短了。空间立体的文学结构体系以更迅捷的方式关联整个社会生活，文化的、经济的、政治的、民族的、地域的文学关联性得以张扬。随着媒介技术革新的步伐，最终的文学观念很有可能要建构在超越线性过程的一体化的“人类性”意识形态之中，也就是全球化生存意识和文化环境之中。

二、数字化生存与中国现代文学生存境况的改变

当人类信息传播突破单一的纸质媒介出现多媒体融合后，文学与现实的关系就发生了很大改变：首先，媒体的新闻性质，追求与现实生活同步的价值目标，排挤文学参与现实生活精神图景的塑造，泛化文学反映现实的深度，淡化文学与现实的密切关系，动摇了传统文学理论指涉现实的核心价值观念。主要表现在数码技术和高保真技术，几乎可以把日常生活的任何景象都原封不动摄取下来，又可通过网络、手机等传播手段把它们传送到现实世界任何可能的地方。其次，媒体的商业性追求，时尚文化的引领，颠覆了文学传统上赋予现实生活意义和价值的理念；把精神产品纳入消费和娱乐领域，直接消解了文学表现现实生活精神空间的传统优势。最后，媒体易受意识形态的干扰，其倾向性和鼓动性促成文化思潮分化为官方和民间对峙局面；数字媒体的强势引导和主流话语的霸权，使文学的个体思考空间越来越小，文学关注个体命运的向度被放逐于民间边缘。

各类报道现实生活事件的媒体，几乎都能以多种媒介方式进入人们的日常生活。数字技术创造的视听媒介使人们更为便捷地进入一个更为丰富、更加充满异域情调的生活境界，人们既可与远隔重洋的亲友亲密交谈，又可欣羡亲友在异国他乡刚刚经历的奇人奇事、风俗民情，甚至可以即时欣赏亲友随手发送

的身边情境的保真场景。更为深刻的是，媒体可以制造多种叙事技巧，达到纸质阅读获得的多种心理体验和想象，数码技术还可以创造场景和故事。人们通过文学所要表达的情绪和思想，所追求的内心自由和生命创造价值的体现，同样可以通过数码技术营造奇幻境界，创造出只有潜意识才能构造出的影像世界来表达。对日益丰富、多样化的影像化叙事和日常生活审美化的景观，人们已经“审美疲劳”。技术赋予的满足人文需求的能力，严重侵犯着原本属于现实主义文学专长的表现领域。

从今天多媒体发展的情况，特别是通过数字媒介创作和传播的文学实际看，这种看法并不确切。这种看法对数字技术的革命性力量没有足够的认识，仅仅看到了数字技术全方位反映现实、渗透现实的能力，却忽视了数字技术创造现实、创造精神空间的能力。数字技术造成的时空错位和穿越时空的技术力量，为文学叙事开拓了广阔的想象空间；数字技术提供的全民参与精神产品制作的可能性和巨大潜力，创造了传统精英文化根本无法比拟的艺术前景。玄幻小说、武侠小说、穿越小说等风行网络，网络上各种类型小说，动辄百万字，有重组历史叙事的历史小说、游戏经典的小说、公安侦探小说、言情小说等，同时网络发表和纸质传播，形成传统小说无法相比的真正的文学大众化局面。

数字媒介真正改变文学传统的，是文学与人类相处的方式，文学对人的精神领域的反应能力和途径。首先在于传统文学的叙事模式发生了巨大改变。正如古典文学的叙事模式在晚清时期遭遇西方纸质文化的影响，发生了巨大改变相似。纸质改变了以口传为主的文学的叙事现场，数字媒介改变了文学叙事密切依存的物质现场性。这表现在以下几个方面：

（一）数字化环境下文学场景的虚拟和真实

对于数字化技术创造出的“虚拟现实”，尼葛洛庞帝认为这种“虚拟现实”能使人造事物像真实事物一样逼真，甚至比真实事物还要逼真气显然，这种“比真实事物还要逼真”是就数字技术创造的模拟场景对人的感官刺激后产生的一种情境体验而言的，并非这种虚拟现实真的“比真实事物还要真实”，显然既然是“虚拟”就绝不可能等同于“现实”。虚拟现实是消除物质现场性之后的一种想象性现场体验，往往首先是创造、拉近一种虚拟场景，把真实世界内每时每刻都在流动着的时间隐藏，让人在一个虚拟界面通过触觉，或者仅仅是挥挥手、摇摇头就创造出一个逼真的数字化场景。

数字化技术通过消除客观物质现场性感觉创造出虚拟现实，然而，物质感知是人类生存的依据和本体存在的方式，现实的真实感是在物质中存在的一种感官方式，一种具有无限丰富情感特征的真实存在，消除物质现场感的虚拟现实不能让我们产生身临其境的感觉。利用眼睛的视觉原理，让进入视觉中的形象随着视点变化即时变化，由此增强动感；利用物体的相对体积、颜色、亮度以及不同角度上的运动情况，同时利用透视的差感等视觉线索，创造一个在真实情景中才能接受到的三维图像。如果我们还承认人类的视觉经验离不开人的精神、情绪和即时的心灵状态参与，人类感知过程是一个有机的特殊心理系统，那么视觉经验的真实程度就不决定于图像的质量，不是从图像中显示的边和其间结构的数量多少来显示出清晰度的高低。数量越多图像越清晰，图像质量越好，这并不说明视觉经验的真实程度就高。大雾弥漫的清晨，我们打开窗户了望到隐隐约约的高楼大厦，并不因为其清晰度不高就疑惑其真实程度，以往的对高楼大厦的视觉“历史”、过去物质感受中积累的感知经验和模模糊糊的现在影像能共同精确地告诉我们它的真实存在方位。“虚拟现实”中的图像没有这种历史物质感受经验参与，强烈的物质可触性的隐匿，造成虚拟场景中感官的错位，这是数字化生存中人们对生存产生虚幻感的一个重要因素。当我们放下可视电话或者从视频聊天的电脑前站起来，端起杯子喝口咖啡时，我们也许暂时排遣了对亲友的思念，但我们同时也失去了握手寒暄时的真切关怀，会不断增加一种与真实隔离的遗憾和困惑。

“当我们拥有了威力强、成本低的电脑时，才可能把虚拟现实技术当作一种满足消费者娱乐目的的媒介。而在虚拟现实的新面貌中，绝对少不了令人惊恐万状的镜头”，“数字化的生活将越来越不需要仰赖特定的时间和地点”。这强调了虚拟技术的媒介作用和数字化对日常生活物质客观性限制的改变。仅仅看到了虚拟技术可无限夸大事物的体积和速度、形状和色彩，轻而易举制作出过去要冒着生命危险和极大代价才能获得的令人惊恐万状的镜头。但虚拟技术仍然是媒介，尽管可以使这种媒介隐匿得难以觉察，但背后一定是可以控制的。技术的媒介属性和人类对虚拟现实的控制技术的发展，使电脑虚拟的现实景象能从根本上与现实的真实划清界限，尽管技术发展要求这种控制手段越来越让人容易操作。电脑普遍实现了尼葛洛庞帝所说的“人造事物像真实事物一样逼真，甚至比真实事物还要逼真”，但他并没有认为“电脑空间非常真实”。如果“虚拟真实”果真“比真实还要真实”，那么以这种可随意制作出

“像真实事物一样逼真”的场景和随心所欲的形象，就彻底消解了艺术塑型的价值和意义，彻底颠覆了文学塑造想象现实的审美维度，人类艺术就会真的终结了，那么人类就会丧失生存的意义。

电脑网络使“虚拟现实”成为数字化生存实现的重要手段，并大大缩小了现实世界的距离感，改变着人们的生存观念，加强空间穿越意识，压缩上下千年的时间心理感受，依靠想象构建场景和展开故事的文学创作，在这种时空观念下开拓文学的可能性，必然带着与真实物质世界严重错位的文学景象。网络文学中的穿越小说、玄幻小说以及表现异域境界的小说，打上了虚拟现实技术与人文性相结合的精神烙印。追求奇幻和感官的可视性，追求场景的惊异和刺激，叙述完全可以天马行空，不用遵守真实世界的物质展开逻辑，也不刻意追求以情动人，甚至放逐悲伤落泪的阅读效果，以很强的陌生化效果颠覆着传统叙事原则。

另外，网络中面临的虚拟生活界面，本身的虚幻感就是网络时代日常生活的感受。比如凄美的爱情故事，中外文学作品已经创造出了无数经典模式，足可为任何现实爱情叙事模式提供范本，但蔡智恒《第一次亲密接触》，之所以仍然能产生轰动效应，仍然能达到让人扼腕叹息的阅读效果，最重要的还是在于作品超越传统爱情小说的物质现场感受，提供给读者与生活同步的爱情叙事模式。没有传统爱情小说的场景距离和客观物质约束，由此产生极其亲切、真实和新颖的艺术陌生感，使这篇并不长的爱情小说成为网络时代爱情叙事具有里程碑意义的标志性作品。这篇作品的深远意义也许在于启发我们，对数字时代文学创作要推陈出新和融入现实人生，在于怎样建构虚拟场景中的爱情叙事模式，并更新人们真实物质基础上建构起来的美感体验方式。启发我们在数字化生存时代，文学叙事怎样展示和开拓人类崭新的数字化生存想象，以及如何思考自身命运和张扬人性的真善美。

（二）数字化推动文学场景叙事观念的更新

文学通过对特殊时空下的生活事件和人生图景的再创造，或者对想象时空中的物象和事件的构造，使文学叙事成为可能。叙事时间和叙事空间构成文学形象塑造的根据，是情节展开的逻辑形式，即使诗歌、散文等以抒情见长的作品也离不开依据真实时空感创造的艺术时空。没有离开时空的意境，意境的时空感愈强，艺术形象愈加鲜明生动。

“数字化生存”是技术渗透日常生活、技术干预艺术生成的形象概括。尽管在科技发展与发展目的之间，人类遭受了种种悖论，受到了或者将要受到越来越严厉的自然和社会的惩罚，但数字化带给生活的便捷和对精神领域的关注，以及数字技术对人类生存缺陷的修补和对以往谬误的更正，使数字技术必然打上深深的人文烙印。人类越来越清晰地认识到：只有客观和主观、物质和精神、技术和艺术和谐融合，人类才能寻找到幸福的家园。数字技术所唤醒和塑造的虚拟现实中，每一段虚拟时空都寄予一种人文理想，并参与现实人生场景的构成。数字化时代的艺术也必然是高度发达的技术和高度人文化的理想的共同达成。传统文学叙事的时空观念要在横向展示、即时呈现中重建文学演变的秩序。

然而，文学接受中，人类耳目接受的生理局限和精神内面被顺序化组合后才能与之感应的客观制约，是规约数字技术创造虚拟时空“错乱”的根本性人文力量。数字化生存中，技术要最大限度地服务于人类，使人类精神生活异彩纷呈，使艺术王国成为安放人类心灵的最佳栖息地，首先人文学科要综合后才能匹配数字技术人文需求的先锋性。

数字化是一种综合技术，它改变人类的时空观念，把生活距离拉近，把生活场景浓缩，因此，数字化生存同时也可看成是一种艺术化的生存。它颠覆了客观和主观科学领域的许多知识体系，迫使艺术的技术性和技术的艺术性同时加强。网络文学、手机文学、纸质出版的作品无不需要数字技术的参与，无不以技术的力量加强着艺术性的广泛渗透和对审美塑型产生心理干扰，以技术形象交融入人文精神形象。数字化生存模糊了现实与虚拟、生活与审美、艺术与非艺术等传统人文学科井然分明的界限，单纯从数字技术与文艺学相关范畴的关系角度去重建文艺学理论体系，必然会使文艺失去对文艺创作的引导和提升，仅仅流于对不断变迁的技术与人文关系的反复阐释。富有阐释力的数字化环境下的文学思想生成，要从人文学科的融合发展脉络中寻根求源。

第八章 中国现代文学传播群体、方式、途径与影响

第一节 中国现代文学传播的群体

一、个人层面的文学传播者

个人层面的文学传播者研究，是一种微观的分类，它涉及文学传播者的社会角色、特点、素养等各种自身因素。

（一）文学传播者的分类

文学传播者构成复杂、人数众多，因而划分也很繁复。依据不同的分类标准，可以将文学传播者分成不同的类别，主要有以下两类：

1. 个体和群体文学传播者

这是依据传播者的人员构成和出现的人数来划分的。个体文学传播者是指以个人面目出现的某个具体从事文学传播人，如作家、编辑、编剧等。群体文学传播者指几个人或一群人组成的从事文学信息传播的团体、组织或机构，如文学团体、剧团、电影摄制组、文学刊物编辑部等。

2. 专职和非专职文学传播者

这是依据传播者的身份和地位划分的。专职文学传播者是指以从事文学信息传播活动为职业的人，由此得到物质上的利益和心理或精神上的满足，如专业的作家、撰稿人、编辑、编剧，以及文学传播部门的专职人员等。这些人大多有较高的文学修养和较多的传播信息的经验。

（二）文学传播者在文学传播活动中的地位

文学传播者是文学传播活动的主体，处于主导地位。文学传播者在给文学传播活动中提供对象，充当客体的同时，也给受传活动提供具体的规定性。

文学传播者所提供的总是具体的文学信息，如诗歌、小说、散文、电视剧，这样，具体的文学接受活动就只能以具体的中介展开。这些文学作品的符号、语言特点及审美规定就必然制约着受传者，使其按照一定的文学规律去接受。

根据异质同构原理，对象的结构形式只有与受传者的心理结构相吻合，才能为受传者所把握。没有与文学传播者赋予文学作品的结构形式相吻合的心理结构形式，想让受传者接受和建构具体文学作品是不可能的，这就是为什么并不是所有人都能读懂诗歌的原因。

文学传播者通过创造和传播文学作品，使受传者在接受活动中不断地建构自己的审美心理结构并产生更高的审美要求。

与受传者相比，文学传播者在文学领域活动的时间较长，具有一定的审美把握和审美表现能力。可以说，文学传播总体是一个时代审美要求的最高代表和象征。因此，他们所创造和传播的文学作品对于受传者来说具有强大的感召力量。久而久之，受传者的审美心结构将得以不断的建构，并且会产生更高的审美要求。

这样，文学传播者就不仅创造和传送文学信息，同样也创造新的审美主体，刺激引发新的文学接受和文学传播。

（三）文学传播者传播的独特性

文学传播活动体现了文学领域独特的个性和魅力，作为文学传播活动主体的传播者，除了具备一般传播者的特点之外，还以其独特的行为方式影响着整个文学领域的发展，成就着文学作品非凡的魅力。

获得最佳传播效果，实现最大程度的意义“传—通”，是每个传播者追求的目标。为此，传播者在传播信息时，都尽量使自己的意义编码清晰、易懂，从而使受传者在解码时，能够理解更多的传播信息。

文学传播者的文学创作过程，实际上是人内传播方式在审美高度上的一种升华，是人们自由自觉生命活动的一种实方式。不论文学是讴歌还是审视，赞美还是幽思，它笔下的世界中精神理念高扬，总会超越简单的善恶伦理判断，理想的高扬尽管夹杂着书生的稚气和拗气，却不失对人类精神家园的策动，为我们社会保留下一份对人性高尚、纯美的向往。

现代文学更多地负载了“文以载道”的重责，文学传播者由于时代的原因被集体推到了一个思想的神坛上供奉，因为如此，社会责任的提升使文学传播者能够有更大的空间，从容地面对自己的心灵。

现代文学所要完成的是偏离的纠正、断裂的弥合和传统的延续，是对“五四”开拓的人生主题做更高意义上的张扬。期以现实主义的崇高和古典主义的诗情来探讨人的生存、情感和尊严。由于新形势新时代的感召，在现代文学史上占主流地位的农民题材和知识分子题材两大主流发生了变化，前者由农村腹地向城乡交界处过渡，比如贾平凹、路遥；后者则将更多的关注放在对知识分子生存现状的关注和对他们精神上隐忧的探求上。

文学最基本的人文精神是自由，因而文学最重要的人学内涵就在于它体现了人类的自由本性，网络恰好为实现人的自由本性提供了广阔的空间和宽容的游戏规则。网络是虚拟的，网络社区的虚拟性、间接性和匿名机制，给每一个网民以匿名方式参与文学活动提供了广阔的自由。网络文学的创作主体或欣赏主体大都是“三无”（无身份、无性别、无年龄）网民，而不是像传统中那样是社会身份和角色定位明确的“作家”或“读者”。匿名制的网络游戏规则蜕脱了社会中人原有的面具，保证创作心态的自由性、创作动机的超功利性和文学身份的平民性，以往的书本阅读追求的审美性和娱乐性，变成了补偿性的、娱乐性的动机。网络文学作者与传播者的模糊性，发表作品的随意性，阅读活动的娱乐性使得网络文学具备了有史以来最彻底的平民特色和自由心态。

在网络文学的创作中，虽然有人承袭着传统的路数，但更多的人却是在抒写着“自我”“本我”“真我”，抒写自己的心情故事。当年被誉为“网络文学三驾马车”之一的宁财神说，他的写就是“为了满足自己的表现欲而写、为写而写、为了练打字而写、为骗取美眉的欢心而写，当然最可心儿的，是为了在网上度过美丽而绵长的夜晚而写”。这也从一方面表现了一些网络写手的创作心态。

二、作为文学传播者的大众传媒

文学传播者是文学传播行为的发起人，处于传播过程的首端，对文学信息的内容、流量和流向以及受传者的反应起着重要的控制作用。报社、出版社、电视台、电台等媒介机构是从事信息的采集、选择、加工、复制和传播的专业组织，从其生产规模的巨大性和受传者的广泛性而言，我们又把它们称为大众传播者，或称大众传媒，而以传播文学信息为主要任务的大众传媒就可以被看作是组织层面的文学传播者。

（一）作为文学传播者的大众传媒的特点

作为文学传播者的大众传媒具有以下几个特点：

1. 地位稳固

在面对面的人际传播或者组织传播中，由于渠道的畅通，传播者和受传者可以轮流扮演说话人和听话人的角色，比如文艺座谈会，发言者都可以算作是文学信息的传播者。在大众传播过程中，大众传媒与受众的角色关系是固定的，我们在读书、看报、听广播、看电视时只能单方面地接受来自传媒的信息。所以，其作为文学传播者的地位也是稳定的。

2. 大众传媒是一种社会组织，具有自身的组织目标和组织结构

这个组织的基本成员，在报刊社或者出版社一般是以编辑为主的文学传播工作者及相关工作人员，他们被分配在不同的部门，执行不同的职能。这些人虽然也作为个人存在，但是他们在文学传播过程中是以组织代表的身份出现的。所以，他们的文学传播活动就不纯粹是个人活动，而具有组织的性质，要经过组织内各关节的控制和引导，具有该组织的特色。

3. 大众传媒是大众传播生产资料的直接控制者和使用者

大众传播媒介拥有先进的技术、设备及各种必要的工具和手段，它们直接由传媒组织控制和使用。一些重要的“稀有”公共传播资源，例如广播、电视使用的电波频率、视频信号等，是国家以某种制方式委托给传媒组织专用的。

大众传媒上述三个特点，使得它们比其他类型的文学传播者地位更优越、力量更强大。在某种意义上来说，大众传媒也是文学传播特权的拥有者，它们所拥有的传播能力和权利都远远超过了作为个人的文学传播者。

（二）文学传播者是文学信息流通的“把关人”

文学传播者控制传播媒介，制约传播过程，使文学作品的生产和消费按照

一定的方向衔接，实现有效的传播往来，文传播者在文学传播过程中扮演着非常重要的社会角色。

随着科技的发展，大众传播媒介以惊人的速迅速地渗透到社会生活的方方面面。在大众传播媒介的强效作用下，文学与不同媒介进行联姻：印刷技术的普及使报刊得到长足发展，拥有广泛受群体的报刊成为文学的主要载体。为了适应报刊的特性、迎合大众的口和阅读习惯，发表于其上的文学作品也进行相应的调节和改变，甚至与报刊合创造出了新的文学样式。随着媒介的发展，占主导位置的印刷文化让位视觉文化，电影、电视成为主要的大众传播媒介，文学搭上影视快车，迅速进入了公众的视野。

1. 文学传播活动的“把关人”理论

作为文学传播者的大众传媒，根据媒介组织的规定原则以及个人的意见等，就文学信息是否能通过“关口”或继续在渠道内流动做出决定。

2. 文学传播“守门人”的功能

（1）文学信息检查功能

这是“守门人”最基本的功能，他对试图通过关卡的文学信息有进行查看的权力，并由他代表媒介组织及受众的要求需要，对文学信息进行鉴别和选择，决定其能否进入大众传播渠道。在这个过程中，他们会对文学信息行使阻止、删减或通过等权力。

现代文学传播中，文学传播者借助大众传媒的力量成功地制造了一波又一波的阅读热点，在事实上引领了读者的阅读野。一种或一类文学作品的诞生，一位或一类作家作品的出现，在大众传媒的参与下，更像是一个个文学事件在上演，极大地吸引了人们的注意，成为不得不被关注的焦点。在大众传媒的影响下，人们翘首以盼等待着一个一个阅听热点的降临。

文学的原著文本，主要是由作者创建的，作为文学传播者的大众传播媒介，主要是将这种文本模式进行加工肯定和传，使之成为社会流行的一种模式、范式。通过对文学文本的鉴审、选择重新组合，使若干文本重新组合，形成一个系统整体。随着人类文化的发展，文学传播者的创造性活动，越来越突出地表现在使用怎样的媒体模式与传播怎样的讯息方面。特别是随着近代讯息传播的需要，报纸、期刊、广播、电影、电视等传媒的出现，使得编辑们将自己的主要精力和时间花费在媒体式的创造上。不同性质、不同目的、不同事业、不同层次、不同传播式和不同传播对象的媒体，要求在内容与形式、深度与广度、速度与精度时间与空间等各方面展示出独立的媒体特色。编辑们没有不为自己所从事的传播媒体的特色而殚精竭虑的。一个报刊编辑部，主要精力用于报刊模式的建设。电视节目的编辑们日夜奔忙，为的是如何使荧屏媒体模式更为新颖、完整、有效地传播更丰富的视听讯息。

文学传播者为了维护社会、媒介机构的利益和要求，为了使文学信息获得更好的传播效果，通常会对文学信息进行加工，然后才准予“放行”。

（2）导向功能

检查、加工和评价功能的释放，对传播者和传播内容、接受行为具有促进或抑制的作用，就是导向的功能。

和传统的文学传播系统相比，大众传播系统然诞生较晚，但影响力却日渐深远。现代小说创作尤其是长篇小说非常繁荣，但仔细审视却发现雷同之作甚多。许多作者以惊人的速度不断生产同样的作品，而不同作者的作品往往会有惊人的雷同。整个小说创作形成了一个趋同化的倾向。作家本身对这种雷同负有不可推卸的责任，有的作家不断地生产注水小说，在一个短篇的构架中注入冗余的细节，将之拉长为中篇小说；有的作家借尸还魂，改换人名地名，将一篇小说复制出许多变种；有的作家从影碟中寻找灵感，抄袭国外电影中的故事；还有的作家缺乏对生活的思考，表面化地描写生活。信息高速公路是“后大众传播时代”的产品，它以其迅捷方便和时效改变了人们日常生活的思维方式、生活方式甚至娱乐方式，但是，其负面效应也引起一些有识之士的深深忧虑。

（3）桥梁功能

守门人处于传播者与受众的中间地带和交接，具有桥梁的作用。在文学传播过程中，“守门人”如编辑可以利用自己特殊的身份，采用约稿、鼓励、倡导等手段使艺术家的优秀作品，能早日与受众见面。二十世纪二十年代初，著名编辑孙伏园主编《晨报》副刊，开辟了一个“心话”专栏，约鲁迅撰稿，鲁迅以“巴人”的笔名，开始连载《阿Q正传》。鲁迅后来回忆说：没有孙伏园这位编辑办的副刊和开设的专栏，没有他“笑嘻嘻”的催稿，《阿Q正传》在当时大概也是“产”不出来的。

三、文学传播的过程

文学传播活动作为人类整个社会活动的一个子系统，是一个动态的、连贯的和复杂的信息互动过程。它包含了文作品出版、发行、宣传、借阅以及文学批评等若干环节，并且在整个传播过程中各个环节、要素之间相互关联，彼此依存。

文学传播活动是人类社会化进程中的功臣，对于人类高级智慧的发展、精神内涵的丰富、群体意识的勃兴以及个体性质的塑造都起到难以估量的作用。一个人在咿呀学语之时，就可能已经参与到文学传播活动中了。生动的故事、有趣的儿歌、富有哲理的寓言、优美动人的诗词几乎成为人们对童年生活最鲜明、最深刻的印象。成人的群体中也有相当多的人选择了文学传播受众的角色。可以说，文学传播活动并不神秘，也不陌生，它就存在于人们的生活中。

在内容纷繁的文学传播研究中，对文学传播过程的描述和解读是极其重要的一环，它是解剖文学传播活动的一把钥匙，对于我们从整体上把握文学传播活动的规律，深入考察文学传播现象都有积极的意义。

（一）传播类型与文学活动

与人类社会的复杂多变相适应，文学传播活动也不啻为内容庞杂的系统工程。从传播类型的理论视角入手考察文学传播活动，可以清楚地发现自我传播、人际传播、组织传播与大众传播这四种传播基本类型在文学活动中依然有着各自清晰活跃的轨迹，并且与文学形态的变迁发生着密切的关系。

1. 自我传播与文学

自我传播又称内向传播、人内传播、内在传播等，指社会个体利用自己的内储信息和所接受的外部信息，在个体内部进行信息处理的活动。自我传播同人与人、人与社会的人际传播、组织传播和大众传播等等外向型传播形成区别，它是一切社会传播活动的基础。

在文学中的自我传播呈现出鲜明的两极性。这主要表现在作为文学创作者的信息发出者和作为文学受众的信息接收者在参与文学活动时，都在各自的个体内部进行着频繁的自我传播过程。两种传播角色各自所进行的自我传播活动都同样活跃，同样重要，没有孰轻孰重之分，它们共同保证着文学传播活动的顺利进行，促进文学信息的流畅传递。自我传播在文学活动中不再是隐藏在复杂传播形式后面的微不足道的配角，而恰恰成为其中不可或缺的绝对主角，它的产生规律和传播频率是决定文学生产和文学消费这两个重要文学活动板块的首要因素。

2. 自我传播是文学消费的主要方式

文学消费和文学生产相对，同属文学活动的重要组成部分。它是指人们用文学作品来满足自己的精神需求的过程，也即文学阅读或文学欣赏。文学产品同其他一般的社会产品不同，它是由生产和消费者共同制造出来的精神产品。一部文学作品无论写得如何精彩，如果无法跟读者见面，不能被受众阅读和欣赏，那它的艺术价值和商业价值将无法得到实现，其审美和文化属性也不能得到体现。只有经过读者大众的消费，文学作品才成为现实的产品。可见在文学活动中，文学消费占有至关重要的地位。

仔细分析文学消费的过程，我们不难看到，读者在阅读和欣赏文学作品的过程中伴随着大量的心理思维活动，比如对作家语言文字功力的品评、对作品文学意义的思索以及阅读过程中产生的心理期待、情感共鸣等反应。这些全部呈现为内指性的自我传播形态，成为文学受众在文学消费过程中最重要的表现形式，文学作品作为外部信息直接影响了文学消费中自我传播的发生。

（二）人际传播与文学

人际传播是社会生活中最直接、最常见、最丰富的传播现象。现时的人际传播，既包括面对面的交谈，也包括有大众媒介居间的传播。

人际传播是人们日常生活中使用得最多的传播系统。所有参与者都有一个装得满满的生活空间——固定的和储存起来的经验——进入了这种传播系统，他们根据这些经验来解释他们得到的信号和决定怎样回答这些信号。由于人际传播已成为日常生活中最普遍的交际方式，所以通常被认为是传统的、自然的、富有人情味的文学传播活动。其中的人际传播是指传播者和受传之间一对一的，或者两三人间的面对面的文学信息交流。它的最大特点，就是传、受双方之间文学信息交流的直接、方便、完整和反馈及时。传播者和受传者直面相对，传播者可以直接、随时地用声音、表情、动作等发送文学信息，受传者也可以直接、随时地用听觉、视觉、嗅觉、感觉等接受文学内容，并发出反馈信息。

文学活动中人际传播双向交流密集、互动性强集中体现在传播过程中，双方有着十分强烈的心理卷入与行为卷入，从而使双方在情绪、态度和行为等方面发生强烈的变化。这十分有利于传播者根据信息反馈调节文学传播内容，提高文学传播效果。这种传播者和受传者之间耳濡目染、见微知著的密切交流，是文学传播活动中人际传播形态的长处，其他传播形态是很难达到类似效果的。

人际传播的一般目的在于实现个人与他人的沟通，建立和谐的关系，并且在这种沟通的基础之上实行控制引导或被引导，或者通过沟通来满足特定的感情和信息的交流。在文学活动中，人际传播充分利用自身优势，在文学信息交流中发挥了重要作用。

1. 人际传播的目的和意义

首先，人际传播是文学活动中建立各种社会关系的手段，是形成并维护正常文学传播秩序的基础。在文学传播的各个环节中都离不开人的参与，文学传播的整个过程都是在人与人之间关系的基础上建立起来的。没有正常的人与人之间的信息沟通交流与合作，整个文学传播的正常秩序就失去了基本的细胞。而其作为一个连贯的、环环相扣的传播过程，必然要求增加人与人之间密切配合与协作的机会，有效的人际传播可以成为不可或缺的关键因素。其次，有效的人际传播有助于加强文学宣传效果。无论在前期的宣传阶段还是在获得结果的反馈阶段，有效的人际传播都被认为是一种强效的、有力的沟通情感的传播途径，受到人们的普遍青睐。人际传播鲜活、直观、积极、平等的面对面的信息交流方式，可以轻松打破阻碍传受双方自由交流的心理隔膜，创造平等互动的真实语境，使文学宣传不再只依靠毫无生气的画面、远隔万里的图像，或者抽象的概念、僵化的说教，而是真正参与传播的个体与个体之间的交流，因而更具人情味，摆脱了冷冰冰的生硬面孔。再次，利用人际传播可以进一步拉近文学传播者与受众之间的距离，实现文学传播中的双赢局面。文学传播的传播者与受传者之间通过有效人际传播的桥梁，能够争取更多直接交流信息的机会，营造积极热烈的互动交流氛围，获得更多愉快交流的经验和感受。在某种程度上，这种经历可以促进文学创作者艺术感觉的形成以及创作能力的提高，同时丰富文学受众的视野，增强文学审美的自觉和自主意识，提升对文学艺术的感受力。尤其对于文学创作者而言，通过与受众的充分交流，可以进一步确认自己的社会位置，体现自己的社会价值，有助于使自己更加彻底地融入社会群体之中，创作出更丰满深刻的文学作品。

2. 文学活动中人际传播的舞台

第一，人际传播是创作材料收集的主要手段之一。材料，是文学创作的第要素，也是文学创作过程的第一起点。

文学创作者深入田间地头、下基层、走街串巷，甚至有意接近一些边缘群体，都是出于收集素材的目的而主动进行体验生活的过程。而人际传播由于其具有的随意性强、人情味浓、感情色彩突出、沟通直接、互动频繁等优势，特别符合广大人民群众的心理接受习惯，因而也成为创作者收集素材最有效的一种交流途径。

第二，人际传播是文学创作者征求外部意见的便利途径。

文学创作者利用人际传播可以深入地了解他人，征求外部的意见，进而对自身所处的环境和地位有清醒的认识，同对作品的优劣高下、社会影响等方面的因素也有更为全面客观的了解。

第三，文学传承最早是通过人际传播的方式进行的，它是文学传播过程的起点，至今在文学传播方式中仍占据着独特的地位。

（三）组织传播与文学

文学传播活动中的组织传播形态，又被称为团体传播形态，是指文学传播者面对两人以上的群体所进行的文学信息传播。其具体形式包括：文学团体的活动，文学沙龙，有关文学的座谈会、讨论，文学作品诵读会以及各类学校中的教师对学生讲授文学作品或传授文学方面的知识等。组织形态的文学传播对于传播者和受传者来说，虽然不达到一一对应的直接和亲密的程度，但是他们同样处在迅捷的文学信息传播和反馈之中。而且由于受传者的人数大大超过传播者，文学信息反馈的程度如何，常常使文学传播者受到很大的影响。在当今，组织传播形态在文学传播活动中的影响力、影响范围仅次于大众传播形态。它的传播范围和受众人数虽然不及大众传播方式，但其信息交流的直接性和反馈速度却比大众传播方式显著。

文学传播活动中的组织传播实际上也包括了两种有区别的传播类型：一是指固定的文学组织在自己的内部或外部所进行的信息传播活动；二是指没有固定的文学组织形式的人群中所发生的信息传播。后者也可称为文学传播活动中的群体传播。因为它们都是在众多中间或众多人共同进行的文学传播活动，有许多的相同之处，所以我们将它们放在一起介绍。

组织传播也是人类古老的传播形式之一。在人类社会形成的初期就已经有了原始的以血缘为纽带的社会组织，也就有了社会组织的传播活动。尽管当时的组织传播无论在规模上、信息量上，还是传播的具体形式上都显得简单，但它已经表现出了积极的社会作用。随着人类社会的发展与完善，社会制度日益健全，组织传播的模式也就逐步完善；文学传播活动在从古至今的发展过程中，特别注重借助组织传播的规模传播优势，强有力地进行着文学教育活动的普及文学成果的推广等方面的工作。

1. 组织传播在文学活动中的作用与影响

第一，组织传播推动文学运动的发展，促进文学潮流的演变。

众所周知，现代社会是大众传播的时代，而在此之前，当大众传播媒介还未形成气候，无法展示其威力之时，文学传播活动的大规模开展主要依靠了组织传播的能量。其代表形式主要表现为文学运动。一部（篇）文学作品凭借文学运动的方式在同一时代得到广泛传播的现象，成为文学传播活动中组织传播的旗帜。

第二，组织传播是文学教育活动的传统手段，有力地推动了文学成果的传承和文学艺术的发扬。

文学教育活动是文学传播中至关重要的组成部分，它的规模和质量在相当程度上制约着文学传播的效果，影响着文学活动在未来的发展趋势。文学教育的重要性还体现在，它能够启迪人们对于文学的思考和兴趣，塑造文学思维和文学智慧，引领一代又一代的文学开拓者和接班人接过文学传承的火炬，使文学活动薪火相传，进入可持续发展的良性轨道。

组织传播无疑是文学教育活动最亲密的合作伙伴。从传统教育时期到现代教育时代，我们必须承认，以学校（或者类似学校功能的机构）教育为主要支撑的文学教学模式，仍然是文学教育最重要、最关键和最常用的手段。以我国的文学传播历史为例，回顾文学教育漫长的发展历程，我们不难发现，在我国文学教育活动中延续时间最长、曾经长期占据统治地位的私塾传播和书院传播，正是组织传播形态的典型代表。

文学艺术的发扬同样与组织传播有密切的联系。传播目的明确、制度性强、流程规范的组织传播可以显著增强文学宣传的效果。形形色色的文学团体通过组织丰富多彩的文学活动，如文学沙龙、有关文学的座谈会、文艺讨论会、诗歌朗诵会或文学作品诵读会等，可以把对文学有着共同爱好的人召集在一起，彼此交流思想感情，畅谈对文学的领会，沟通文学信息，交换文学理想和信念，共同探讨文学艺术的真谛，并极有可能在群体思维的碰撞与摩擦中闪现出智慧的火花，幻化为击中文学魂的耀眼闪电，划破寂静的夜空，为文学艺术的发展开拓出一片崭新的天地。以组织传播为主体的文学活动，或者成为孕育文学巨擘的摇篮，开启鸿蒙的裂天之斧，或者成为奏响文学跃进新乐章的序曲，它充满了梦幻的魔力，是蕴藏梦想与奇迹的文学宝藏。许多怀着纯真愿望的文学青年正是在这样的环境中受到了关于文学艺术的重要启蒙，从而步入文学殿堂。

第三，组织传播形式最有利于文学体系的规模化和系统性发展，同时更有利于形成文学传播的规范体制。

组织是人们为了高效率地完成分散的个人或松散的群体所不能承担的生产或社会活动而结成的协作体。组织传播可以充分运用其规范力、约束力强的特点，打破文学发展过程中那些过于缓慢的节奏和凌乱、分散的状态，利用内部中枢指挥机制和管理机制所产生的行为驱动作用，增强文学信息传递的频率和强度，带动整体文学环境朝着目标更明确、特征更明显、秩序化色彩浓郁、理论建设意义更为突出的文学体系方向发展。

零散、微弱的文学现象很容易湮没在复杂多变的社会潮流中，如昙花一现般，转瞬间即不知所终。相比之下，形成一定规模、具有系统传播优势的文学体系、文学派别、文学思潮则具有相对长久的生命力。组织传播按一定顺序、规则、秩序进行信息传递，无形中减少信息流通过程中的干扰因素，使原本脆弱、游离的信息交流过程在组织形态干预下，产生一种合力，自身形成更具有强效的示范引力的信息磁场，将零星的文学火种汇聚成熊熊燃烧的文学烈焰。另外，文学传播活动的发展、壮大，离不开协调一致的行动力和社会成员集体认同的规则、共同遵守的规范，这些机制的形成同样离不开组织传播的力量。

2. 文学活动中组织传播的非正规形式

除了系统、规范的传播形式外，我们还注意到在文学活动中的组织传播形态，经常会出现一些有趣的非正规传播形式，它们同样值得关注。

非正规的传播形式，主要指组织内存在的非正式群体的信息传播活动。在社会学的研究中认为，非正式群体属于人类社会的“初级群体”。“在整个历史中，人类社会的基本单位（也许是最重要的社会群体）是初级群体，即一个相对较小，有多重目的的群体，在那里互动是亲密无间的，并存在一种强烈的群体认同感……一些邻居朋友圈和成人俱乐部；在复杂组织中的非正式群体，例如工厂工人的派系，以及学生的朋友群体……成员之间有共同认同感的兄弟会与姐妹会、运动队乃至小的政治体，都可以当作初级群体来分析。”无论对于整个人类社会还是具体的文学组织，这种非正式群体的作用都是十分重要的。非正规传播方式是组织正规传播渠道之外的一种重要补充，与正规传播方式相比，在非正规信息传播活动中，传播的内容和传播的形式都有很大的随意性。人们可以随心所欲，任意转换主题，转移地点，变更传播手段。也正因为如此，非正规传播才有极大的吸纳力和吸引力。

文学传播中一种广泛存在、引人注目的形式——小道消息，就是这种传播方式的典型代表。小道消息属于“道听途的或非正式途径传播的消息”。小道消息在文学传播中所起的作用，并不像传统观点所认为的那样完全是负面的，它是一种正常的社会现象，满足了人们普遍存在的好奇心理。小道消息的存在尤其对于一些边缘文学样式的发展、感题材的探讨、文学作品的普及推广、文学未来的发展趋向和生存空间等问题的研究有着重要的参考价值，它的作用不可小觑。

3. 文学活动中组织传播常用的媒介

在社会生活中参与组织传播的媒介很多，如媒介文件、报告、信件、会议媒介、电话媒介、图文传真、移动通信等。目前，在文学活动的组织传播中比较常见的是会议媒介和计算机通信系统。通过召开各种形式的会议，关注文学现象，探讨文学问题，规划文学发展道路，制定相关措施，这是文学活动组织传播的基本手段。比如文学作品的推广会、研讨会、讨论会，纪念著名作家的座谈会、表彰杰出的文人的颁奖大会等，其优点是传播效果集中，面对面的会场气氛能使与会者集中精力关注特定的问题，但需要注意提高会议的工作效率。

计算机通信系统，尤其是计算机网络的大量介入，使组织传播焕发出新的生机与活力。由于计算机通信系统自身具有超强的信息处理功能，因此组织传播无论在规模方式、速度上均发生了前所未有的变化。比如文学教育的范围大大扩展教学内容空前丰富，教学形式直观生动，教学手段新颖灵活，文学信息传递越来越迅捷。

第二节　中国现代文学传播的方式

近年来移动互联网风起云涌，影响了当代人的生存方式，形成以媒介融合加剧、移动互联网络和社交网络媒体高歌猛进为典型特征的新传媒时代。在这愈加虚拟化、双向化、全球化、技术化和全时化的语境之中，文学传播发生路径转向，读者对文学的接受价值也随之改变。文学传播路径从传统的印刷出版路径为主，转向以数码文字路径为主，多种形态传播路径并存且相互融合的移动化、社交化数码多维传播形态。

一、报刊传播方式

报刊的出现改变了文学的传播手段和渠道。传统文学主要以手抄形式和刻版印刷，文学则以大众媒介为传播方式，传播时效快、信息量大、影响面广，并具有平民化和大众化特点。文学报刊承担着文学的发表、组织和引导功能，直接影响文学内容、题材和风格的形成，并创造出具有时代性和社会性的文学思潮。

文学刊物是新文学得以立足和发展的阵地，“在发展中国群众舆论和培养新知识分子定型方面，是一种划时代的现象”。据统计，从 1917 到 1921 年的 5 年间，全国新出报刊就有 1000 种以上。从 1922 年到 1925 年，“先后成立的文学社团及刊物，不下一百余家”，从 1919 到 1927 年全国出版有杂志 633 种，从晚清到 1949 年出版的文学期刊，有明确的创刊日期的有 988 种，没有明确创刊日期的有 99 种。在有明确创刊日期的 988 种文学期刊中，1872 年到 1901 年有 5 种，1902 年到 1916 年有 57 种，1917 年到 1927 年有 144 种，1928 年到 1937 年有 418 种，从 1938 年到 1949 年有 364 种。其中有“杂志年”之称的 1934 年就有 47 种。在 988 种刊物中，创刊于上海的有 455 种，创刊于北京的有 106 种。仅 1933 年的上海就出版有杂志 215 种，按门类划分，人文科学 102 种，文学艺术 40 种，应用技术 32 种，普通杂志 38 种，自然科学 3 种。从版本看，通常是 16 开本或 32 开本，也有个别独具一格的 8 开本。从分量上看，几种主要刊物如《申报月刊》《现代》《文学》等为 16 开本，每期在百页以上，装订最厚的《读书杂志》，达 700 页。杂志内容丰富多彩，定期出版，受到了读者的喜爱和欢迎。在上海还出现了专营杂志的书店——上海杂志公司，常常在一个月内就有近千种杂志，每天平均出版 20—30 种，形成了一个“杂志市场”。

现代报刊为文学与社会、作家与读者架设了一条快捷的中介和通道，拉近了文学与社会的距离。报刊与文学的联姻直接带来了小说的繁荣。从传统到现代，中国文学的文体有一个巨大转变，从以诗词为中心转变为以小说为中心，小说成为文学的主流文体。文学要求更大可能地走向社会和生活，相对而言，小说这种文体形式更能承载丰富的社会信息和容量。文学对启蒙与革命功能的价值追求，以及由文学期刊而形成的小说市场和读者群，都是现代小说发达的原因。

文学报刊对文学观念和形式带来的直接效果，就是突出了文学观念的大众化和社会化，出现了适应报刊特点的文体形式，如杂文、随笔、报告文学、连载小说等文体形式。比如报纸副刊就对现代杂文和随笔的诞生有直接而独特的影响。沈从文就说过："初期社会重造思想与文学运动的建立，是用副刊作工具得到完全成功的。"鲁迅的短小杂文，即为适应副刊需要而写成的。

二、媒介发表方式

文学报刊和出版如何具体参与作家作品，以《小说月报》对冰心的"塑造"为例，说明"媒介与作家"的复杂关系。文学研究会作为新文学史上的第一个文学社团，有着统一的理论主张，推出了众多的代表性作家作品。在《文学研究会简章》中，它明确提出，文学是于人生很切要的一种工作和事业，明确提出了文学的人生化和职业化两大主张。

三、文学网站方式——PC 互联网的主要传播形态

PC 是"Personal Computer——个人电脑"的简称，是网民联网的"路口"，在这一端口连接到互联网络之后，文学网站成为 PC 互联网路径下的主要文学传播形态。

文学网站主要指提供文学作品、文学批评、作家介绍及其他相关资讯的网站，目前主要有原创性文学网站、杂志社出版社的官方网站以及一些专门性的文学协会、组织的官方网站。

文学网站路径的类别有：

第一类，专门性原创文学网站，如起点中文网、晋江文学网、红袖添香网等，现已形成网络原创文学的生产和传播平台。第一类原创性文学网站目前吸引了较多的读者，作为原创输出平台，这类网站不仅推荐作品，大多还推出按照点击量或者付费量进行排名的小说排行榜。网站提供的排行榜按照不同指标分为点击榜、收藏榜、会员榜等多种榜单，为了与传统印刷传播路径相对照时标准较为统一。

第二类，门户网站的阅读或读书频道，如新浪读书、搜狐阅读、凤凰读书和网易云阅读。

大型门户网站纷纷在文学界攻城略地，抢占资源，或以开办读书频道的方式，或以收购控股原创文学网站的方式来网罗图书资源，传播文化资讯。

第三节　中国现代文学传播的途径

媒介本身具有实物性、符号性和承载性，即媒介本身以一定的“物”为载体，并通过一定的符号形式进行记录，通过符号与实物的承载，内容得以记录和传播。媒介使得文学作品从某种程度上突破了空间与时间的界限，使得传播的范围和历史跨度大大拓展。传播媒介是一个有机体，它反映了我们现实生活中的行动、思想和社会关系中的矛盾。也就是说，大众传播媒介不仅仅是文学传播的工具性载体，而且也作为功能主体参与到文学的生产过程中。

一、全媒体背景下文学的存在方式与传播

经济基础决定上层建筑，文学的发展与繁荣与经济发展息息相关。不同社会形态下的文学形式、内容、性质均有所不同，且其发展历程不以人的意志为转移。不同的经济环境使文学作品具有不同的内容，文学作为上层建筑的意识形态之一，是对所处历史时期经济发展的直观体现。全媒体背景下，文学的存在方式与传播途径均呈现出极其鲜明的时代特征，技术进步首次参与到了文学的发展中，相较于以往的文学传播方式，全媒体背景下的文学传播以其快捷、高效、广泛等特征与传统的传播方式形成了鲜明对比。如果说传统文学的传播是以“点”的方式传播，那么文学的传播就是以“面”的形式传播，其传播范围的扩大不言而喻。

（一）全媒体时代背景下文学的存在方式

不论是传统文学，还是现在的网络文学、手机文学、电视文学等多种文学表现形式，承载文学作品的载体始终是媒体。自有文学创作开始，其都是通过各种载体传播。传统文学的传播媒介以纸质载体为主，通过书籍、杂志、报刊等形式进行传播。而文学的传播载体多样化，其介质不仅包括纸质载体，还有网络、电视、手机等无纸化载体。全媒体时代背景下的文学存在方式呈现出新

的特征，既包括传统的文学创作形式，又兼容网络文学的超级长篇与微信文学的超级短篇，还有先影视作品后文学作品等颠覆式创作方式。总的来说，全媒体时代背景下的文学存在方式呈多元化格局，主要包括传统文学与网络文学的相互渗透、文学表现形式的改变、出版方式的改变、文学作品影视化的加速等方面。全媒体时代背景下的文学作品创作与消费的释放，重构了文学的存在方式。

1. 文学表现形式的改变

说到文学表现形式的改变，重点说说构成文学作品一大要素的新诗创作的改变。新诗是一种较为小众的文学形式，由于其语言精练、寓意深刻，新诗流行与传播的范围很小。但是在现在，新诗的发展没有继续其以往的辉煌。新诗的影响力逐渐变小，但是在文学中新诗的表现形式变为了歌词，用歌词这种更为大众化、流传更为广泛的表现形式去承载新诗所代表的意境。虽然这种表现形式有很多缺陷，但它用缺失的文学性换取了更大的流传空间。歌词与新诗最大的区别仅仅是承载介质的不同，表现形式的不同。不可否认，在歌词的创作中，有许多一无是处、表达拙劣的歌词充斥其中，但是能流传下去的都是经典之作，可圈可点，都有其独到之处。可以说，音乐作品的成功与否，不仅关系到作曲、演唱水平，好的歌词也功不可没。广受大众欢迎的歌词能够引起人的共鸣，打动内心，在表现形式与内涵上都有可取之处。另外一个重要原因是经济方面的，专业从事新诗创作的收入有限，与歌词写手的高产与高收益形成鲜明对比，许多专业新诗作家被迫转为业余新诗创作。这与现代社会扭曲的价值取向密切相关，新诗创作如此，文学创作亦是如此。诸多原因造成新诗的没落，或者说是新诗转变为歌词，大浪淘沙，历史会做出正确的筛选。这是一个沉重且值得深思的问题，物质与精神的对撞没有胜负，新诗这种传统文学的精髓，也必将以艰难的方式存在下去。

2. 传统文学与网络文学的相互渗透

网络文学体现出两个极端的特性——超长与极短。超长指的是现在的网络文学作品动辄百万字、几百万字，其字数优势为网络文学作者带来了超乎想象的收益。就现阶段社会现状而言，网络文学在某种程度上的影响力要远高于传统文学。网络文学的创作多数以天马行空的想象为主，在青少年中所占据的市场比例惊人的高。网络文学热已成为一种社会现象，依据网络文学而改变的影视作品与游戏也层出不穷。就经济效益而言，传统文学与网络文学存在巨大的差距。这也是现阶段传统文学与网络文学相互渗透的主要诱因。传统文学的创作耗时耗力，作家会因一个词语的应用而反复斟酌，且在作品完成后还要经过出版前的编辑校对等工序。一部作品耗时几年甚至几十年都在正常范畴。网络文学的创作随意性较大，很多作者都是一边创作一边与读者互动，听取有益意见，并及时对作品进行校正。其创作与发行同步，因此，网络文学作品能更加贴近读者的思维模式，这也是其具有更多受众的主因。文学网络化对文学的广泛传播具有积极意义，以往的传统文学创作阶层与读者阶层具有基本相同的文化层次，传统文学与网络文学相互渗透，虽然会在一定程度上降低文学作品的层次与质量，但是会有更多的人群能感受文学的魅力，受到有益的影响。这就如同把以往的大学教育从精英教育模式改革为现在的普及教育模式，对现阶段提升整体国民素质有积极作用。极短主要体现在博客文学、微信文学等方面。其实博客文学与微信文学就是散文与杂文的延伸。博客文学与微信文学的流行是新媒体的力量，新媒体为全民写作提供了平台，且不论其写作质量优劣，参与文学创作的态度是值得发扬的。文学创作由职业创作向大众创作转变，在巨量的写作人群中，总会有闪光的焦点值得肯定与关注。全媒体背景下的文学存在方式，是网络文学与微信文学、博客文学共存，是传统文学与民间文学融合。

3. 出版方式的改变

传统文学的出版方式基本是固定模式，即书籍、杂志、报纸。文学作品一般都通过以上几种方式传播。长篇以书籍形式出版，也会在杂志、报纸分章节连载，短篇在杂志、报纸刊登后，再结集以书籍的形式出版。而网络文学一般以网络出版为主，优秀作品会网络与实体书籍同时出版。博客文学与微信文学一般以虚拟形式出现，有影响力的作品也会以结集的形式出版实体书籍。纸质书籍的阅读已深入人心，或者说是绝大部分人的阅读习惯，阅读与收藏的习惯也非朝夕可改。因此尽管出版方式多样化，电子书的出现也并没有改变纸质书籍的主导地位。值得一提的是，全媒体背景下的另一种出版方式——音频书籍，以声音将书籍记录下来，使读书变为听书，这种依托于新媒体的阅读方式，其接受群体的年轻化是主要特点，不难看出，音频书籍在未来也将占据书籍出版的一席之地。全媒体背景下的文学作品出版方式也呈多样化趋势，传统的纸质书籍依然占据主导地位，电子书与音频书籍是其有力补充。出版形式的多元化使文学作品的阅读更加方便，突破了传统文学作品阅读时的时空界限，可以在任何时间、任何地点更方便地阅读文学作品，使文学作品的传播覆盖更多的时间节点与地域节点。

（二）全媒体时代背景下文学的传播途径

全媒体背景下，对文学影响最大的就是传播。传统文学的传播经历了手抄传播、印刷传播到现在的网络传播。每一次改变都是文学发展革命性的飞跃，尤其是现在的网络传播，全媒体背景下的文学传播被认为是后网络传播。后网络传播中，文学传播跨越了固定的网络传播，开启了移动传播的先河。可以认为，传播方式的发展是文学发展的先决条件。按照传播媒介的不同，笔者把全媒体背景下的文学传播分为书籍传播、网络传播、自媒体传播，从这三个方面入手，探讨全媒体背景下的文学传播策略。

1. 书籍传播

书籍传播可分为传统媒介的纸质书籍传播与新媒体的电子书传播。基于惯性，在新媒体发展如火如荼的现在，纸质媒介传播仍牢牢占据着文学传播的首要位置。纯文学作品都是通过纸质媒介进行传播，虽然现在可以通过扫描将书籍内容上传到网络或手机上进行阅读，但纯文学作品的受众群体依然只接受纸质书籍传播。历史积淀的底蕴赋予了这一群体绝高的忠诚度，这种方式在很长一段时间内不会有所改变。比较优秀的网络文学作品也会通过纸质书籍进行传播，其中的原因有二：其一是逐利，通过网络与书籍同时传播来攫取最大利益；其二是彰显其价值，网络书籍终究不能与纯文学著作相提并论，于是作者便将其由网络阅读搬到纸质书籍上，提高身价的同时与其他网络作品加以区分。诚然，有部分网络文学作品可圈可点，但绝大多数只是滥竽充数，乏善可陈。现阶段书籍的价格居高不下，对于习惯大量阅读的群体而言，长久购置书籍也是一个沉重负担，由此，电子书应运而生。电子书容量巨大，可下载许多书籍在其中，而最主要的是电子书的成本相对较低，只有原著的十分之一左右，且互联网提供了许多免费资源可供下载。电子书已成为一条成熟的产业链，新书出版后，网站购买其电子版权，提供收费下载，使一部分读者能够以低成本享受新书带来的乐趣。因此，电子书的兴起，使文学阅读的规模扩大，使文学的传播范围更为广阔。全媒体时代背景下，应加速文学作品的电子化，使优秀文学作品能够与更多的读者见面，也能极大地缩短传统文学作品的后期传播速度。作家应充分利用新媒体即时性、互动性的优势，在文学作品面世后，注意收集读者反馈信息，使创作更有灵感，更具高度。

2. 网络传播

传统文学的创作一般以手写为主，打字机是最先应用到文学写作中的机器。直到计算机的出现，写作方式逐渐转变为电脑打字，其以快速、易修改等特征迅速取代手写创作。现在的出版社、杂志社、报社一般也只接受电子投稿。写作方式的改变是网络对文学的最直观改变。计算机网络的全球连接使传播跨越了时空界限，也是文学传播的最大一次变革。网络传播最大限度地提高了文学作品的时效性，优秀的文学作品自发表起，就能在极短的时间内被数以百万计的人阅读，并持续传播。网络传播在极短的时间内能完成传统文学传播需要几十年甚至上百年才能积累的阅读量。网络文学作为随网络而生的土著，其在网络传播中的优势要远高于传统文学在网络中的传播。网络文学的创作形式多样，一般为单人创作或团队接力协作，因其注重故事性而轻文学性，故使文学作品的团队创作能够实现。网络文学创作过程中，一般的模式是一边发表作品一边与读者互动，读者实时反馈对作品的后续发展意愿，并能在一定程度上左右网络文学作品的发展走向。因此，读者有很强的代入感，有身临其境、感同身受的错觉。另外，网络文学在人物塑造的时候，加入读者元素，使读者的参与程度更高，更能引起大众的认同感。传统文学传播中，要善于利用网络优势，不必因读者的个人喜好而改变整体的创作框架，这样会影响文学作品的整体质量，但在与读者互动交流过程中，汲取中肯意见，改正并完善自身缺陷，使传统文学更贴近大众审美水平。让传统文学在传播中通过网络力量雕琢自身细节，使文学作品平民化，使文学作品的感染力与传播范围大幅度提高。值得指出的是，在全媒体时代背景下的文学传播中，传统文学作家要勇于坚守，坚持以文学的力量传递正确的人文观点与正向的价值取向，使传统文学借助网络传播途径更加深入人心，在物质与精神的追求中正确取舍，使文学的影响力在网络时代达到新的高度。

（三）自媒体传播

以手机为代表的自媒体的兴起，对文学作品的创作与传播均有深远影响。自媒体传播使全民写作成为可能，其实全民作家的说法有点言过其实，全民写作不代表能写的就是作家，不然作家的含义就需要彻底重构了。自媒体的兴起为文学创作与发表提供了新的途径，一般自媒体文学起初是在较小的范围内传播，因文章质量与其他因素，如刻意炒作等造成的关注度提高以后，自媒体文学，姑且称之为手机文学，就会迅速呈现爆发式传播趋势。这是网络的力量，正面与负面的均会以极快的速度传播到全世界有手机网络的每一个角落。准确地说，自媒体文学的兴起始于博客文学，博客的兴起改变了传统的写作与阅读之间的关系，使读者与作者之间的身份与关系随时互换，博客让人人成为写作的主体，也使写作的人成为读者。文学创作不再是少数人的专利，只要能够写的人都能够在博客中写出自我，展现自我。博客使写作与阅读成为许多人的生活方式，文学的价值走向也在悄然发生着变化，逐步向平民化、大众化靠拢。智能手机等移动终端的普及使博客文学变得更为繁盛，依据人们的生活习惯，博客文学与微信文学可以综合称之为手机文学。技术进步使智能手机能够完成博客文学写作与阅读功能，且不受时间地域影响，因此博客文学应包括到手机文学之内。手机文学的繁荣，使写作这种崇高的劳动平民化、大众化，所有受过教育且能驾驭文字的人都能成为手机文学作者，抛开其写作水平不提，全民参与至少是活跃与繁荣文学传播的有利举动。现如今，手机文学已成为一大部分人的生活习惯，其中的一个转变值得我们深思，在手机文学创作群体中，以往从事专业文学创作的作者往往都成为流行型写作作者，而业余的大众写手创作中，并非全部从事流行型文学写作。也许这样的转变是文学整体繁荣的前奏，但专业作家写作水准下降的现象却是不争的事实。全媒体背景下的自媒体文学传播，海量的文学作品使得严肃文学的辨析成为更为艰难的事，手机文学的阅读中，甄别与汲取成为手机文学传播的难题。如何在海量作品中甄别选择出能对自身有益或有所帮助的文学作品，不仅是读者需要关心的问题，更是媒体传播所要尽到的义务。在自媒体传播中，应该从源头上把关控制，通过权威媒体筛选出分类文库，有意识地引导读者的阅读选择。以公正、公允，不含任何功利性质的方式，从万千自媒体作者中筛选出值得一看的文章，用引导的方式使文学作品的能量向外传递。

二、文学与新闻传播的融合及传播

新闻传播主要是指对最近发生事件的具体报道，向公众呈现事件产生以及发展状况的一种传达信息的方法，其最实质的特征是真实性、时效性以及客观性；文化的主要呈现方式就是文学，它是指作者利用文字，经过一定的文学体裁，使用一定的表现技巧，生动化地表达人类内心情感与事件发展情况的一种艺术方式，其主要特征就是形象性、艺术性以及主观性。伴随着时代的不断发展，文学与新闻传播这两个看似自相矛盾的文学形式互相渗透、互相影响，以至产生了新闻文学化这一全新的发展走向。

（一）文学和新闻传播的特征

从历史的发展历程来分析，文学和新闻紧密相连。于是，因为表现媒介与历史的影响，文学和新闻传播之间具有一定的共通性。然而我们也应发现，随着时代的进步，新闻传播慢慢地不受文学的发展框架的约束，单独发展成一种拥有明显学科特征的文学模式。新闻报道是新闻传播的重要方法，可作为一种独特的文字表达方式，新闻报道拥有时效性、重要性以及真实性等特征。时效性即新闻应该实时地报道事件，“第一时间报道”是指新闻报道应该快速、实时；重要性即新闻报道应具选择性，新闻的出发点应该指向人们最关注的事件；真实性即新闻事件一定是的确存在的客观事实。中国现代文学是指五四运动与中华人民共和国成立这段时间内的文学作品的总和，拥有使命性、启蒙性以及革命性等显著的时代特征。使命性是指此期间的文学作品很多都承担起突破中国文学、思想以及政治约束的职责；启蒙性是指作家主动学习外国文学中的民主理念，希望凭借文学阵地来启发人民的智慧；革命性是指在拨乱反正的时代中，作家们发起了一场对中国传统文学进行改造的革命，变成了文学的开端。

（二）文学和新闻传播融合的作用

1. 提升了新闻传播的展现力

文学和新闻传播融合的重点形式是在新闻报道中使用文学生动形象的叙事方法，不受传统新闻报道单一且死板的模式的限制，提升新闻的展现力，进一步吸引读者。在文学和新闻传播的融合进程中，撰稿人能够使用细节描写的方法来渲染新闻产生的环境气氛，让读者对新闻形成情感共识；使用散文的技巧创建新闻标题。新闻的眼睛就是标题，要想让新闻标题以最快的时间吸引读者的目光，能够采取散文的技巧进一步加工、美化标题，让其具有一定的文学以及艺术美感；使用议论的技巧，其叙事性强、逻辑严密的特征顺应了新闻报道的需要，于是撰稿人在新闻报道中使用一定的议论方法，可以进一步强化新闻报道的思想深度，达到舆论导向的作用。

2. 拓展了文学的相关内容

文学能够在新闻传播中获得启发，新闻传播也能在文学中获得更好的发展。新闻的客观性需要其可靠、真实，而这也属于文学进步的应有之义，于是，文学作品在获取题材方面能够模仿新闻报道的技巧，从现实入手，从事件的真实可靠性入手，这样的文学作品才可以具有目的性，防止文学思想与文学内容的欠缺。新闻报道的时效性需要其内容应该展现典范的时代特点，体现人们热切的需求，另外文学在文学形象的创作过程中也应该紧跟时代的步伐，唯有如此，文学作品才可以得到读者的认同。

（三）文学和新闻传播融合的可行性

作为一门整体性很强的学科，新闻传播和其余学科之间一定具有丝丝缕缕的关联，文学也是如此。实践是认识的前提，在文学和新闻传播互相融合的理论形成以前，新闻传播行业中就已经存在两者之间融合的具体实践了，而这种实践活动也就变成了文学和新闻传播融合可行性探究的根据。

1. 文学和新闻传播在根源上具有一致性

新闻传播在中国的历史长河中源源不绝，近代的邸报与古时候的烽火传信等都属于新闻传播的范围。然而从本质方面讲，这些现代新闻传播的理论框架和新闻传播的思想各不相同。因为时代的独特性，大量文人自觉地承担起新闻人的角色，着手办报宣传，于是，他们在新闻报道中引进了文学创作的表现技巧，以致使用了文学的体裁，也就是因为两者在根源方面的相同性，让文学和新闻传播的融合具有可行性。

2. 文学和新闻传播在发展进程中互相作用

伴随着时代的不断进步，公众对新闻的需求量以及品质的要求逐渐加强。在发展进程中，新闻传播尽管逐步摆脱了文人充任新闻人的局面，然而文学还是极大地影响了新闻传播，典型的案例就是报告文学的发展和兴起。比如，夏衍于 1935 年创作的报告文学作品《包身工》，就属于作者经过亲身调查，站在新闻的角度，使用文学的技巧，讲述了当时上海等部分地区工厂里包身工的各种悲惨遭遇，谴责了资本家压榨工人的现象。

3. 文学和新闻传播在表现技巧方面互相借鉴

文学和新闻传播尽管特征各不相同，然而必须承认的一点，两者之间在表现技巧方面有较大的模仿空间。假如新闻报道中轻文学性、重客观性，会让新闻陷进浅薄直白的误区，也会进一步影响公众接受新闻的程度。于是，一个杰出的新闻人在对新闻报道进行撰写时一定会从文学中吸取经验，灵活地使用文学的表现技巧，这样才会确保新闻的可读性与真实性，让新闻传播进一步实现传达信息以及启发民智。

（四）新闻传播中文学的特性

1. 新闻传播和文学在创作上拥有整体性

在中国的不断发展历程中，新闻传播的功能就是要给公众带去第一手的信息以及材料，而文学就是根据时代的笔触，写作出现代人心灵深处的呼唤。于是从根源方面讲，新闻传播和文学在创作思想上是相同的，他们都是服务于人民的。分析中国的现代历史也能够得知，大量文人墨客在战争的岁月里不但拿起笔来开展文学创作，而且承担起新闻传播的角色，他们为了唤醒沉睡的人们，不断创办了各类报刊开展思想宣传。这样在新闻传播进程中，一定会引进文学作品的内容，在表现技巧方面开展了互相的运用与借鉴，同时也促进了新闻传播工作的不断发展。

2. 新闻传播和文学在表现技巧方面能够灵活应用

新闻传播和文学尽管是两种不一样的体裁，并且两者之间具有根本性的区别，可从根源上探究，两者之间在表现技巧方面却是能够互相灵活运用、借鉴的。新闻传播不可以只重视新闻的客观性以及真实性，却忽略了表达方面的艺术性与文学性。于是，作为新闻撰稿人或者编辑，在编写新闻稿件的时候，一定会开展进一步分析，引进文学里的一些写作精华，吸收文学方面的养分，不断拓展新闻内容，这样的新闻传播不但会弥补新闻创作的浅薄直白性，而且可以使新闻拥有真实性、可读性以及客观性，进一步实现新闻工作服务于人民的目的。

3. 文学和新闻传播在精神追求上的统一性

伴随着科学水平的不断提升，公众的思想意识也获得了较大的提高，他们的欣赏水平逐渐升高，关于新闻传播的品质要求更加严格，新闻传播与文学都是为了顺应公众的精神需求而实施的，于是，新闻传播不可以摆脱文学而单独存在，不然就会让新闻内容变得没有活力，没有波澜，使公众如同喝一杯白开水一样毫无热情与兴趣。只有在新闻传播中引进文学的精华，才可以使新闻更加拥有传播力与影响力，从根本上顺应人们的精神需求。

总而言之，文学和新闻传播之间互相借鉴、互相渗透已经变成文学和新闻传播这两个学科不断发展的一大走向。新闻传播汲取文学中的营养，不仅会强化新闻报道的可读性，而且让其更具客观性与真实性，然而在文学和新闻传播融合的进程中，新闻人一定要坚持新闻的真实性，杜绝为了追求新闻的文学性而有新闻缺乏真实性的现象出现，也唯有坚持了新闻客观真实这一条底线，才可以让文学和新闻传播实现进一步的融合。

三、强化文学出版与传播的理论研究

如今，文学的创作、出版和传播，还有接受、消费，都呈现出全新的面貌。新一代智能机器人可以吟诗作赋、写小说、写散文，另有自媒体、多媒体、融媒体等带来的文学新样态，也都值得关注和研究。一个抖音，让讲授中国文学的华中师大教授戴建业一夜之间红遍天下，他的湖北麻城普通话成为许多年轻人模仿的对象。这种传播方式与效果过去是无法想象的。还有，随着媒介融合、出版融合的深化，网络传播的升级换代，智能手机的广泛普及，网络原住民一代的陆续成人，还有阅读的碎片化、娱乐化、肤浅化，以及“听书”越来越替代“读书”，文学出版与传播面临的新问题、新课题层出不穷，需要学术界、出版界的关注和研究。当然，文学出版和传播随着社会发展、时代变迁，尤其是科技进步，还会不断出现许多难以预测的新景观。这些也正好给了从事文学出版和传播研究的人们更大的空间，更多的机会。

参考文献

[1]杨敏著. 文学传播与中国现代文学[M]. 长春:吉林大学出版社.2017.

[2]李怡,毛迅著. 现代中国文化与文学21[M]. 成都:巴蜀书社.2017.

[3]毛迅,李怡主编. 现代中国文化与文学20[M]. 成都:巴蜀书社.2017.

[4]黄世智著. 中国话剧形成、传播与常态[M]. 北京:中国广播电视出版社.2017.

[5]庹继光,但敏,陈金凤等著. 网络文艺传播研究[M]. 成都:电子科技大学出版社.2017.

[6]马芳芳著. 孤独的一代80后文学的叛逆叙事模式与传播途径研究[M]. 长春:吉林人民出版社.2017.

[7]李凤亮主编. 中国比较文学30年与国际比较文学新格局[M]. 广州:暨南大学出版社.2017.

[8]冯全功,卢巧丹主编. 中国文学译介与传播研究. 卷3[M]. 杭州:浙江大学出版社.2018.

[9]李怡,毛迅主编. 现代中国文化与文学[M]. 成都:巴蜀书社.2018.

[10]毛迅,李怡主编. 现代中国文化与文学[M]. 成都:巴蜀书社.2018.

[11]谢清果编著. 华夏传播学的想象力[M]. 北京:九州出版社.2018.

[12]张彬著. 日本古典与现代文学研究[M]. 北京:中国纺织出版社.2018.

[13]赵春华著. 时尚传播学[M]. 北京:中国纺织出版社.2018.

[14]胡星亮主编. 中国现代文学论丛. 第13卷2[M]. 北京:生活·读书·新知三联书店.2018.

[15]刘彦彦主编. 中国文化与文学专题十讲[M]. 西安:西安交通大学出

版社 . 2018.

[16]李遇春著. 中国文体传统的现代转换[M]. 广州:广东高等教育出版社 . 2019.

[17]宋刚主编. 传播、书写与想象[M]. 上海:复旦大学出版社 . 2019.

图书在版编目（CIP）数据

中国现代文学与传播 / 黄清玲著. -- 湘潭 : 湘潭大学出版社, 2021.8
ISBN 978-7-5687-0603-2

Ⅰ. ①中… Ⅱ. ①黄… Ⅲ. ①中国文学一现代文学一文学研究 Ⅳ. ① I206.6

中国版本图书馆 CIP 数据核字（2021）第 162600 号

中国现代文学与传播

ZHONGGUO XIANDAI WENXUE YU CHUANBO

黄清玲 著

责任编辑：刘文情
封面设计：张　波
出版发行：湘潭大学出版社
社　　址：湖南省湘潭大学工程训练大楼
电　　话：0731-58298960 0731-58298966（传真）
邮　　编：411105
网　　址：http://press.xtu.edu.cn/
印　　刷：广东虎彩云印刷有限公司
经　　销：湖南省新华书店
开　　本：710 mm×1000 mm 1/16
印　　张：11
字　　数：202 千字
版　　次：2021 年 8 月第 1 版
印　　次：2021 年 8 月第 1 次印刷
书　　号：ISBN 978-7-5687-0603-2
定　　价：46.00 元